千两花嫁

［日］山本兼一／著
张智渊／译

重庆出版集团 重庆出版社

SENRYO HANAYOME Tobikiriya Mitate-cho by YAMAMOTO Kenichi
Copyright © 2008 by YAMAMOTO Hideko
All rights reserved.
Original Japanese edition published by Bungeishunju, 2008.
Chinese (in simplified character only) translation rights in PRC reserved by Chongqing Publishing House Co. Ltd., under the license granted by YAMAMOTO Hideko, Japan arranged with Bungeishunju Ltd., Japan through YOUBOOK AGENCY, PRC.

版贸核渝字（2016）第 033 号
本简体中文版翻译由台湾商务印书馆授权使用

图书在版编目（CIP）数据

千两花嫁 /（日）山本兼一著；张智渊译.
—重庆：重庆出版社，2020.3
ISBN 978-7-229-14022-9

Ⅰ.①千… Ⅱ.①山… ②张… Ⅲ.①长篇小说-日本-现代 Ⅳ.①I313.45
中国版本图书馆 CIP 数据核字（2019）第 023742 号

千两花嫁
QIANLIANG HUAJIA

〔日〕山本兼一 著　张智渊 译

责任编辑：李 子　李 雯
装帧设计：刘沂鑫
责任校对：郑 葱

重庆出版集团 出版
重庆出版社

重庆市南岸区南滨路 162 号 1 幢　邮政编码：400061　http://www.cqph.com
重庆出版集团艺术设计有限公司　制版
重庆一诺印务有限公司　印刷
重庆出版集团图书发行有限责任公司　发行
E-mail:fxchu@cqph.com　邮购电话：023-61520646
全国新华书店经销

开本：880mm×1230mm　1/32　印张：11　字数：280 千
2020 年 3 月第 1 版　2020 年 3 月第 1 次印刷
ISBN 978-7-229-14022-9
定价：55.00 元

如有印装问题，请向本集团图书发行公司调换：023-61520678

版权所有　侵权必究

目录

千两花嫁　　/1

金莳绘的蝴蝶　　/59

猫舔盘　　/109

平蜘蛛的茶釜　　/153

今晚的虎彻　　/201

猿辻的鬼怪　　/251

鉴定眼力值万两　　/293

千两花嫁

一

鸭川河堤上的垂樱花开八分,随着拂晓的风翩然花舞。天空鱼肚白,呈淡蓝色,但是东山的群峰仍残留着靛蓝。

世上罕见的大队人马即将行经三条大桥,从天光未亮,桥旁就挤满了大批人潮守候。

真之介在人群中看着东方,回头对柚子低喃道:

"柚子小姐……不……"

柚子凝视昨晚刚结成真正夫妇的男人脸庞。

他浓眉大眼,眼神总是直视前方;胸膛厚实,手臂粗壮,但是手指细长。

真之介口吃腼腆。柚子使了点小性子。

"你用那种称呼方式,叫人家怎么回应嘛。"

昨晚,真之介听从柚子的要求,答应今后要直呼她芳名。

他们的身份已不再是店里的大小姐和仆人,而是夫妇,所以真之介答应柚子,不会再跟之前一样叫她柚子小姐、大小姐。

昨晚,真之介依约将嘴唇凑近柚子耳畔,甜蜜地呢喃。

柚子。

脑海中浮现洞房花烛夜令人脸红心跳的景象,柚子的耳根发烫。

旭日从山边露脸,鸭川水面漾开银色的粼粼波光。令人神清气爽的晨曦照亮四周。

这是两人首度一同迎接早晨,所以如果可以的话,柚子希望尽情地享受同床共枕的幸福滋味。

尽管如此,丈夫却在黎明前起床,带着柚子到店门外。

古董店　精品屋

两人的店位于京都的三条木屋町,屋檐上挂着气派的榉木招牌。

位于东海道①尽头的三条大桥近在咫尺,店铺面向三条通,因此用不着特地跑到桥边等,从店的二楼也能够观赏即将来到的队伍。

柚子也明白:正因性子急,无法等到那一刻,所以真之介比其他人更加倍地努力工作,才能够在这种热闹的地方开一家自己的店。

"要不要打个赌?"

真之介没有提及名字的叫法,没头没脑地提议。虽然语调生硬,但不再是仆人的口吻。柚子心知肚明,真之介正试图以丈夫的身份说话。

---

①江户时代的五大街道之一,从江户沿着太平洋至京都的街道。

"赌什么呢?"

"鉴定即将到来的德川将军家一行人的所有用品。"

"噢……"

"从将军大人的轿子,到随身高阶武士、低阶武士手持的长枪、步枪、行李箱、马具,如果整批卖掉的话,你会以多少钱买呢?我们在看到队伍之前,各自估价,然后比赛谁估的价钱比较接近,你觉得如何?"

"欸……"

柚子还以为他要提议做什么呢。原来丈夫想在还没看到抵达京都的将军队伍之前先估价。当然,那些用品永远不可能被整批卖掉。这是除了书画古董之外,连武器、旧衣,什么都卖的市区古董店会玩的估价游戏。

"那种东西,我怎么猜得到?"

柚子连将军的队伍究竟会有多少名随从都完全无法预测。

"好玩嘛。实际看到队伍之后再估价就不有趣了。"

"是这样的吗?"

二十岁的柚子无法理解男人这种生物感兴趣的事物。

"如果是鉴定书画古董,大小姐相当厉害。功力远在我之上。"

果然又叫自己大小姐了。尽管如此,柚子深知真之介竭尽全力地要以丈夫的身份,抬头挺胸地说话,所以也就不责怪他了。

"哪有厉害,没那回事……"

纵然柚子谦虚,但她是京都前三大名茶具商唐船屋善右卫门的掌上明珠。从一出生就在名品的包围下长大,对于诸般古董的鉴赏眼力不在话下。

"既然我如今也身为一家店的老板,自然就想做一笔大生意。不妨以我猜不猜得到将军队伍的估价,占卜看看兆头好坏。"

其实,真之介买下三条的客栈,挂上"精品屋"的招牌是在三天前。

接着,紧锣密鼓地准备开店和婚礼,昨晚才迎娶柚子为妻。

说好听是娶,说难听是拐。

真之介摸黑从唐船屋,偷偷地把她抢来。

他带柚子回来,让她换上全身纯白的新娘礼服,自己穿上全新的外挂裤裙。在精品屋的掌柜、伙计、学徒和女婢的见证之下,举行交杯仪式。

他们之所以像在扮家家酒似的仓促完婚,是因为柚子的父亲善右卫门强烈反对两人的婚事。

在柚子消失的唐船屋,家中醒来的人如今八成正乱成一团。

善右卫门上门兴师问罪是迟早的事。

柚子和真之介已经吃了秤砣铁了心。

他们针对这件事讨论了好几次。

两人真心相爱,成为夫妇一起生活应该没有碍到任何人。

昨晚完婚之后,他们在二楼的寝室铺上全新的棉被。

柚子在棉被旁三指撑地,低头行礼。

"我不懂事,这辈子请多指教。"

真之介也行礼如仪地双手撑地。

"柚子小姐,我才要请你多多指教。"

柚子摇了摇头。

"既然喝过了交杯酒,我们就已是夫妇。请你直呼我柚子。"

真之介听到这一句话,眼泛泪光。

"……欸。哎呀,话是这么说没错,但是一时之间改不过来……"

长期的习惯确实不可能那么轻易改掉。

真之介从还是个小毛头时起,就在唐船屋当仆人,称呼柚子为大小姐。

柚子懂事时,真之介是能干的学徒。

从那时起,柚子就一直喜欢真之介。

一想到终于能和他结为连理,柚子的脑中就变得一片空白。眼眶发烫,热泪盈眶。一旦哭出来,泪水就溃了堤。

心爱的人近在身旁,感觉得到他的气息。他今后能够一直在身边。这令柚子开心得全身颤抖。

"我是这种男人,请多指教。"

真之介膝行凑近,握起柚子的手。

"这种男人是哪种男人?"

柚子原本哭得皱成一团的脸上展露微笑,微微偏头。

"就是这种男人。"

真之介手伸过来,将柚子搂进怀中。

脸颊贴近过来。

柚子任由真之介紧拥、吸吮唇瓣,心荡神驰。

陷溺于发自内心的怜惜之情,紧搂住真之介。

不知不觉间,纯白的新娘礼服和衬衣都被脱去,一丝不挂地以肌肤互相确认彼此的深厚缘分。明明是初次交合,却像是从千年前就相互怜爱至今一般,两人的身体水乳交融,合而为一,共赴云雨。

那是次日早晨的事。

今天早上,对于真之介和柚子而言,肯定是一个特别的早晨。

真之介在人山人海之中挺直背脊,注视着东方。

柚子再度出神地眺望真之介的侧脸。直视前方的眼中,略带一抹苦闷的光芒。

从待在唐船屋时起,他就经常如此。这会令柚子的心湖掀起万丈波涛。

我是这个人的一部分,被吸引到他不足的地方,成为一个完整体。

柚子看着他的侧脸,如此确信。

她心中有一股一直寻找的陶器碎片紧密贴合,成为一个完整器具的满足感。

从昨天起,我们成了夫妇……

一思及此,她心脏就怦怦跳。有种一脚踏进陌生世界的不安与激昂。

另一方面,她内心也莫名涌现豁出去了的勇气。

我今后要身为真之介的妻子,掌管精品屋,肯定会发生各种事情。

柚子想参与丈夫的游戏。

"如果你要玩鉴定队伍的游戏,代替问卜的话,我也估价看看吧。随从有几人呢?"

柚子果然是古董店的女儿。替物品估价,令她心情雀跃。

来自江户①的德川将军家的队伍总共三千人;分别走东海道、中山道②、海路,已经有不少前锋抵达。

"将军大人的轿子今天会来。随从大约五百人吧。我注意到前一阵子抵达的老中③和旗本④身上的行头,应该所费不赀。"

柚子的脑海中浮现浩浩荡荡的队伍。若是将军的队伍,确实应该有许多相当豪奢的用品。

"马也要估价吗?"

"不,生物要喂食很麻烦,姑且只估用品。光是马鞍和马镫,想必也值不少钱。我想,全部都是精心制成的螺钿⑤。"

"腰上佩带的武器呢?"

"噢,刀也要。队伍的武士身上穿戴的所有东西全部列入计算。"

当然,即使队伍来,也不能拔刀出鞘鉴定。八成还套上了剑袋。

---

①以如今东京都千代田区为主的地区。

②江户时代的五大街道之一;从江户的日本桥经高崎、下诹访、木曾,在近江的草津与东海道汇合至京都。

③江户幕府的最高职称,直属于将军,统管一般政务。

④直属于将军,俸禄不满一万石,得列席将军出席场合的高阶武士。

⑤取下鹦鹉贝、夜光贝、鲍贝、蝶贝等释放珍珠光的部分,做成薄片,裁成各种形状嵌入漆器或木器表面制成的装饰品。

反正只是大致估价，不管哪一样用品，都不会仔细拿在手上鉴定，而是瞄一眼之后，在一旁估价。

真之介却想在队伍来之前预测，简直是胡闹。

"好。估能以多少钱买下是吧？"

"嗯，试着估价，看看谁比较接近实际的价钱。"

真之介开始打起了平常放在怀里的小黑珠算盘。

柚子也在脑袋中打起了算盘。

文久三年（1863）三月四日的这天早上，即将抵达京都的是德川十四代将军家茂的队伍。两百年来，从未有将军上京都。

这一阵子，时局混乱。

从去年到今年，除了京都守护松平容保、将军辅佐一桥庆喜、政事总裁松平春岳之外，还有萨摩的岛津久光、土佐的山内容堂等，已经有许多要人、藩主上京都，京都喧嚷不休。

攘夷。

朝廷和幕府针对此，正在进行一触即发的政治角力。据说将军这次上京都，也是因为收到了"应迅速断然执行攘夷"的诏书。

不过，那种事情和真之介与柚子毫无关系。

"好，一行人的用品合计大约四千五百两。我想，轿子加上马鞍、马镫，能再加八百两。"

"傻瓜……"

柚子不禁低喃。

"不能出那么高的价钱买吧？"

"咦？"

真之介从算盘抬起头来，望向柚子。
"如果我赢的话，你要替我做什么呢？"
行事稳当的妻子绷紧五官端正的瓜子脸，注视着新手丈夫。

二

"不过话说回来，那些护卫搞什么？真是没礼貌。"
真之介一面啜着豆腐味噌汤，一面嘀咕道。
看到赌输了心情不好的丈夫，柚子觉得滑稽至极。
"有什么关系嘛，你真是的。倒是你多吃点。"
凡事节省的京都商家，不会从一大早就煮菜汤。大多数的家庭，都是在冷饭上浇淋粗茶，配酱菜解决。
就连在唐船屋，从老爷到仆人，早餐一律都是如此。
柚子煮了热腾腾的白饭和味噌汤。因为她想替比别人更努力工作的丈夫增加体力。今天早上来不及，但从明天起，她打算再加鱼干或鸡蛋。
虽然雇了两名帮忙的女婢，但是柚子用手巾左右折角包头，亲自伺候丈夫用膳。看到丈夫一早将四大碗饭吃得碗底朝天，让她的心情十分愉快。

"刚才打的赌我赢了,你要好好奖励我。"

"噢,你不必一提再提。我知道了。"

柚子小气地鉴定队伍的用品价值一千七百两。

详细观察实际来到的队伍,真之介大感失望。

明明是事隔两百年上京都,但是装扮和用品都显得寒酸。马具上既没有豪奢的螺钿,也没有精致的金莳绘①,而徒步的低阶武士身上的制服则是十分廉价的木棉。腰上的佩刀也没有显眼的饰品,就连马上的武士佩刀也很朴素。无论怎么计算,若以真之介的估价购买,铁定亏钱。

"听说要给六万两礼金,我以为他们身上一定带有豪华的用品,万万没想到……"

各町内都有京都町奉公所②发出的布告,知道幕府上京都时,会给京都城内的民众六万三千两黄金的礼金。真之介心想:若是撒那么大笔钱的将军,想必口袋很深,不禁高估了鉴定的价钱。

"不妙啊,这样的话,将军大人的威望也撑不久了。"

"是这样的吗?"

"我岂会看走眼?伊兵卫也看到了吧?你的鉴定如何?"

真之介把话题抛向掌柜伊兵卫,夹起盐渍油菜花。春季蔬菜清爽的苦味在口中散了开来。

伊兵卫是一年前真之介从唐船屋辞职、开始在寺町③租小店经

---

① 描金画。
② 类似中国古代的衙门。
③ 寺庙众多聚集的地区。

商时,雇为掌柜的男人。他虽然比二十六岁的真之介小一岁,但有一股优雅的风采,有许多客人误以为他才是老板。

"是啊。龙如果坠地一看,也只是区区一条蛇……是吧?以那副模样来看,实在无法断然执行攘夷吧?"

"就是说啊。将军大人的队伍落魄成那副德行,也难怪志士们会为所欲为地嚣张跋扈。"

实际上,这一阵子在京都的巷子里,提倡尊皇攘夷的草莽志士一再无情地进行杀戮、恐吓和抢劫。

前几天,亲近幕府的朝臣家臣遭人暗杀。可怜的男人首级被放在原木制成的三方①上,放在一桥庆喜下榻的东本愿寺门前。这种案件频繁地发生。

"那种事情不重要,我想要刚才的奖励。"

柚子娇声索求。

"真是拿你没办法。"

真之介一口饮尽茶杯中的粗茶,站了起来;绕到柚子身后,开始替她按摩肩膀。

那就是柚子想要的打赌奖励。

"按摩肩膀啊……"

真之介一面按摩柚子的肩膀,一面低喃道。连听到这种话,都令柚子的脸颊染上红晕。

"噢,真舒服。感激不尽。"

---

①日本神道中用来盛装供品的方形木器。

柚子客气地道谢,压住真之介的手。

"怎么着,已经够了吗?"

真之介只按了两三下。

"那当然,我怎么能真的让宝贝的老爷做那种事呢?今天这样就够了。剩下的等我变成七老八十的老太婆之后,再一面坐在缘廊做日光浴,一面替我按摩。"

柚子伸出小指,真之介笑着钩起她的手指打钩钩。

"不过,那是将军大人的旗本会做的事吗?撇开队伍的行头寒酸不提,直接伺奉将军大人的旗本那么妄自尊大的话,只会导致人心向背。"

令真之介气愤的是,队伍中那些开道护卫的武士。

在三条大桥旁等待队伍时,首先疾驰而过的是先出发通报的骑兵,率先告知沿途民众,主力部队抵达。

寅半时分(约清晨五点半)站在大津营地的队伍,卯半(上午七点左右)时已经经过了京都的粟田口。

大批人潮涌至三条通,想要看一眼队伍。

听见远方传来"跪下、跪下!"的声音,往桥对面一看,率先而来的是一群身穿黑色外挂的武士。

若是一般大名①的队伍,手持长枪的中间②会一面朝天空抛掷前端装饰羽毛的长枪,一面步行而来。那即是队伍的前锋。

德川大人不愧是将军家,队伍的排场跟别人不一样啊。

---

① 战国时代各领地的掌权者,地位相当于中国古代的诸侯。
② 武士的仆役。

真之介起先是这么想的。

身穿黑色外挂的男人有二十个左右,个个身穿裤裙。

他们看起来不是步卒或中间,也不是徒目付①或随从。若是那些武士,在旅途中不是撩起后襟,就是高高撩起左右下摆,露出小腿。

和平常一样穿着裤裙,代表他们是不属于队伍,出来迎接的人。

身穿黑色外挂的武士们十分傲慢地斥责沿途的民众。武士老爱逞威风,但他们大摇大摆的模样既没威严,也没有格调可言。

这次将军上京都,考虑到对京都民众造成的困扰,下了一道特别的法令。内容是:"看到队伍来,往大街两边靠即可。"

尽管如此,那些武士却命令民众:如果不跪下致敬,就滚到一边去!

"将军大人看到你们很碍眼。"

"待在这里不行吗?奉公所说没关系。"

"不行!有碍市容。快滚!"

一脸目中无人的壮硕武士拔刀,赶走桥旁的群众。或许是微醺,满脸通红。

"芹泽,开道拔刀太粗暴了。"

另一名武士制止动粗的武士。

近距离看到出面制止的武士长相,真之介忍不住拉了拉柚子

---

①江户幕府的官职名称。在目付的指挥之下,住在江户城内值勤,负责监察大名进城、暗中侦察幕府诸官员的职务。

的衣袖。

你看,他长得好有趣。

柚子也杏眼圆睁,那名武士的确长得非常奇特。

脸本身大得离奇,嘴巴也大得足以吞下一个拳头,但是眼睛凹陷,芝麻绿豆大;算是一种奇相。

"你们聚集在这种地方很失礼。最好下去河滩。"

长相奇特的武士格外客气地告诫。来观看的民众尽管嘴里抱怨,还是顺从地从桥旁边的木板车道下去河滩。

因为太过危险,所以真之介跑进店内,从二楼看队伍。这样反而能够肆无忌惮地看个过瘾。

"手下的武士从一大早就微醺,德川的时代也结束了。"

"咦,老爷,您不晓得吗?"

伙计牛若插嘴说。

真之介替四名伙计取了容易记的名字,分别是牛若、鹤龟、俊宽、钟馗。牛若是其中最年长,也是眼力最好的年轻人。

"搞什么,你知道什么吗?"

"欸,走在前头的那名武士,不是德川大人的旗本。"

"那么,他是谁?"

"他是浪士组。"

"那是什么?"

"噢,万事通的老爷居然不知道这件事,真是说不过去。您不知道的话,我就告诉您吧。"

牛若向前伸出一只手,像在演戏似的亮相。

"我说,牛若。"

"欸,什么事?"

"你可以回家乡了。"

虽说是家乡,但牛若是在京都出生,走路回老家花不到三十分钟。

"唯独这件事万万使不得,其他一切好说。长久以来,我早已认定老爷是我这辈子的老板。如果您要叫我回家乡,不如干脆叫我切腹算了。"

"那么,随你爱怎么切腹都可以。"

牛若露出瞠目结舌的吃惊表情。真之介乐于调侃戏剧性十足的牛若。

"欸,算了。呃,浪士组是什么?"

"欸,诚如字面上的意思,是流浪武士①的组织。它是一个只聚集关东老百姓和流浪武士的集团,喏,十天前左右,不是有两三百名不知道是武士或其他身份、像暴徒的人在走动吗?"

经牛若这么一说,真之介想起来了。来这里勘察房子的那一天,确实有看似刚抵达京都的那种人走在三条通上。

"那些家伙,现在似乎在壬生村。因此,人称壬生浪。"

"噢,那就是壬生浪啊……"

真之介也听人说过那个名字。

这意味着流浪武士擅自替队伍开道。他们和主力部队之间的

---

①以下部分简称浪士。

距离太远,真之介早就觉得可疑,这下总算明白了。

"原来如此,这样就说得通了,不过……"

真之介心想:如果连那种人都必须雇为手下,德川将军家的命运果然非常危险。

好,比起德川,更该担心的是我的命运。

真之介站起身来,用手掌拍了一下颈窝,发出悦耳的声音,响亮的声音令他感到满意。趿拉着草鞋,来到门口的三条通上,眺望自己的店。

因为这栋建筑物曾是客栈,所以门面有四间①。在鳗鱼床铺②多的京都,算是宽敞的。

从正面看,右边是格子窗;左边是入口的泥地房间。如果拆卸下四片板门,就能清楚看见店内摆得满满的商品。初次光顾的客人也能轻松上门的气氛,让真之介感到中意。

铺木板的房间台子上,摆满了从这里回东国③的人可以随手买来当作礼物的礼品,像是京都风的典雅梳子、簪子、坠子、印盒、香烟盒、色纸、长条纸等。

稍微贵一点的茶罐、茶枣④、茶勺、茶碗,抑或香盒、香炉等,则

---

①间为长度单位,约为六尺五寸。
②意指细长的建筑。因为江户时代,京都的税金是依照店铺的正面宽度决定,因此商家会想尽办法缩窄宽度。
③江户,即现在的东京。
④枣形茶罐。

放在全新的草席上,配上一枝樱花。内侧是茶釜①、水指②、茶炉前方的屏风。旁边的柜子上自然地装饰上等的古代花布。

层层叠叠的浅木箱内铺上紫色绸缎,装着刀的护手、钉帽、匕首、刀子等。

挂在墙上的挂轴是美女图、山水画、禅僧的墨宝,内侧的柜子上则塞满了挂轴的盒子。从可以随手购买的礼品,到价值不菲的顶级货,大部分的物品都能够依照客人需求,即刻取出。

"欸,欢迎光临。"

不愧是京都的门户,三条通从早上就人潮汹涌,有不少武士和民众进入店内。因为真之介挑选了鲜艳花哨的物品,所以附近的姑娘也上门看几眼。

掌柜伊兵卫坐在栅栏中的账房,一副"商品的事一切交给我"的表情坐着。

伊兵卫会将伙计跟客人收的钱放进钱箱,记入账册。精品屋的生意已经开始运作。

柚子将大型的古备前瓮放在泥地房间角落,插上多到快满出来的连翘。鲜明的黄色,使得店内亮了起来。

"好慢啊……"

"是啊。"

柚子理了理花枝的位置,也看了门口一眼。

---

①用来烧水的铁壶。

②又称水差,一种装水的容器。其中的水用来补充釜中的水,也可用来刷洗茶碗或茶筅等茶具。

该来的人不来，让人一颗心悬在半空中。

父亲如果上门兴师问罪，柚子打算巧妙地发言，赶他回去。

我昨天嫁给他了，已经无家可归。

柚子心想：如果三指撑地，直视父亲的眼睛，如此毅然决然地撂下狠话，顽固的父亲也不得不死心吧。她屏息以待。

然而，关键人物的父亲还没来，这项计谋也无对象可施。反倒是心中生出不安。

"喂，牛若。"

"欸，什么事？"

"你去唐船屋探一探动静。"

"密探吗？"

"别那么亢奋！明明柚子失踪了，但别说是老爷了，连个跑来这里兴师问罪的人都没有，不管怎么想，这种情况都很奇怪。对吧？"

尽管善右卫门因故不能来，唐船屋有柚子的哥哥长太郎，也有掌柜。除此之外，也可以派进进出出的消防员或捕吏来。没有任何人来反而令人不寒而栗。

"别做出引人注目的事。不可以光明正大地造访，否则会打草惊蛇。"

"一切照办。敬请放心。"

真之介和柚子怀着祈祷的心情，目送牛若冲出店外的背影。

三

饶是等了又等,牛若依旧没回来。

这段期间内,客人也络绎不绝地上门。因为店坐落在好地方,所以商品从一早就卖得好,掌柜伊兵卫满脸笑容。

接近中午时分,三名武士进入店内。三人身上的木棉黑色外褂都沾染尘埃。

真之介笑脸迎人地点头致意接客。

这是窍门所在。

胡乱搭话,客人会不方便看商品。态度要表现得恰到好处。

他们是今天早上的武士。

真之介心头一惊,但是不形于色。其中一名是早上在三条大桥旁看见,壬生浪中大脸大嘴的武士。重新一看,他果然长得奇特。

武士站着看护手并排的箱子。

"除此之外,有没有更好的护手?"

箱子内并排的许多护手,尽是京都风的雅致商品。他大概是不中意吧。

"是。我马上拿过来。"

真之介没有交给伙计去办,亲自跑到后方的泥墙仓库,从堆积如山的箱子中,抽出全部收放粗犷护手的箱子,让学徒搬过去。

在铺木板的房间铺上白呢绒之后,再将护手排列其上,坐下来的武士脸上笑逐颜开。

"这是逸品。"

"多谢夸奖。请慢慢看。"

样样都是别出心裁的精致名品,不是十两、二十两黄金买得到的货色。真之介不认为这三名客人会买,想要恶作剧吓他们一跳。

"阿岁,你觉得这个如何?"

长相奇特的武士将一片护手举至眼睛的高度,对同行的武士说。

那是以赖朝举兵为图案的透雕:以金银铜镶嵌的赖朝听着冲进来的武士报告战胜结果,是一个气势十足的护手。

"还不错。"

装模作样的武士应道。他是个看起来脑袋灵光的美男子,一副对凡事看开的表情,令人不快。不过,他长得一脸会受烟花女子喜爱的五官,说不定很受女人欢迎。

年轻武士依旧站着,露出不满意的表情。他是个看似不知天高地厚,剑术高强的年轻人。

"是还不错,但是不便宜唷。"

长相奇特的武士一副想说"那种事我知道"似的点了点头。

真之介近距离笑容可掬地看着坐着的两人对护手品头论足。

哎呀,这真是一种奇相。

遇到罕见的长相,就跟遇见稀奇的物品一样,令真之介感到开心。

武士的长相越看越有趣。

颧骨异常地隆起突出,颚骨向左右大幅外倾。

凹陷的圆眼上面是鲜少看到的眉毛。整体又浓又粗,从眉间的眉头到眉尾强而有力地往上攀升,但是眉头以龙抬头的形式上挑。而眉尾则像虎尾一样柔和。

所谓龙头虎尾的眉毛。哎呀,这岂不是统一天下的面相吗?

男人将护手放回箱子,看了墙边的刀架一眼。

"这家店也卖真刀吗?"

眼神中带有侮蔑,仿佛在说:反正不会有什么了不起的刀。

"欸,有万中选一的刀。"

武士苦笑。

"所以叫做精品屋吗?好屋号。"

"多谢称赞。"

"这个护手确实是逸品,没有适合它的虎彻吧?"

明明开口方式显得唐突,男人却爽快地脱口而出,真之介对男人更加刮目相看。他似乎纯粹只是喜欢刀。

"有。"

虎彻有。挂在墙上的尽是三条宗近、相州正宗、康继、虎彻等广受欢迎的名刀。不过,因为是在无铭的钝刀上,煞有其事地刻上铭的劣质货,所以只定了和品质相当的价钱。

"我想,如今敝店里有的虎彻,各位恐怕看不上眼。如果想要好的虎彻,我可以另外准备。"

"既然如此,我想看一看。什么时候能够准备好?"

武士向前探身,年轻武士插嘴道:

"近藤大人,虎彻改天再说吧。如今是要不要回江户的紧要关头。如果不盯好芹泽兄的话,不晓得他又会做出什么事。"

长相奇特的武士皱起眉头,咂了个嘴站起来。

"是啊,我改天再来。下次我要看虎彻,好的虎彻唷。"

"谢谢光临。"

从伙计到学徒,一行人鞠躬送三人出去。

看到三人消失在远方,柚子低喃道:

"搞什么,讨人厌的武士。"

"我从一开始就不喜欢武士。不过,我觉得那个男人有点意思。"

"是吗……"

那是瘟神。

柚子原本想继续说自己的鉴定,但是究归没有说出口。

真之介坐在账房,翻开厚厚的账册。封面以墨笔写着"鉴定帖"的粗大黑字。

从九岁在唐船屋当仆人时起,真之介就会将各项看到、拿到的商品记入账册。

壁橱的木箱中已经收藏着几十本。每一页都写着仔细的鉴定内容。

每次翻开第一本,真之介总是眼眶泛泪。

新手学徒摸不到值钱的商品,甚至不许靠近看。

九岁的真之介是任人使唤的小鬼,连敬陪学徒末座的资格都没有。

尽管如此,他还是拼命记下偶然听到的商品名称,将偷瞄到一眼的商品模样烙印在视网膜上;偷偷地在厕所或卧室记下来,以免被年长的学徒发现。

一排排刚学会、写得又丑又生硬的平假名符号,一旁附上幼稚的图画。真之介从字里行间,看到了小时候想要早日成为独当一面的古董店老板的自己。

长大之后,除了商品之外,连所见、所闻,乃至于那一天遇到的奇人等,真之介都会写下自己的鉴定。

他拿起笔写道:

壬生浪有奇人。颜面巨大,颚骨异常突出,口大足以塞入拳头也。眉龙头虎尾。奇相宛如明太祖洪武帝。难判是统一天下的掌权者,抑或大奸大恶之辈。人称近藤大人。

正在备忘录旁画武士的肖像画时,牛若气喘吁吁地冲了回来。

"老爷、老爷,事情严重了。老爷当作聘金留下的千两,昨天被闯进屋内的强盗抢走了。"

"你说什么?!"

真之介没有听牛若说完,打着赤脚在三条通上发足狂奔。

四

通往东山知恩院的新门前通上,卖书画古董、茶具的老字号古董店鳞次栉比地一字排开。虽说是"新",但终究是千年的王城京都。这条路自从德川二代将军秀忠捐赠的巨大寺门完工之后,已有超过两百年的历史。

唐船屋是一家充分吸收历史涵养、有地位的店,光看不买的客人不好意思登门。

钻过茶色木棉的暖帘,铺满花岗岩的内玄关总是打扫得干干净净,洗手钵中装满了刚汲的水,今天用来点缀清水的是八层花瓣的棣棠花。

从掌柜、伙计到学徒都在前院静静地工作。

这里鲜少看见客人的身影。做生意不慌不忙,拿商品给东边的大名、西边的富商过目,然后请他们购买中意的物品。

真之介光着脚丫一冲进内玄关,立刻向学徒借抹布,擦了擦脚。

"你打算怎么收拾这件事?"

头顶上传来的是柚子的母亲——阿琴冰冷的声音。

抬头一看,身穿淡紫色绸裳的阿琴身上,有一股无法言喻的压迫感。

"……抱歉。"

"这件事不是一句抱歉能了事的。柚子在哪里?"

"欸……在家。"

"赶紧带她过来!"

"不,这……"

"我不想听你辩解。如果你不带她过来的话,要让你的店无法做生意是小事一桩。"

阿琴只说了这么几句话,倏忽一个转身,进入内侧。

真之介向掌柜低头行礼,正想进入内侧,长子长太郎从纸拉门后面现身。

"你是向天借了胆吗?竟敢做出这种荒唐的事!"

长太郎是个微胖肤白、说话慢吞吞的男人,令人搞不太清楚他心里在想什么。八成是受到母亲阿琴宠爱,在呵护备至之下长大的缘故。

"欸。抱歉。"

真之介除了抱歉,还是只能说抱歉。

"茶道掌门人今天应该会派人来家里打招呼。柚子早上失踪,全家上下乱成一团。"

柚子和茶道掌门人之子之间的婚事正在进行。

正因知道这件事,真之介才会在昨天使出强硬手段。

"如果柚子嫁给茶道掌门人之子,就能请茶道掌门人替无数的茶具签署。这么一来,像垃圾一样的茶具也能够高价卖出。这么好的婚事,你为什么要搅局?"

如果柚子嫁给茶道掌门人之子,唐船屋就能够永远获得莫大的利益。

但是真之介破坏了这桩好事。

"抱歉。"

"你是个忘恩负义的大坏蛋。"

真之介咬紧嘴唇。

"抱歉。"

不管被怎么说,都是没办法的事。自己是被这个家庭捡回一条命,养育长大的人。如果没有善右卫门的恩情,这条命早就没了。

真之介将手伸入怀中,握住挂在脖子上的护身袋。

听说刚出生的真之介被丢弃在知恩院的寺门时,这个袋子裹在襁褓中。

护身袋是褪色成茶色的破布,但仔细一看,是绣上蜻蜓的辻花染。

这块极尽奢华的染布,在战国时代受人喜爱,仅限于身份高的武士能够穿。这是祖先身上穿的衣服碎片吗?关于这件事,真之介无从得知。

辻花染的袋子中,装着一尊纯金的如来。虽然是不到一寸的小立像,但是做工精致,法相庄严。

辻花染的技术到了德川这一代失传。因此,风雅人士不惜花大钱买一寸的碎布。

如果卖掉辻花染的小袋子和纯金的佛像,父母和孩子应该能够暂时获得粮食。尽管如此,父母为何还是舍弃了婴儿的自己呢?真之介五内俱焚地想要知道自己的身世之谜。

"你在做什么?快点过来。"

听到阿琴的叱喝声而回过神来,真之介跳到内玄关,直接钻过内暖帘,在厨房内侧——内厅旁的流理台边候命。

"傻瓜,在那种地方能说话吗?进来这边。"

善右卫门在看得见中庭的内厅吼道。

真之介简短回应,又用抹布擦脚;弯腰鞠躬,坐在内厅的角落。

善右卫门背对壁龛,头上夸张地缠着白布,皱起眉头。这个男人五十五六岁,凡事小心谨慎,愤怒和不悦写在脸上。

"因为你的缘故,老爷受了这种重伤。"

阿琴吊起眼梢。

"你擅自放下一箱千两金币,给我们添了天大的麻烦。"

"闯进屋内的强盗跑进这里,老爷怕那一箱千两黄金被抢走,挺身阻拦,被强盗用刀鞘痛击,受了重伤。真是无妄之灾。"

真之介双手撑地鞠躬。

"真的很抱歉。不过,我不是擅自放下千两黄金。我按照去年女儿节[①]的约定,带来当作和柚子小姐结婚的聘金。我有先跟老爷打过招呼了。"

[①]三月三日。

昨天早上，明明带来约定的聘金，但是善右卫门却不许柚子和真之介结为夫妇。

真之介逼问"这和说好的不一样"，但是善右卫门完全不理睬他。因此，真之介迫于无奈带走了柚子。

善右卫门冷哼一声。

这件事的开端要回溯到一年前的女儿节那一天。

这间内厅的壁龛装饰着漂亮的人偶。

当时，真之介在唐船屋担任二掌柜。

在这间内厅向善右卫门报告生意之后，他下定决心开口。

"我明知您不会同意，还是和柚子小姐相爱。您捡回曾是弃婴的我，又从小拉拔我长大，您或许会说我疯了，但请让我和柚子小姐结为夫妇。"

善右卫门没有从账册中抬起头来。

"你发烧了吧？今天可以休假不要工作，好好调养身体。"

"不，我没有发烧。这是我经过深思熟虑之后下定的决心。我知道自己是癞蛤蟆想吃天鹅肉，也知道自己是恩将仇报，但是无论如何也阻止不了两人相爱。"

善右卫门瞥了真之介的脸一眼，不发一语地将目光拉回账册，默默地摆了摆手，命令：下去！

"老爷。请您务必同意。否则的话，我们俩说好了，只能殉情在黄泉路上结为连理。"

这句话终于让善右卫门直视真之介。

"你也知道柚子和茶道掌门人之子的婚事吧？"

真之介听说了这桩婚事。

柚子讨厌不可捉摸的茶道掌门人之子,严词拒绝,说她绝对不要嫁给他。

"不,柚子小姐说她想和我结为夫妇。这个家有长太郎这位优秀的长子,我想,您完全不用担心继承人的事……"

顿时,毛笔飞了过来。接着,算盘和装了墨汁的砚台也飞了过来。

"别说梦话了!柚子从出生的那一刻起,就注定要嫁给茶道掌门人之子。曾是弃婴的你之所以能够人模人样地说话,是托谁的福你别忘了这一点!"

真之介听说,捡起被遗弃在知恩院寺门的婴儿,交给唐船屋的女工志乃养育的人,确实是眼前的善右卫门。

真之介被志乃养到九岁,然后住进唐船屋的学徒房,拼命替善右卫门工作,从未忘过他的恩情。

"愚蠢得不像话。如果是像样的大铺子老板拿着千两聘金登门求婚的话,我倒是可以考虑一下。我何必将唐船屋的女儿下嫁给从弃婴培养成仆役的家伙呢?"

真之介紧抓着善右卫门说的"千两"这句话不放。

"假如我有一家店,拿着千两聘金上门的话,您能答应吗?"

"噢,口气倒不小。"

善右卫门脸色一沉,苦笑。他应该知道真之介比其他仆人更加倍竭尽心力地工作。

"好。假如你在明年的女儿节之前,能够拥有一家四间门面的店,带着千两聘金登门迎娶的话,我就将柚子许配给你。"

"真的、真的吗?"

"我善右卫门一言既出,驷马难追。不过,时下的万延小金币可不行唷。假如你拿千两天保小金币来,我就让柚子下嫁给你。如何?你做得到这一点吗?"

三年前——万延元年(1860)改铸的小金币,比女人的拇指更小,薄如纸张,重量仅8分8厘(3.3克),只有之前的天保小金币的三分之一,一两天保小金币能兑换三两万延小金币。换言之,如果是时下的万延小金币,善右卫门要真之介带三千两来。

黄金和白米的兑换行情不稳定,但是当时一石白米能够勉强以四分白银、一两万延小金币买到。千两是一笔天文数字。

"我知道了。不过,假如我准备了那么大一笔聘金,您真的会让我和柚子小姐结为夫妇吗?"

"噢,求之不得。你开一家气派的店,拿千两来吧。少一文钱都不要想!"

真之介在那一天离开了店。那是他二十五岁的春天。

要怎么筹措千两这么大一笔钱呢?

不管怎么想,都只有买卖用品这一条路可走。

做学徒是无薪,但从伙计提拔成二掌柜的期间内,他在店里存的钱是二十一两又三分之二铢[①]。那是他手头的总资产。

从隔天起,真之介拼死拼活地工作。

[①]货币价值相当于十六分之一两黄金。

收购用品，卖掉获利。

做的事和掌柜的工作一样，但是少了老字号店铺的招牌和财力，能做的事有限。

真之介走遍有泥墙仓库的人家、大型商家，或者京都郊外的富农和寺院，收购用品。很少人家会将值钱的古董卖给陌生的古董商。无论是衣柜、水缸或旧衣，只要有人肯卖，真之介全都买了。

他在古董市场卖那些商品。

获利一点一滴地增加。离开店之后的第五个月，真之介买下古董买卖经营权，在三条寺町租了一间小店。

雇用掌柜伊兵卫和伙计牛若之后，有了将收购的古董搬到市场的人手，生意规模一下子变大了。

虽然远远不及千两，但是在今年的一月底，存了两百多两黄金。就工作十个月而言，这是赚了大钱，而且是一大笔钱。

不过，距离千两遥不可及。

非得想个办法才行。

在古董买卖的世界中，一攫千金绝非天方夜谭。有人侥幸从一堆破铜烂铁中挖出价值连城的宝物。如果想遇见天大的福分，捷径就是踏破铁鞋，一味地寻找古董。

那一天，真之介出远门走在上贺茂，碰到了火灾过后的废墟。

这里应该是……

上贺茂神社的神官们聚居的区域，他担任唐船屋的伙计时，曾来拿一幅挂轴。

四周弥漫着焦臭的热气，余烬仍在冒烟。付之一炬的宅邸中，只剩下泥墙仓库。

就是这个,这座泥墙仓库。

那座泥墙仓库似曾相识。他之前来拿挂轴时,神官曾经打开门入内。

真之介在仓库前面等候,往内偷瞄了一眼,惊讶得起鸡皮疙瘩。

高及天花板的柜子里,整齐地摆满了挂轴和古董的箱子。真之介看到那种柜子有好几排,还有许多涂上茶色漆的箱子,并非未经加工的原木箱。放在两层箱、三层箱中的上等古董全部收纳在柜子里。

好棒的仓库啊。

基于工作因素,真之介看过各种人家的仓库,但是收藏品那么值钱的仓库可不多见。那一天去拿的山水画轴也是上品。出现一件优质古董的仓库,会接二连三地出现好古董。古董商会称之为古董宝库,见猎心喜。

那座仓库烧掉了。

墙壁和屋顶还在,但是涂满白色灰浆的泥墙仓库,灰浆剥落了,泥土烧成褐色。窗户的接缝没有封死,而且有些地方的墙壁也变薄了。

里面的古董已经完蛋了吧。

真之介如此心想,用手一摸墙壁,仍残留着余温。

"喂,是你纵火的吗?"

听见声音回头一看,眼前站着一名男子。他是贺茂神社里的众多神职人员之一,身上穿的水干①被泥土弄脏,被火星烧出一个个破洞。

"不,怎么可能是我?我只是碰巧经过的古董店老板。"

神官毫不客气地上下打量真之介,嘀咕了一句:

"怎么着,你已经盯上这座仓库了吗?"

"事情并不是您想的那样……我之前替新门前的唐船屋工作,几年前曾经因为跑腿而来过这里。如今开了一家店,自己在经商。"

神官以狐疑的眼神盯着真之介。真之介感觉被人以死盯不放的眼神从头到脚打量。

"既然你是古董店老板,怎么样?要不要买这座仓库的收藏?"

"您肯卖吗?"

"噢,我正想从京都转移阵地到其他地方去。这场火灾是流浪武士纵的火。连贺茂的这种乡下地方都遭到火攻,命有再多条也不够用。我考虑逃到丹波的深山一阵子。"

由此看来,这位神官八成是佐幕的开国派。

"不过,以这个情况看来,仓库的收藏恐怕也已经烧光了吧。"

"是啊……说不定烧光了。可是,这是一座墙壁特别厚的仓库,我认为没有烧光。你别看我这样,我可是山城一宫的神职世家。那里面塞满了书画古董的名器物,也有许多鹰峰的本阿弥送的物品。如何?如果你出千两小金币的话,我就将整座仓库卖

---

①一种以水洗后不上浆的朴素布料制成的狩衣〔神官服〕。

给你。"

"千两太贵了。"

真之介反射动作地低喃道。

"哼！多少钱你才肯买？收藏光是一个茶碗、一幅挂轴,也都是值数十两、数百两的名品。如果拍卖的话,这座仓库说不定价值高达一万两。"

外行人总免不了高估古董,不可能卖得到一万两。但是,根据之前偷看一眼的印象,说不定卖得到数千两。这座仓库买了稳赚不赔。当然,前提是没有烧光。

"说是这么说没错,但是都烧成这样了,八成连收藏也烧光了。那么一来,可就一文不值了。"

"这个嘛……"

神官看着仓库,眼中带有不安的光芒。原来这个男人也最担心这一点。

"一百两。一百两怎么样？一百两的话我就买。"

"一百两太低了,起码五百两。"

"那么,我出两百两好了。"

这么一来,等于是真之介的所有财产。

"不行。你要出三百两。那样我就卖给你。"

"三百两吗……"

即使投入所有财产也差一百两,但是一百两应该勉强借得到。

真之介陷入沉思。思考的过程中,心跳加剧,呼吸变得紊乱。赚钱的机会唾手可得。

然而,那说不定只是幻想。

真之介望向神官,又看了灰浆剥落,烧成褐色的仓库一眼。

仰望天空。那是一片令人心旷神怡、万里无云的蓝天。他想赌一把。

"我买。"

接着,他十万火急地跑向四条木屋町的古董店桝屋。老板汤浅喜右卫门是在古董市场结识的朋友,真之介告诉他事情原委,提出借一百两的请求;低头恳求,以自己的一条命做担保品。

喜右卫门看着真之介的眼睛许久,轻轻点头。

"好。我十分清楚你是耿直的辛勤工作者。就算那座仓库让你亏了钱,你铁定也会马上赚回来。"

真之介冲回上贺茂,加上自己的两百两,将三百两交给神官。

接着,真之介静静守候在仓库前面。

要是在火灾之后,马上打开仓库的门,火就会窜入原本没事的内部。真之介裹着薄棉睡衣,在仓库门口生活了两天。

如果烧光的话怎么办?

他满脑子里想的尽是这件事。

他只好上吊自杀了。

他想象那幕画面,浑身一颤。

纵然这座仓库的收藏烧烂,变成一文不值,他该做的也只有一件事,就是以仅剩的一点钱买卖用品。除此之外,真之介没有其他该做的事。

第三天早上,他打开了仓库的门。

里面仍旧充满了白烟,发出焦臭味,他绝望地当场瘫坐在地。

不行。我输了。请你忍耐!

脑海中浮现柚子的脸庞,真之介低头致歉。

浮现在脑海中的柚子不肯原谅他。

我无法忍耐。你一定要风风光光地来迎娶我。

真之介清楚地听见了柚子的声音,感觉自己幡然醒悟。

他等候白烟消失,战战兢兢地检查。

收藏没有烧掉,许多塞满柜子的书画古董的箱子悉数安然无恙。

真之介将搬出来的许多古董拿到拍卖市场拍卖,卖得的总额是四千七百两。

他以那笔钱买下三条木屋町的客栈并搬过去,将三千两兑换成千两天保小金币,当作聘金带到唐船屋。

真之介礼节周到、费尽唇舌,请求善右卫门答应他和柚子的婚事,但是善右卫门假装不晓得一年前的约定。

不得已之下,他只好留下一箱千两金币回去。

据说昨天被闯进屋内的强盗抢走的就是那笔钱。

"不过话说回来,闯进屋内未免太过分了。你跟奉行所报案了吗?"

"报案了。但是既然强盗留下了这种东西,町的官员也不会当作一回事。"

善右卫门递出一张纸。

一看之下,那是一张借据。

一金千两也。

为了尽忠报国,借钱一用。待成为某位攘夷人士的护卫之后,自当奉还也。

亥三月三日

壬生在　水府浪士　芹泽鸭

新见锦

平间重助

"壬生浪吗?"

"是啊,一个块头壮硕的家伙。好可怕,我以为鬼怪来了。"

是那家伙!

真之介想起了今天早上在三条大桥上乱挥刀的微醺壮汉。

"我去把千两要回来。"

"可是,你……"

"喂,在那之前,先把柚子带回来……"

五

真之介听见背后传来老爷夫人的声音时,已经从厨房的料理台边冲了出去。

近藤勇来到祇园茶楼一力亭的宴会厅时，热闹的宴席已经展开了。舞伎、艺伎多达十人以上。近藤就座，明明好不容易在红楼宴中手持酒杯，但是心情却一点儿也高兴不起来。

背对壁龛的柱子，身在宴会正中央的是水户的芹泽鸭。

跟随芹泽的新见锦、平间重助等五名水户的流浪武士，沉醉于美酒和美女，有说有笑。

华美绚丽的酒席令人目眩，但是近藤的心情却晦暗沉重。

天底下岂有这种愚蠢的事？

虽然没有说出口，但是即将爆发的气愤充塞胸臆。

"近藤，你的脸很臭耶。"

"芹泽大人，亏您能够若无其事。"

"嗯。"

芹泽鸭醉眼迷蒙地瞪视近藤。他是个人高马大、傲慢无礼的男人，但是剑术应该相当高超。自称获得神道无念流真传，恐怕也不完全是在吹牛。他之所以胆大妄为，大概是因为曾经砍杀过人。

不过，无奈他欠缺替别人的心情着想的细腻心思。

"不必放在心上。没想到你这么胆小。"

从江户来的途中，近藤受到这个男人的百般戏弄。事到如今，无论他说什么，近藤都不会动怒。

"可是，度量太大恐怕也值得商榷。才来京都不久，马上就叫人回江户，未免太愚弄人了。偏偏听说将军大人也说要回去，攘夷之事都尚未着手。"

清河八郎献策要浪士组上京都，一抵达京都，立刻就向皇宫的学习院①上书陈述：应奉朝廷命令回到江户，在该地行尊皇攘夷之大义。

这个策略受到采纳了。不光是朝廷，连征集浪士组的幕府方面也同意了。昨天三月三日，浪士总管鹈殿鸠翁和指挥者山冈铁舟下达了正式的回江户令。

"留在京都不就好了吗？我是打算这么做。"

芹泽顺口说道。

"那么一来，我们根本站不住脚。我们是随同将军大人上京都的，轻蔑将军大人，讨论回去、留下本身就是一出闹剧。"

近藤不悦地在怀里环抱双臂。连他也晓得自己的表情僵硬，嘴角大幅扭曲下垂。

"近藤大人，为了留在京师，我们写请愿书吧。"

土方岁三让上了年纪但风韵犹存的艺伎替自己斟酒。这个男人在不知不觉间，让最妖艳的艺伎在旁侍候。

"噢，就那么办吧。这样做最好。不过话说回来……"

近藤举杯喝酒，但心情还是好不了。

视线怎么也避免不了跑向放在芹泽旁边的千两箱子。

借用根本是胡扯一通。简直是盗贼嘛。

近藤想要谴责芹泽的心情十分强烈。

另一方面，他又想：如果要留在京都，自己大概也跟他一样，必须硬借。

---

①为了皇族及贵族子女的教育而设立的学校。

被抢先了一步。他手中有千两,而我却身无分文。

近藤意识到,其实今晚自己气愤的原因在于那个千两箱子。

起程之前,在江户领的准备资金兼盘缠十两已经用罄。如果回到壬生村,虽然吃住无虞,但是特地来到了京都,却就这么回去了,未免颜面无光。

对于获得大笔金钱的芹泽的羡慕和嫉妒扭曲变形和对于主张回江户的清河八郎的愤怒掺杂在一块儿。

"土方,我们差不多该告辞了吧。"

近藤手抚下颚。

"已经要走了吗?"

"事情办完了。我们和芹泽大人一起写留下请愿书,向京都护守会津侯上奏吧。今天的议题就是这件事。"

近藤一起身,土方立刻不情不愿地伸长双腿。一群女人劝留土方。

"讨厌啦,已经要回去了吗?明明可以多待久一点,我们好寂寞唷。"

只有土方被拉衣袖,自己没有被拉也令近藤心里头不是滋味。嘴角扭曲下垂的嘴巴变形得更严重了。

近藤向水户浪士点头致意,离开了宴会厅;快步走在走廊上,拨开将"万"字染黑的红褐色暖帘,来到了门口。

四条通上,晚风飘香。

这是京都的春天夜晚。

红色的纸罩蜡灯一直绵延至祇园社(八坂神社)的石阶。

"阿岁啊。"

"什么事?"

"你想成功吧?"

"嗯,我想成功。"

土方在门口接过一力亭的男仆递出的灯笼,缓慢地迈开脚步,感觉到背后有人的动静。

"近藤大人。我等您很久了。"

近藤勇听见有人叫他,手按刀柄,准备拔刀出鞘,回过头来。

"你是谁?"

男人回过头来,手按刀柄,真之介连忙往后一跃。

"我不是可疑分子,是您白天光临过的三条古董店老板。"

"古董店老板……"

"是,您问我有没有虎彻,位于三条木屋町的古董店。"

另一名摆架子的武士高举灯笼,照亮真之介的脸。

"噢,是你啊。有什么事吗?"

"是,事情是这样的……"

真之介简单扼要地说明来意。

从前雇用自己的新门前茶具店,被人硬借走了千两天保小金币。谣传是水户的芹泽做的好事,自己四处奔波,到壬生村和向黑谷的会津大人一问之下,得知芹泽似乎和近藤一起去了祇园的一力亭,因此一直在此等候。

"我不太清楚,但是听说他留下了借据。"

近藤似乎不太感兴趣。

"不过，老爷说他明明拒绝，但是芹泽强行带走了。这肯定是硬借。"

"是又如何？"

"我想请他返还。那一千两是一笔很重要的钱，无论如何都缺之不可。"

"既然如此，你最好直接跟芹泽谈判。我既不是他的朋友，也不是盟友。"

真之介摇了摇头。

"如果他是可以沟通的人，我自然会那么做。可是，即使对强行带走金钱的人讲理，我想也只是白费唇舌，所以想请通情达理的近藤大人出面。请您务必助我一臂之力。"

"你这么说，我又能怎么做……"

近藤一面手抚下颔，一面思忖。看来并非毫无希望。

"我精通观相学，近藤大人的眉毛是世上罕见的龙头虎尾，看来是带领天下国家之人，请勿对只能向您求助的困民窘状见死不救。"

"拥有千两的人自称困民，真是可笑之极。"

近藤勇扭曲嘴角。

"我听说那笔钱是富商将以茶道等游艺骗取的不义之财，捐出来作为报国的经费。有助于天下国家，你反而应该感到光荣吧。还是说，你是为了私人恩怨呢？比起天下国家，你个人的欲望更重要吗？"

完了。

真之介心想自己说溜嘴了,但是近藤背对他越走越远。近藤终究也是壬生浪,他们是一丘之貉啊。

"近藤大人,求求您、求求您。"

近藤回过头来。

"对了,虎彻就麻烦你了,我要上等的虎彻。"

近藤只留下这句话便走了。

今天又鉴定错了。

真之介以为如果向他求助,应该总有办法拿回千两,觉得仰仗他的自己好愚蠢,心中生起一把无名火。

这么一来,只好和芹泽同归于尽了吗?

思绪不禁偏向激进,听说芹泽这名彪形大汉是使剑高手,而且有同伙。纵使他喝得酩酊大醉,真之介也毫无胜算。

真之介气得气血上涌,头晕脑涨。

非得设法讨回千两才行。

这样左思右思,娇艳的春天夜晚令他愁闷得几欲发狂。

六

柚子一夜没合眼地迎接早晨。

并排铺了两床棉被,但是丈夫没有回来。

让掌柜和学徒等人饱餐一顿早餐之后,柚子一如往常地下令开店;身穿唯一一件包在包袱中带来的樱小纹和服外出。

经过三条大桥,在绳手通右转,新门前的唐船屋就在眼前不远处。柚子过娘家门而不入,直接前往四条花见小路的一力亭。她从伙计牛若口中得知,丈夫在那里的来龙去脉。

一到四条通,在一力亭的门前看见一个男人瞪着红褐色的暖帘,双腿张开站立。他是真之介。柚子靠近他身旁,但是他浑然未觉。

"早安。"

在耳畔打招呼,他才终于回过头来。

"啊,大小……不……"

真之介口吃的模样悲壮,前所未见。锐利的目光,令柚子联想到雄性的野兽。

"你露出那种豁出去的表情,糟蹋了老天爷赏赐的俊俏脸庞。"

"不过,现在是决定能否讨回千两的重要一战,我非抱着必死的决心不可。"

"我不要你这样。"

柚子故意以冷静的口吻一笑,真之介吊起眼梢。

"男人在认真,大小姐在笑什么呢?"

柚子用力地摇了摇头。

"我家重要的老爷今后会赚十万两、百万两。区区千两,用不着大动肝火。"

真之介为之语塞。

"可是,这是能不能和大小姐结为夫妇的关键点。"

柚子扑哧一笑。

"你还在叫我大小姐啊……我们已经是喝过交杯酒的夫妇了。我们依照礼法许下了婚约。不管聘金是否被偷,都没有关系。"

"话是这么说没错……"

"既然这样,请你叫我柚子或娘子。"

"是啊……遵命。不,好。"

真之介心想,柚子说得一点也没错;点了点头。

"你拜托过老板娘了吗?"

真之介担任唐船屋掌柜时,经常进出这间茶楼,为了接待客人,也卖出了许多茶具。真之介应该熟识这里的老板娘。

"哎呀,我不方便提起自己和他们店里客人之间有金钱纠纷这种庸俗的事……"

"那倒也是。"

柚子微微偏头。

"不过,我还是去找老板娘讨论一下,我想不会有损失。阿真,你等我。"

柚子倏地钻过暖帘,进入了一力亭。

她认识正在打扫外玄关、身穿短外褂的男仆。

"老板娘在吗?"

"欸,在。请进。"

男仆态度和善地以笑脸回应。

"早安。"

柚子对内侧的小房间打招呼,老板娘阿节正在喝茶。

"又来了一位稀客,一大早是什么风把你给吹来了?"

从小,老板娘就经常给柚子糖果,对她疼爱有加。能够省略招呼,直接切入正题令人庆幸。

柚子说明这一阵子发生的事情之后,阿节深深点头,皱起眉头。

"芹泽先生和市菊她们七横八竖地睡在一块儿。差不多该醒了,快,该怎么办才好呢?"

艺伎市菊和柚子是竹马之友。市菊是祇园新桥置屋①的姑娘,房子和新门前的唐船屋背对背,所以经常从后栅门来来往往,玩在一起。

"我也没有主意,但既然是市菊的房间,能不能让我暂且端茶过去呢?我说不定会想到什么好点子。"

"那倒是无妨,不过千两啊……恐怕没有人会二话不说地还来。"

柚子起身时,阿节注视她身上穿的樱小纹和服。

"你说你逃出家门,但还是得跟父母说清楚才行。你意气用事,想必也没有换洗的衣服吧?樱花季马上就要结束了。"

"欸,我会那么做。"

如此回应时,柚子的脑海中灵光一闪。

---

① 艺伎等的住宿处。

"老板娘,我可以端出樱花汤代替茶吗?"

"你打算怎么做?"

"秘密。呼呼。说不定会有办法。"

"早安。睡得好吗?"

柚子从走廊上一打招呼,一个浑厚的嗓音从和室内回应。

打开纸拉门,众人乱睡的棉被已经收起来了。一群女人似乎正在隔壁房间补妆。

一名壮汉坐在房间正中央,双手揣在怀中眺望中庭,早上刺眼的阳光令他眯起眼睛。柚子也对他似曾相识,这个男人正是芹泽鸭。

好可怕的人。

他看起来是个暗藏粗暴疯狂性格的男人,柚子感到畏怯。尽管如此,她还是勉强挤出笑容。

"刚睡醒,喝杯樱花汤如何?"

托盘上的白色茶杯中,漂浮着樱花。只是将热水注入盐渍过的花瓣,但这种饮品格外具有春天雅趣。

"嗯。"

芹泽虽然点了点头,但并不感兴趣。一脸宿醉未醒的表情。

"在京都,每天早上都喝樱花汤吗?"

另一名武士问道。

"不,平常不会那么做,只是听说这间房间的客人有十分值得庆祝的事,所以才端了过来。"

"值得庆祝的事是指什么……"

一群武士面面相觑。

"你们得到了千两,对吧?那么值得庆祝的事,一生可没几次。"

柚子敛起笑容,挺直背脊。

"你是谁?这间店的人吗?"

芹泽鸭瞪大眼珠子。

柚子收起下颌,笔直看回去。暗藏在内心的刚强窜上背脊。

"不,我是以那一千两当作聘金出嫁的女人。如果你们不还我那笔钱,我身为新娘会无立足之地。"

和室内的气氛为之凝结,壮汉舔了舔嘴唇。

芹泽露出凶狠的眼神,正要开口时,隔壁房间的纸拉门打开,一群打扮完毕的女人进来了。

"哎呀,是樱花汤。我也想喝。"

"光看就觉得好吉利。"

众人叽叽喳喳地发出娇媚的声音,紧绷的气氛顿时消散。

芹泽把手伸向樱花汤;一口饮尽,以手背拭口。

柚子等待他开口说什么,但是他不发一语地眺望中庭。

"怎么样?就算我求你直接还回千两,你也不可能点头答应吧?要不要玩个猜一猜的打赌游戏呢?"

一群男人的视线投注在柚子身上。

"我有千两,你要用什么当赌注?"

芹泽鸭重新面向柚子。

"我或许不值钱,但如果我猜输的话,我就把我整个人献给你。

我虽然是生物,但是不需要喂食。要杀要剐,任凭处置。"

个头娇小的柚子抬头挺胸,未经世故的脸庞凛然绷紧。

芹泽的目光扫视柚子全身。

"有趣。如何定胜负?"

"我听说敷岛的大和精神犹如晨曦下香气四溢的山樱花。以樱花比赛如何?"

"你要拿樱花怎么做?"

"我们来猜樱花汤吧。"

"比赛方式是?"

"虽说都是樱花,但有京都的樱花,也有吉野的樱花。猜的人喝樱花汤,成功猜中是哪一种樱花的话就算赢。猜错的话算输,怎么样?"

"看花瓣就知道了吧?"

当然,京都的垂樱和吉野的山樱,花瓣不一样。

"不,没有花瓣,只闻花香猜猜看。"

壮汉将喝光的茶杯凑近鼻子,闻了闻味道。

"这是?"

"京都是祇园的樱花。"

"有吉野的樱花吗?"

"让我来准备。"

柚子一拍手,一名女婢探出头来。柚子拜托她准备一套茶具和罐装的盐渍樱花,男仆将茶具搬了进来。

柚子让男仆将茶炉前方的屏风竖立于芹泽面前,遮蔽自己的视线,然后设置加了炭火的茶炉。一放上茶釜,立刻响起宛如松籁般的水滚声。

一切都在屏风后准备就绪。

"姐姐,能够请你帮忙一下吗?"

一名艺伎一副了然于胸的表情起身,坐在茶釜前面。她是市菊。

"芹泽先生,请检查。罐子上分别贴了写着吉野和京都的标签,以免弄错。"

芹泽掀开常滑①的罐盖,往里面一看;然后以筷子夹起布满盐的花瓣,放入清水烧的白色茶杯。茶炉前方的屏风挡住视线,从柚子的角度看不见芹泽的动作。

芹泽亲自将热水注入两个茶杯,闻了闻味道。等一会儿之后喝热水,偏头不解。一副完全感觉不出差异的表情。

"你说你知道两者的差异是吗?"

"欸,我知道。"

"有趣。我接受这个打赌。如果你准确无误地猜出是哪一种樱花十次,我就将千两还给你。"

"十次吗……"

"要放弃吗?"

"不,让我试一试。"

芹泽鸭在茶炉前方的屏风后面,弓起宽大的背部;面露不怀好

---

①位于爱知县知多半岛西岸的城市,以常滑烧而闻名的陶瓷器产地。

意的微笑,挑选罐子。

从柚子的角度看不见罐子。四名流浪武士瞪大眼睛,监视是否有作弊。

芹泽一点头,市菊便注入热水。

市菊等了一会儿之后,以筷子夹取出樱花花瓣。

舞伎接过放着一个茶杯的托盘,放在柚子面前。

乍看之下,白色茶杯里装的只是一般的热开水。

柚子双手捧起茶杯,悄悄闻了闻味道。

"噢,好香。"

嘟起小嘴吹凉热开水,然后啜饮一口。淡淡的盐味和樱花的风味在口中散开。

吁了一口气之后,又啜饮一口。

和室内明明有十多名男女,但是没有半个人开口。中庭的青苔受到朝阳照射,闪烁着光芒。

"发出山的清香,所以是吉野吧?"

芹泽鸭焦躁地咂嘴,全身充满了阴险的气息。

"好,再一次。"

市菊又同样地准备一次,舞伎将茶杯递到柚子面前。

柚子手捧茶杯,闻了闻香味。

"香气柔和,雍容华贵。"

缓缓啜饮,轻轻叹息。

"散发出京都祇园社的香气。"

芹泽愤怒地吊起眉梢。

"再一次!"

舞伎又递出透明的热开水。一含入口中,淡淡的香气四散。

"这是吉野。"

"下一次!"

"还是吉野。"

反复十次,柚子一次也没猜错。

芹泽鸭悔恨地低吟,瞪视柚子,但最后还是认输了。

"你这个女人,舌头好厉害。我芹泽认输了,你可以带着千两箱子回去。"

"多谢。打扰了。"

柚子畏怯地蜷缩身子,强忍笑意,微微低头行礼。

柚子请茶楼的男仆搬千两箱子,一起来到门口,真之介一脸惊讶地迎上前去。

"没事吧?"

"欸,事情很顺利。"

柚子让伙计牛若拖装载千两箱子的木板车;边走边说事情的始末。

"亏你敢做出那么大胆的打赌……"

"我想,反正是在市菊的房间,总有办法会赢,所以提出了打赌。"

"市菊……"

"你认识吧?住在唐船屋后面的市菊,她是我小时候的手帕交。"

"这我是知道,但……"

真之介也熟识艺伎市菊。

"于是怎么着?你和市菊使诈了吗?"

"吉野的樱花汤和京都的樱花汤,那种东西怎么可能猜得到?不行吗?"

真之介瞠目结舌。

"不,倒不是不行,而是……你们怎么串通好的?"

"就算没有事先说好,市菊也会清楚我的用意。"

"所以,她告诉你是京都或吉野了吗?"

"欸。"

"怎么做?"

"喏,在客人面前不能说话的时候,女孩子会用肢体动作沟通,对吧?我们用的就是那种方式。因为我们小时候也经常这样玩。"

若是类似手语的对话方法,真之介也晓得。

女人之间在客人面前无法讲悄悄话。想讲客人的坏话时,祇园的女人会比手画脚说话。

举例来说,首先以手指比出"八"的字形,嘟嘴发出"嗯"的音,再用双手做出抱小孩的动作代表"子",就是"怪人"。客人不管被说了什么,也完全察觉不到。

"如果是吉野的,只要她偏头,我就知道了。"

柚子往旁偏头。那就是"吉"。

"京都的京就很难比了。"

只要伸出两根手指,再将另一只手的食指靠上去,就会形成片假名的"京"。如果做出那种动作的话,流浪武士们大概也会察觉。

"只要是象征意义的动作不就好了吗?市菊如果望向芹泽先生,就是京。我们小时候经常玩。"

真之介一脸十分错愕的表情看着柚子。

"讨厌啦,别那样看我,我会害羞。坦白说,我怕死了。"

尽管如此,真之介还是从正面目不转睛地直视柚子的脸。

"娘子,你真是女中豪杰。"

被真之介叫"娘子",柚子开心极了。

"没那回事。我是一般的京都女子。"

"不过,假如不是市菊的房间,你打算怎么做呢?"

"不晓得,到时候再打算,反正船到桥头自然直,总会有办法。我一点也不担心。因为那是阿真拼命赚的钱,绝对不可能消失不见。"

阿真。

柚子在心中又低喃了一次。自己成了眼前这个男人的妻子。

柚子和真之介伫立在三条大桥上。北山一片翠绿,蓝天白云倒映在鸭川中。

想到两人今后要一起生活下去,柚子感到万分欣喜。

"谢谢你。柚子,你是好女人。我一辈子都不会离开你。"

"多谢。"

柚子握住真之介的手。

"不过,请你小心。"

"为什么?"

"因为柚子的树枝上也有扎人的刺。"

柚子将真之介的手拉到自己的嘴边,露出恶作剧的表情,轻轻咬了一下他的小指。

金莳绘的蝴蝶

一

　　一只凤蝶翩翩飞舞在人声鼎沸的三条通。

　　受到三月和煦的阳光吸引，蝴蝶似乎也从鸭川河畔飞来了京都街头。

　　柚子正在擦拭挂在屋檐上的"古董店　精品屋"这面招牌。榉木板和白色胡粉的字都绽放着崭新的光芒，她很高兴能和真之介拥有一家店，一天擦好几次也不厌倦。

　　一名武士在店前面停下脚步。

　　他从坠子、印盒等小东西，到书画古董、茶具、武器，看了摆满商品的店面一圈。

　　柚子忍不住不客气地注视武士的脸。他长得很特别，令人忍不住直瞧。

　　哎呀，这个人真奇怪。

　　柚子不禁瞪大眼睛，在心中嘀咕道。

　　近来，京城中充满了各地武士。许多看似从远方而来的俗气男子只站在店头，汗臭味刺鼻、感觉像是离藩浪士的人也常出现。

　　无论长相好坏，武士的眼中都精光毕露。

开国吗？

攘夷吗？

赌上性命，为国事奔走的过程中，男人这种生物似乎内心都会炽热翻腾。那会显露在眼中。

在那种男人当中，那名武士的眼神格外特殊。

明明他个头不怎么高，但是脸却像马一样长。像稻荷神社的狐狸长相般的凤眼，提高警觉地正视前方，那种目光异常强烈。

男人意识到柚子的视线。

柚子微笑点头致意，男人的眼角漾起笑意。

笑容意想不到地可爱。

欸。没想到……

如果被这种武士正眼一看，八成有女人会感到一阵晕眩。砍人般的锐利眼光和放松时的柔和甜蜜之间的落差，会让女人心头小鹿乱撞。

武士正在看女人的梳子。

比较许久，拿起了描金画的梳子。一幅华丽凤蝶飞舞的金莳绘。

"这个多少钱？"

"欸。三铢。"

武士点头时，一名从对面走过来的年轻女子对他说：

"哎呀，这不是高杉先生吗？"

她十分怀念地眯起眼睛。

柚子对于上前搭话的女子长相也似曾相识。

头发盘成京都风的先笄①,完全打扮成商家的年轻妻子,她是不久之前,还在祇园新桥当艺伎的小梨花。她曾在新门前通的唐船屋后面的井筒屋待过,所以她也认识柚子,但似乎现在还没认出来。

"哎呀,你是小梨花嘛。"

"欸,好久不见。高杉先生又回京都了吗?"

武士点头的表情显得诧异。

"你怎么了?安然嫁到室町了吧?一切都好吗?"

"欸,当时受您照顾了……"

"现在怎么着?有事要去哪里吗?"

"欸……"

小梨花轻轻点头,但是双手空空,而且有点衣冠不整。看起来不像是有事出门。

名叫高杉的武士以凤眼直勾勾地盯着小梨花。

"婆家发生了什么事吗?"

"不……"

小梨花垂首摇了摇头。然而,不管怎么看,都觉得发生了什么事。

"夫妻吵架了吗?"

"不是你想的那样。"

小梨花轻咬嘴唇。

---

①江户时代后期,一种年轻已婚妇女常盘的发髻。

"既然这样,你为什么要垂下头？为什么不看我的眼睛？"

"欸……"

受到武士逼问,小梨花身体僵硬。

她握紧的手频频颤抖。

"怎么了？"

即使受到武士追问,小梨花也只是低着头颤抖。

不妙,小梨花有什么想不开的事。

连在一旁的柚子也感觉到小梨花散发出异常不安感,感觉像是蓄满水的堤防即将溃堤。

"……我……已经……不行了……"

小梨花小声地自言自语,当场蹲坐在地;双手捂住脸,开始号啕大哭。一旦泪水溃堤,她哭得越来越大声。

"哎呀,怎么了？"

不寻常的气氛令真之介吓了一跳,从店里冲了出来。

"这位是从前待在祇园新桥井筒屋的小梨花。听说她嫁出去了,但是突然走过来,说哭就哭了出来……"

柚子蹲下来抚摸小梨花的背部。

小梨花似乎忍耐了好长一段时间,把脸皱成一团哭个不停。

除了店里的其他客人之外,三条通上的行人也望向这边。

"这种地方不方便讲话,不妨进屋吧。武士大人如果不嫌弃的话,也请进。地方脏乱,不用客气。"

"嗯。也好……"

柚子搂着小梨花的肩一进入店内,武士也随后跟上。

"请上二楼。"

宽敞的楼梯保留客栈时的原貌,爬上楼梯,坐在二楼的前厅之后,小梨花仍旧颤抖肩膀继续哭。

尽管如此,哭一会儿之后,像是附身的东西走了似的,小梨花终于面露生硬的微笑。

"抱歉。给你添麻烦了。"

小梨花双手撑地,低头致歉。

"你们是她的熟人吗?"

原本端坐注视着小梨花的武士问真之介。

"欸。我们原本是新门前的唐船屋这家茶具商的人。店和这位小梨花姐曾待过的祇园新桥的置屋井筒屋背对背。我曾经到井筒屋收购古董,和小梨花姐很熟。"

真之介对柚子使了使眼色,大概是打算贴心地让小梨花和武士两人独处。

"请两位在这个房间慢慢聊。"

两人低头行礼,正要告退时,武士以手制止。

"不,请待在这里。如果是熟人,想必知道小梨花辞去艺伎,嫁到室町吧?"

"欸,听说了。"

听说今年春天,小梨花嫁到了室町的一位大型和服批发商。

"她恐怕是在婆家跟人吵架了,但如果是婆家的事,跟我商量也无济于事。能不能请你们听她说呢?"

刚嫁进大铺子的新嫁娘也没携带随身的女婢,只是独自东走西晃就很不寻常。

忽然在人前哭出来,认为她发生了什么事也是人之常情。

"那种事,不能拜托他们……"

小梨花又露出了泫然欲泣的表情。

"欸,快别这么说,说不定有什么我们帮得上忙的事,如果不介意的话,不妨说说看。当然,我们不会告诉别人。"

柚子一开口,小梨花环顾室内。

"多谢,光是你这么说,我就轻松多了。这家店是大小姐和掌柜的……"

柚子点了点头。

"是的。前一阵子才刚开店。"

"那么,你们结为夫妇了吗?没想到唐船屋的老板居然会答应啊。"

小梨花微微偏头。

"哪有什么答不答应的,真心相爱的人在一起,哪需要谁的答应。"

"咦?这么说来,你们是私奔吗……"

"我们的事情不重要,小梨花姐的事比较重要。这位武士大人好像也很担心,我想你把话说清楚比较好。"

小梨花点了个头。

"欸,是啊……"

尽管点了头,但是小梨花的话不多,迟迟不肯开口。

二

关于小梨花和高杉晋作的缘分,要回溯到去年,亦即文久二年(1862)的夏天。

当时,晋作刚在上海清楚看见欧美列强的实力。

晋作以随从的身份,硬被幕府的使节带到上海待了两个月之后归国。他在长崎想向荷兰商人购买蒸汽船,但是无法获得藩政府的许可,不得已只好死心。

被藩令赶走,前往江户的半路上,谒见人正待在京都的长州藩主毛利敬亲。

晋作滔滔不绝地诉说,英国和法国等列强以"租界"的名目,蚕食上海的悲剧。

"思考如今的时局,当务之急是储备国家实力,防止列强的入侵。否则的话,日本也恐将重蹈清朝的覆辙。纵然事情演变成和德川正面对决,无论如何也必须断然执行攘夷这件事。"

晋作激动地演说,但是藩主敬亲和重要人士们似乎兴趣缺缺。

怒不可抑的晋作到祇园游玩。

长州人喜爱光顾祇园阡陌的茶楼鱼品。

晋作和井上闻多等志同道合的伙伴入座之后,大肆讨论攘夷,志气高昂。井上比二十五岁的晋作大四岁,依藩令为了研究海军而学习英语;是个十分豪迈不做作的男人。

"藩的重要人士个个举家前往上海不就得了。那么一来,马上就会对日本的将来感到些许担忧。"

"总之,买军舰是最好的方法。"

"少说那种幼稚的话。如果看见外国人,格杀勿论。横滨的商馆就放把火烧了。"

众人激烈讨论的过程中,艺伎们来了。

小梨花身在其中。

晋作对小梨花一见钟情,她完全是晋作喜爱的长相。晋作心想:仿佛自己理想中的结晶有了生命,正在呼吸。

看着小梨花柔美的舞蹈,晋作感觉全身热血沸腾。

祇园是一条高深莫测的街。无论是江户或长崎,就连上海也没有此等美女。

晋作对女人见一个爱一个,但是小梨花与众不同。

美丽的女人多的是,但是小梨花娇艳的笑容令人为之倾倒。

尽管如此,却有一股不可思议的朴素高雅。这种上等货色在祇园也难得一见。

在床笫之间想必……

晋作忍不住发挥淫靡的想象。

"我对你一见钟情,完全拜倒在你的石榴裙下。我投降了,英国或法国都没有像你这种美女。"

晋作此时担忧国事,想要借酒浇愁,洗去对藩政府的愤慨,因此心情十分激动,越说越起劲了。

"你去过那么遥远的国家吗?"

"我在上海看过外国女人。你不管去巴黎或伦敦,男人都会对你紧抓不放。"

小梨花哧哧笑了。眼前男子迸发的热情显得滑稽。令他沉醉的不是酒,反倒是自己的气魄。小梨花心想:他像狮子或老虎一样,活力相当旺盛。

"欸,多谢。你真是会说话。"

"我看起来像是逢迎拍马的男人吗?"

晋作打从心底认为,那不是恭维。小梨花的美貌如此卓然出众。晋作几乎想带她到别的房间,马上将她紧拥入怀。

"不,一点也不像。不过,看起来很会开玩笑。"

小梨花面露微笑,替晋作斟酒。

"想到如今的日本,我实在没有心情玩文字游戏开玩笑。在此危急存亡之际,哪有闲工夫玩那种玩意儿?"

小梨花"呵呵"笑了。

"你为何笑?"

"因为你有时间喝酒,开一点玩笑又有什么关系?"

晋作目不转睛地盯着小梨花。可爱的娇容配上令人生气的说话方式,莫名挑逗人心。

"你有金主吗? 想必有吧,毕竟你那么有姿色。"

"不,我没有人包养。因为没有人肯要我。"

"既然如此,爱上我吧!我爱上你了。"

"欸,我已经爱上你了。"

"你说谎。哪有人那么快就爱上一个人?"

晋作撇开自己不提,指责小梨花。

"我没有说谎。"

"既然如此,你说说看,你爱上了我的哪一点?"

"耿直的性情和直率的眼神。"

"嗯。"

那是晋作也感到自负的地方,心情大好。

"当前,有许多人嘴巴上说要攘夷,但是像高杉先生这样正直的人实属罕见。我一眼就看出这一点了。我在祇园看过许多男人,但高杉先生的直率是日本第一,不,一定是世界第一。"

即使这是戏言,晋作也不会觉得不舒服。

"你比我更会说话。"

"没那回事,我只会说真心话。容我唱一曲吧!"

小梨花拿起三弦琴,弹起了都都逸①的曲调。

一见倾心天注定

愿为郎君舍性命

宛转清脆的嗓音,听在晋作耳中,非常悦耳动听。

"这样的话,我也献个丑……"

这次换晋作拿起三弦琴。他是三弦琴的爱好者,旅途中会随

---

① 江户末期,由第一代都都逸坊扇歌(1804—1852)集大成的口语定型诗。

身携带组合式的道中三味线。即兴的都都逸是他的拿手好戏。

若此番话出真心

枯木开花作证明

两人相视而笑。晋作心醉于小梨花的美貌、笑容,以及纯粹美好的天性。

隔天晚上,晋作也在鱼品指名小梨花。

白天在闷热的京城内东奔西跑,到处论事,累得精疲力尽,所以小梨花的温言软语令他的心灵格外获得慰藉。

今晚支开井上闻多等人,两人独处一室对坐。打开纸拉门,一面吹着夏末的晚风乘凉,一面享受互相斟酒对饮的乐趣。夜深时分,晋作拿起三弦琴弹奏。

先动情者是输家

欢愉与否由你定

"今晚,能否有幸与佳人共度良宵……"

晋作握起小梨花的小手邀约,她悄悄挣脱他的手,抱起三弦琴。

思及曲终将人散

感情加深令人怯

小梨花一笑置之。晋作死心回到了河原町御池的长州藩邸;边走边回想小梨花的一颦一笑和余香,下定决心要设法追到她。

第三天、第四天晚上,晋作也拼命追求她,但是小梨花始终没有点头答应。

小梨花欲拒还迎地勾引晋作,赫然回神,她又一溜烟地从怀里逃开。

明明到手的美人儿脱逃,晋作却不觉厌烦,反而又被她吸引。

晋作明知小梨花像魔术师般,将自己玩弄于股掌间,但就像是在无底沼泽挣扎似的,打从心里迷恋上了小梨花。

晋作对着鱼品的神龛击掌合十拜神。

"你在做什么呢?"

鱼品的老板娘看着晋作那么做。

"小梨花大明神令我茶不思、饭不想。我拜托神明设法撮合我们。"

晋作已经完全动了真情。即使是在白天,小梨花的容貌也会在脑海中不时浮现。

第五天、第六天,晋作接连指名小梨花。

"我快疯了,从早到晚满脑子里想的都是你。少了你,分分秒秒都是煎熬。成为我的女人!不,嫁给我!求求你。"

晋作认真求婚,但是小梨花面露哀凄的笑容,轻轻摇了摇头。

"你的好意我心领了,我很开心。不过,我不能嫁给你。"

小梨花憨然眯起的双眼,更加刺激了晋作的爱慕之心。

无论如何,我都要在床上占有她。

每次遭到拒绝,激情就更剧烈地累积。

接连七个令人心焦难耐的夜晚,晋作失去了耐心。

"为什么?为什么你不肯答应呢?你有订婚的对象了吗?"

"我没有那种对象。我也非常喜欢你,可是,我不能嫁给你。"

"告诉我真话。你可以直截了当地说。你不喜欢我吗?"

"不,没有那回事。你是个耿直又优秀的人,我爱慕着你。"

"既然如此,为什么你不肯嫁给我?"

"欸,抱歉。"

"除非我连续追求你一百晚,否则你就不肯答应吗?"

"不……"

"如果是钱的问题,我总有办法解决。"

"多谢。不过,不是钱的问题。"

"你不必隐瞒。你有心上人吧？有的话就说有。听到你那么说的话,我也会死心。"

"不是,我没有那种对象。"

"既然这样,你为何冷淡对我?"

"抱歉。"

"我并不是要你道歉。告诉我原因!"

"欸,对不起,抱歉。"

"你讨厌我吗?"

"哪有的事。我真的爱慕着你。抱歉。"

"一晚就好。请你点头答应。"

"抱歉,真的抱歉。"

小梨花悲伤地眯起眼睛。

继续说下去也不会有结果。

既然如此……

索性来硬的算了。现在当场废话少说,强行占有她。

晋作发了狂,将食案挪到一边,紧拥住小梨花。

他已无法控制自己。

想要吸吮朱唇,但是小梨花将脸别向一旁。

晋作使蛮力将她的脸扳向自己,硬将嘴唇凑上去,吸吮她的唇瓣。

小梨花紧抿嘴唇。晋作十分清楚,虽然双唇交叠,但是小梨花摆明了在拒绝自己。

晋作直接将她推倒在榻榻米上。

小梨花的身体越来越僵硬,顽强地闭着嘴唇。

晋作将手滑进和服袖下的开缝,指尖触摸到乳房。饶是半点朱唇万客尝的小梨花,也露出了泫然欲泣的表情。

不行。

晋作放松力道。

如果不是两情相悦,互相需索对方的肌肤,就不会有乐趣可言。纵然就这样使蛮力得逞,也不会有一丝快感。

晋作一起身,立刻自酌饮酒,仰天一饮而尽。

小梨花起身整理头发。

"哼,你果然有心上人了吧。有就说有,把话说清楚。坦白说的话,我也会爽快地死心。"

"我明白你是真心喜欢我。老实说,我也爱慕着你。可是,我不能嫁给你。抱歉。"

小梨花泪湿的黑色眼眸,直勾勾地注视着高杉。

眼神看起来不像是在说谎。

"为什么……"

"抱歉。请你不要问原因。"

晋作看见一行清泪顺着小梨花的脸颊滚落,原本翻腾的情绪迅速平息。

在中庭鸣叫的蟋蟀声音听起来异常清晰。

"我错了……"

晋作再度眺望小梨花的瓜子脸。好美。晋作非常后悔自己瞧不起她是烟花巷的妓女,对她做出了粗鲁的举动。

"原谅我,我爱你爱得发狂了。我沉迷于你的美色才会做出那种事,抱歉。"

"我很高兴听到你那么说。"

小梨花重新坐好,替晋作斟酒。

然后,晋作默默地喝酒,直到夜深才回去。

隔天晚上,桂小五郎和井上闻多在鱼品同席。

小五郎是直属于藩主的右笔①,负责与公卿和他藩交涉。

作风稳健的小五郎不同于激进轻率的晋作,在藩内颇具声望;比晋作年长六岁。无论是端正的长相或言谈举止,不愧是出身自藩医之家,具有一股从容的气度。

小五郎和晋作、井上闻多等尊攘激进派划清界限。

一旦展开讨论,双方铁定会情绪激动。艺伎来之前,桂像是把天气当作话题似的低声说:

"听说你被小梨花给甩了?"

---

①负责书写书信的文官。

"随你怎么说！我们是彼此相爱的。"

"一天到晚做白日梦,你一定会长命百岁。哎呀,她八成是有了别的男人。"

冷笑的桂令人恼火。

"她说她没有那种对象。应该不是说谎吧。"

"看不出妓女说的是不是真话,晋作真是被爱冲昏头了。"

"为何你知道她有男人？"

"这种小事……"

小五郎一副不必问人也知道的表情,将酒一饮而尽。

他和言行坦率的晋作不一样,总是准备周全。遇到事情的时候,他会尽可能地搜集资讯。

"睁大眼睛！那么一来,就会看清楚了。"

"不,我看不见。我看不见不存在的事物。"

"你一情绪激动,就会看不见四周。在烟花柳巷玩女人,动真情的话就输了。"

小五郎的说法令晋作感到焦躁。晋作想要揍他一顿。好不容易死心,封存在内心角落的恋情,又燃起了熊熊烈火。

"你知道什么关于小梨花的事吗？"

晋作质问小五郎时,纸拉门对面发出声音。

"晚安。抱歉,来迟了。"

当事人小梨花打开纸拉门,和同样出身自井筒屋的市菊一起进来。

"哦。说曹操,曹操到。玩弄晋作的本地美女驾到。"

井上闻多调笑道。

"小梨花,你是不是对我说谎?其实你有心上人对吧?"

晋作开门见山,冷不防地开口问道。

小梨花低下头来。

桂小五郎咂嘴。

"真是个不识趣的男人。找女人碴有趣吗?市菊,借用三弦琴。"

市菊调好音递过去,小五郎马上开始低声吟唱。

青楼女子话真假

但凭官人断虚实

被说成不识趣,晋作绷着一张脸,但也忍俊不住笑了。

晋作一面笑,却再度意识到自己打从心底爱上了小梨花。他实在非常喜欢小梨花柔媚的笑容。

"哼。烟花女,没有一两个金主怎么成?"

晋作突然改变态度。

"我越来越中意小梨花了。永远不把男人看在眼里的气魄,祇园的女人就是要这样才行。"

晋作爽快地一笑置之,但是一杯接一杯,情绪渐渐越来越激动。他一面和桂、井上激烈地讨论攘夷,一面扭曲表情,吊起眼梢,大闹特闹。

晋作醉到意识不清,杯盘狼藉。他大吼大叫,乱跑乱闹,朝小梨花膝行前进,试图掐她脖子。

他殴打上前阻止的小五郎,踢开闻多。

两人叫来在外玄关等候、身份低微的伊藤俊辅(博文),众人才压制住他。派男仆跟随伊藤,姑且将不断大叫的晋作带回长州藩邸。

隔天早上,在晋作酒醉未醒的脑袋中打转的,尽是后悔的念头。

青楼女子话真假。

如同小五郎做成都都逸吟唱的歌词所说,祇园这条街卖的是掺杂真假的甜言蜜语。天底下确实没有比把梦话当真更不识趣的了。

虽然如此心想,但小梨花终究是晋作的梦中情人。一旦感情的火焰燃烧起来,就无法轻易地扑灭。

这段恋情发生在去年夏天。

三

结果小梨花坐在精品屋的二楼前厅,在那之后一句话也没说。

高杉直盯着小梨花,一动也不动。

真之介在凝重的气氛之中,观察武士的脸。

这名武士的龙眼不得了。

吊眼角的细长龙眼是意志坚强之相。

不过,有一股性急且不惜杀生的冷酷无情。龙眼极端明显如这名武士者,意志坚强、冷酷无情的程度令人不寒而栗。

反观小梨花,则是柔美的美人相,五官端正,恰到好处。额头发际线的头发短得整齐,象征情欲淡薄。

"你不想说明原因吗?"

高杉开始对一直沉默的小梨花失去耐性。

祇园的艺伎嫁入室町的大铺子,是前所未闻的稀奇事。任谁都能够轻易想象,她遭到四周的人何种程度的欺负。

"我也不想抛下你不管。不过,我有地方非去不可,不能一直待在这里。反正一定是和公婆之间的争执,是你自己决定要出嫁的,只好咬紧牙关忍耐。"

高杉只留下这段话,便将剩下的事交给真之介和柚子,站了起来。

"欸,请交给我们。"

真之介和柚子一起送高杉到店头,高杉快步离去。

回到二楼前厅,小梨花又哭得梨花带雨。柚子静待她哭完,问道:

"你被婆婆欺负了吗?"

高杉走了之后,小梨花似乎终于肯说了。

"欸。其实我快要被赶出室町的千仓家……"

小梨花低声挤出这一句话,眼泪再度盈眶。

如今,人们不用小梨花这个名字称呼她。

阿金

这是她出生时，父母替她取的名字。

褪去祇园的华丽花名，阿金出身贫寒，羞于见人，只是个胆小鬼。就像是被人扔在冥河河滩一样，她无依无靠，举目无亲。

阿金生于洛北的白川村。九岁时被带到祇园，一面帮忙厨房的工作和跑腿，一面学习礼仪和技艺，十一岁时当上了舞伎。

她的才华出类拔萃，立刻有了恩客。尽管技艺尚未纯熟，但光是坐着就宛如一朵花，每天晚上都有好几个宴席指名她。

十五岁初次接客。

对方是一名十分肥胖的腰带店老板，百般温柔到令人生厌的地步。

后来换了几名包养的金主。

受到小梨花的美貌吸引，陆续出现想要照顾她的男人。个个有钱，而且拥有高度的社会声望。

生意洽谈全都是由井筒屋的老板娘负责。

"喏，前一阵子来一力亭开席的染织店老板，他说想照顾你，你意下如何？"

拒绝也无妨，但是小梨花不曾拒绝。她总是二话不说地点头。

"欸，好的。"

收取高额的费用，和金主同床共枕并不怎么痛苦。除此之外，小梨花不知道如何谋生。

不管是宴会的客人，或者是包养的金主，男人都是用来生存的工具。收取酬金，请他们买和服给自己，支付每个月生活费的是男人这种生物。

　　同床肌肤相亲,小梨花会发出娇喘,也会假装享受。尽管如此,从来没有一次真的打从体内深处感到快感,也不曾对男人感到心动。

　　或许男人对于那种敷衍了事的性爱很敏感,成为金主之后,大多半年到一年就厌倦了。

　　"你的床上功夫得再加把劲才行。"

　　井筒屋的老板娘也曾经如此劝诫她。

　　小梨花进入宴席,会寻找令她心跳加速、浑身发烫的男人,但是进进出出的许多男人当中,没有那种男人。

　　"请你嫁给我。"

　　去年春天,一名室町的少爷开口求婚。

　　少爷是室町一家老字号和服批发商千仓家的继承人。

　　他比小梨花大两岁,在祇园好像也玩过不少女人,但是似乎打从心里爱上了小梨花。

　　"我没办法嫁给你。如果不入户籍,找地方租一间房子给我的话,我会在那里安分守己,这样不就好了吗?"

　　小梨花清楚艺伎的卑贱地位。

　　"不好。我非你不娶。我会设法说服父母,答应嫁给我!"

　　小梨花含糊地点头,但是少爷下次来的时候,说他已经告诉父母了。当然是遭到反对。

　　后来似乎在家里争吵了一阵子,不久之后,少爷满脸笑容地出现在宴席中。

"太棒了。我终于说服父母了。我提议不要直接从祇园迎娶,而是让你先成为某户人家的养女再嫁进来,获得了他们的应允。如何?这样我们就能名正言顺地结为夫妇了。我高兴得不得了。"

他的笑容掳获了小梨花的心。

这人不坏。

虽非令人怦然心动的对象,但是努力地替小梨花着想。小梨花开始认为,或许将今后的人生托付给他也无不可。

少爷带着父亲来到宴席,这桩婚事顿时具有真实感。

父亲是个文雅大方的男人,一副室町老爷的模样,看到小梨花点了点头。

"这个女人连我也想娶。不然,你嫁给我吧。我写休书给现在的黄脸婆。"

父亲开玩笑地如此对她说,小梨花的心情轻松了不少。她做了一个天真的梦,说不定……这户人家会不计较自己卑贱的艺伎出身,接纳自己。

但是,找不到肯认自己当养女的人家。少爷似乎四处询问寻找,但室町的千仓家是在平安迁都时,一起从奈良的都城迁徙到京都的名门,如今也在替皇宫和王府服务。帮忙将祇园的女人送进那种老字号店铺,不晓得事后会有何种麻烦事降临。当然,千仓家的父母开出的条件是门当户对的家世。

"在鱼品的宴席上吊的话,会给店家添麻烦吧。我们还是在真葛原互刺殉情吧……"

找认小梨花当养女的人家找累了,少爷说丧气话。真葛原位于祇园社后方,是一整片墓地,白天也阴气森森。

"我不要在那种可怕的地方。"

"那么,祇园内好吗?"

少爷突然提起那种事时,小梨花被叫到长州藩的宴席。

这时,遇见了高杉晋作。

小梨花被晋作细长的眼睛直视,浑身发烫。

是他。我在众里寻他千百回的男人是他。

小梨花身为女人,首度发现了令自己心跳加速,想要投入他怀中的男人。他是理想中正直可靠的男人。

老天爷似乎听见了她这份炽烈的心声。

晋作似乎也很中意小梨花,频繁地登门追求她。

每晚他来,小梨花都会开心得小鹿乱撞、全身颤抖。

她有生以来第一次感觉到恋爱的喜悦,觉得生为女人真好。

晋作连续七晚报到,终于推倒了小梨花。

小梨花之所以拒绝晋作,倒不是因为有少爷。

而是她真心认为:假如和晋作发生一次关系,自己八成会舍弃祇园和一切,追随他到天涯海角。

那么做的话,会对晋作造成最大的困扰。

因此,小梨花拼命忍耐,紧抿嘴唇拒绝。自己看起来肯定露出了一副泫然欲泣的表情。

高杉晋作后来好一阵子没有现身。

他只是一时兴起吗……

小梨花开始这么想的时候,晋作邀她到宴席。小梨花被叫到鱼品一看,有一名五十开外的商人同席。

"这位是嵯峨的福田理兵卫先生。小梨花,请他认你当养女!"

"咦?"

"你告诉千仓家的少爷,叫他去嵯峨的福田家打声招呼,这样就一切就绪了。"

小梨花惊讶得停止呼吸。晋作不知从哪里怎么问出来的,知道所有小梨花的事。

"长州藩相当照顾我的店。如果是认养女这种小事,我乐意接受。"

嵯峨的福田家是一家贩卖丹波木材的大铺子,和长州宅邸有大笔交易。租借嵯峨天龙寺给藩主世子当作住处的也是这个男人。

"如果你不嫁出去的话,我会对你恋恋不舍,烦躁不安。你快点从祇园消失!"

晋作怒眼瞪视小梨花。她不知是喜是悲,泪流不止。

后来的事宛如一场梦。

夏末,小梨花进入嵯峨的福田家当养女。在那里生活半年,学会了商家恭谨的习惯。

千仓家和井筒屋谈妥了小梨花剩下的工作年限。小梨花应该替井筒屋累积了一笔巨款。千仓家将聘金送到福田家,福田理兵卫直接将它交给井筒屋。

井筒屋的老板娘准备好所有嫁妆,送到福田家。

今年二月,在室町的千仓家举行婚礼。

从那一晚开始,小梨花的地狱生活展开了——

四

真之介带着小梨花,前往祇园新桥的井筒屋。

"有人在吗?"

一打招呼,门口的格子门忽然打开。

一名白发中插着花簪,脸涂香粉的老妇人突然探出头来,吓得真之介往后退。花哨的年轻打扮,她是井筒屋的老老板娘。

"不可以出去外面。"

有个女人在老妇人身后抓住腰带,拼命拉住老妇人。

她是小梨花的姐姐——市菊。舞伎从当见习生时起,会跟着姐姐辈的艺伎,学习烟花巷的规矩和宴席的礼仪。对于市菊而言,小梨花是妹妹。

"哎唷,真之介先生。小梨花也一起来了。究竟发生了什么事?你怎么可以回来这里?为什么又跑回来……"

市菊询问的过程中,老老板娘也试图外出。力气似乎很大,市菊拼命拉住她的腰带。

"发生了什么事吗?伤脑筋啊。又不能让你进门,这可怎么办才好?"

前去练习途中的舞伎们走在新桥通上。她们露出匪夷所思的表情,看着一身花哨年轻打扮,想要外出的老妇人,然后一脸惊讶地对市菊点头致意,从众人身边经过。

"你为什么要阻止我?我要出嫁。卯之吉先生在等我,不行吗?"

老老板娘耍任性,扭动身子。

"伤脑筋。在这里不方便说话,总之,能不能帮我个忙,把她押进去呢?真之介先生,请你也帮忙。"

真之介将老老板娘推回井筒屋内。市菊对内侧喊道:

"老板娘,请你来一下。"

耳边传来布袜滑动的声音,井筒屋的老板娘现身。

"怎么了,吵吵闹闹的?"

老板娘看见小梨花站在内玄关,皱起眉头。

"你回来做什么?"

"欸,抱歉。"

"道歉也没用。你好歹也知道,就算你回来了,也不能进来吧?"

小梨花默默点头。

"我不想听发生了什么事。快点回你家!"

"欸……"

"像你这种倔强的女人居然会厚着脸皮跑回来。唉,想必发生了大事吧?不过,你已经无家可归,也不能回嵯峨的福田家。不管被欺负得再惨,你也只能咬紧牙根,死赖在室町。"

真之介早就知道老板娘会这么说。明知如此,还带着不肯来的小梨花来,是因为有一个非告诉井筒屋不可的难题。

"她在我家前面放声大哭,我虽然知道自己多管闲事,但还是带她来了。小梨花姐也十分清楚,她不能回这个家。不过,她说有一件麻烦事。"

真之介按住用力挣扎的老老板娘肩头,长话短说。

"什么事?"

"欸,关于嫁妆的事。"

"嫁妆……那不是你家老板妥善准备的吗?"

小梨花的一套嫁妆是井筒屋和福田家委托唐船屋,由善右卫门挑选的。众人信任茶具店老板的审美观,唐船屋有时会受到那种挑选的委托。

"我婆婆说,那一套嫁妆不适合千仓家的家风。"

小梨花勉强挤出话来。

"事到如今,说那种话又能怎样?"

"我婆婆说,要嘛换成适合家风的嫁妆,要嘛我滚出去。"

"这个坏心眼的恶婆婆……"

真之介也是一样的想法。

聪明的小梨花身为千仓家的媳妇,八成展现了察言观色的一面。婆婆肯定是挑不出毛病责骂她,所以对嫁妆鸡蛋里挑骨头。

"事到如今才说要换,这……"

老板娘望向真之介。

"如果不介意的话,由我和唐船屋沟通,妥善处理这件事。"

"真的吗?那真是太好了。因为我实在没办法再跟善右卫门先生商量,再准备一套嫁妆。"

"你要替我准备嫁妆吗?"

老老板娘面露微笑。

"你在说什么呀?不是娘的。我们在讲小梨花的嫁妆。"

老老板娘是老板娘的亲生母亲。真之介在后面的唐船屋当学徒时,老老板娘还散发着凛然的美色,掌管好几名舞伎、艺伎。

"老老板娘怎么了吗?"

小梨花看了老老板娘一眼。

"如你所见,心智回到了少女时期,整天吵着要出嫁……那么想出嫁吗?"

老板娘一脸困窘地摇了摇头。

"老老板娘年轻的时候,因为喜欢的男人吃了很多苦。我想,她现在是因为小梨花的事,想起了年轻的时候。"

市菊以和服的衣袖擦拭眼角。

井筒屋是老老板娘找到金主才有的置屋。她怀了金主的孩子,生下老板娘,老板娘又找到金主,生下了市菊。

真之介想起了还是学徒时的事。每次送东西来,老老板娘都会将甜点包在怀纸中,让他带走。

不必告诉店里的人。

老老板娘贴心地替他保守秘密,令真之介感到窝心。

真之介曾被唐船屋的老板痛骂,从碰巧打开的后栅门逃进井筒屋。老老板娘看到他哭丧着一张脸,紧紧抱住他。真之介想起了当时老老板娘身上的和服芳香。

"对方何时会拿聘金来呢?"

老老板娘试图向外望。

"我想今天不会来,去里面歇会儿吧。"

市菊握住老老板娘的手,带她进入内侧。

老老板娘瘦小的背影令真之介感到难过,胸口一阵揪紧。

"结果,可以由我们擅自处理吗?"

真之介一回到三条木屋町的精品屋,久候多时的柚子想要知道在井筒屋发生的事。

"或者应说是,井筒屋处理不了这件事。老板娘也不想跟嵯峨的福田先生商量。"

真之介条理清晰地分析了前因后果。

"既然如此……"

"之前准备一套嫁妆的是唐船屋,由我们来说是最快的方法。"

"可是,你们俩形同私奔,这个节骨眼方便吗……"

小梨花露出担忧的表情。柚子大略告诉了小梨花,自己和真之介手牵手逃出唐船屋的事。

"不要紧,既然是唐船屋负责过的事,我们就不能置之不理。请交给我们来处理。"

千仓家的婆婆似乎坚持,一定要换嫁妆。

小梨花因为这件事一直受到苛责,无论如何,除非换一套嫁妆,否则小梨花就不能待在千仓家了。

听小梨花说前因后果的过程中,真之介总觉得责任在于唐船屋挑选嫁妆的善右卫门。善右卫门不可能不知道室町千仓家的家风。明明知道,还挑选不符合家风的嫁妆,错在于善右卫门。唐船屋必须负责收回嫁妆。

无论事情如何,小梨花恐怕都难以和善右卫门谈判。只好由真之介和柚子出面解决。

"没错。这件事请交给我们。"

听到真之介的话,小梨花点了点头。

"多谢。你们的好意,我会记在心上。"

"小事一桩,不足挂齿。既然如此,先去千仓家收回嫁妆再说吧。"

"你说先去再说。怎么着?你也打算去吗?"

"那可不是一般的用品。毕竟是嫁妆,有女人在场比较好吧?"

柚子微微一笑,真之介不可能拒绝。

"欸,也罢。总之,我们去室町一趟吧。一切等到了之后再说。"

三人携伴同行,前往室町通。

室町的千仓家是一家门面宽敞的大铺子。仆人恐怕有几十人。

在这家店人称阿金的小梨花一在店头露面,学徒和伙计们接二连三地低头行礼。

"您回来了。"

"您回来了。"

在账房并排盯着账册的,八成是老板和少爷。他们似乎正在忙,脸只往这边转过来一下。

阿金挺直背脊穿越店面,钻过内暖帘。真之介和柚子随后跟上。

"我回来了。"

阿金消失在内侧,真之介和柚子等了一会儿。

千仓家只有店内堆满布匹,许多人忙不迭地工作,但是家中一片寂静。

站在一尘不染的灰泥流理台边,不禁令人担心,这一家人是否都默不作声地生活。

流理台上方到二楼的阁楼,是空荡荡的挑高空间。梁柱擦得干干净净,黑灰泥的炉灶闪闪发亮。

如此气派的大户人家,家中想必有不少女婢,但却没有发出一丝声响。从天窗照进来的春天阳光,反而令人感到冷清。

敞开的纸拉门对面是内厅。壁龛有一幅宁静的山水画轴,以及青瓷香炉。这家人似乎讨厌表面奢华。

从内侧传来脚步声,一个皮肤白皙、体态丰腴的女人和小梨花一同现身。她肯定是婆婆。

"辛苦你们了。搬出去的时候不要打扰店员工作。"

站在门框上的婆婆身上,有一股掌管大铺子内务女人的威严。

"欸,我们会小心搬运。"

柚子低头行礼,呼喊候在门口的伙计鹤龟和两名学徒过来。

小梨花带头,继续进入内侧。仓库的三个门一字排开。小梨花打开最靠近他们的门,仓库正中央堆积着木箱。

"就是这些。"

"我可以检查里面的东西吗?"

小梨花点了点头,真之介将最大的木箱前门往上抽出。

拿出紫色绸缎的防撞垫布一看,里面是置物柜。

三层柜中,有两扇左右对开的门片;是一个摆放香具、砚台盒、书箱的华丽柜子。

艳丽的大朵牡丹花、蔓藤式花样和凤蝶的金莳绘,绘满一整片。

"绝美的描金画。"

鲜少会有用品令真之介想以"绝美"称赞。唯有外观优美、做工精细、品质卓越,而且小巧华美,能够令人产生满心悠适安闲的用品,真之介才会称之为"绝美"。

真之介打开好几个箱子的盖子,拿出包裹的布和防撞垫布观看,一一检查其中的用品。

书案、浅筐、砚台盒、衣架、镜台、化妆盒、腰带盒等,一套嫁妆都绘上了牡丹花和蔓藤式花样,以及凤蝶飞舞其中的金莳绘。

描金画的金漆浮现在从仓库门口照进来的光中。

仿佛有好几只凤蝶在华丽的牡丹花盛开的花园中飞舞。

那就是小梨花的嫁妆。

"虽然花纹繁复,但是应该没有任何一个婆家的人看到会不高兴吧?"

不知何时来的,婆婆站在仓库门口。

"欸,那绝非品质低劣的嫁妆,做工是一流的。"

真之介拿起书箱,就光一照。无论是黑漆或描金画的金漆,做工确实都无可挑剔。

只不过,不符合这些生活在宁静家中的人的喜好。

"欸,做工再美,也不能把那种花纹花哨的描金画摆在像我们这种朴素的人家里。即使是嫁妆,每天就像是在办庙会一样,令人一点也静不下心来。"

既然如此,为何不早说?真之介将这句话硬生生吞下肚。

"看来确实和贵家风不合。"

关于描金画的花纹,真之介也不得不这么认为。

"我虽然看在福田先生的面子上收下了,但是家中不能摆不符合家风的用品,能不能请你们快点收回去呢?"

婆婆的说话方式,令小梨花垂下头来。

"欸,立刻照办。"

真之介开始将嫁妆收进箱子。柚子和伙计、学徒手脚利落地帮忙搬到门口,装上木板车。

"我儿子以为娶到好媳妇而欢天喜地,哎,可惜连一样符合家风的嫁妆都没办法带过来,算什么好媳妇。古董店老板,你说是不是啊?"

"欸,是这样的吗?"

"那还用说。先有家才有媳妇。不管是嫁妆或媳妇,只要是不符合家风的,我都只能请他们滚出去。"

婆婆撂下这么一句,忽然一个转身消失在店内。

小梨花静静地低着头,似乎在强忍泪水。

众人将嫁妆装上木板车,回到了精品屋。真之介将嫁妆排放在和室中,再度端详。这些确实是精品,但是小梨花的婆婆说它们不符合家风,倒也不无道理。

"不过,小梨花姐的婆婆打算设法撵她出家门。"

柚子的语气有些激动。同为人媳,一提到婆婆,她似乎也忍不住情绪激动。

"嗯,铁定是。她八成打算从嫁妆开始下手,一步一步逼得小梨花姐在家中无立足之地,使她如坐针毡。"

"教人换一套嫁妆,对于媳妇而言,等于是被人用大钉子钉住手脚,灌下滚烫的热开水。小梨花姐在那个家会被欺凌到死。"

尽管小梨花是个能吃苦的女人,但有那种婆婆在,她确实会吃不消。

"一旦嫁妆被丢出去,小梨花姐想必更要看婆婆的脸色过日子。"

"请设法替她找代替的嫁妆。"

"不过,很难找到让那个老太婆赞叹的嫁妆。"

这对年轻夫妇一起陷入沉思。天底下真有那种嫁妆吗?

"啊!"

柚子低呼一声。

"叫什么,怎么了?"

"我想到了一个好主意。这件事包在我身上吧。"

或许是想到了什么,柚子微微一笑。

五

　　柚子站在唐船屋前,慢慢调匀呼吸。对白已经在脑袋中练习了好几遍。

　　稍微松开衣领,挺直背脊,钻过茶色木棉的暖帘。

　　"欢迎光临。"

　　伙计喊道。

　　"啊,柚子小姐。您回来了。掌柜,大小姐回来了。"

　　柚子光是站在花岗岩的内玄关,家中顷刻吵嚷了起来。

　　"您总算回来了。几天不见,您变得面容憔悴。"

　　大掌柜从色彩鲜艳的古代花布抬起头来,仔细端详柚子的脸,好像还想说什么,柚子打断了他。

　　"别胡说。爹爹在家吗?"

　　"欸,在。看到柚子小姐,夫人一定也会打起精神。"

　　"我进去了。"

　　柚子钻过内暖帘,从流理台旁进入内侧。不久前住的家,感觉像是陌生的别人家。

　　"你果然回来啦!我跟掌柜才在聊,那家伙的生意也差不多快完蛋了呢。"

动作迟缓的哥哥长太郎,面露鄙视地出现。

"不是你想的那样。我进来了。"

"你没有要回来？难不成你是来借钱的吗？"

柚子懒得搭理哥哥,脱下草鞋。

进到内厅,善右卫门将好几个箱子摆放在地,正在鉴赏茶具。

"噢。你回来啦？"

柚子明确地摇了摇头。

"不是。我来是为了别件事。"

自从带着柚子离开之后,真之介每天一大早都会将约定的金额装上木板车,来到这间唐船屋。

假如你带着千两聘金登门迎娶的话,我就将柚子许配给你。

善右卫门明明说好了,如果真之介这么做,就答应他和柚子的婚事,但却一直让他吃闭门羹。

"我之所以上门,是因为爹爹挑选失误了。"

"你说什么？我什么时候挑选失误了？"

"爹爹,嵯峨的福田先生委托您准备嫁妆,对吧？"

"搞什么,原来你是指那批新品啊。福田先生来,要我替他准备一套嫁妆,我交代幸阿弥去办了。那是好嫁妆。毕竟花了不少钱。"

善右卫门拿起茶勺细看,似乎对那个话题失去了兴趣。

"那确实是好嫁妆。"

"既然如此,不就好了吗？"

"不好,一点也不好。那批嫁妆完全挑选失误。"

"你说什么?你是来找碴的吗?"

善右卫门的左眼皮看起来在颤抖。焦躁时,父亲总是如此。

"爹爹,您是听了谁要嫁去哪里之后才挑选的吧?"

"听说后面井筒屋的艺伎要当福田先生家的养女,然后嫁到室町的千仓家。我吓了一跳,大吃一惊。"

柚子缓缓摇头。

"那是根本的错误。"

"你想说什么?"

"爹爹瞧不起艺伎。"

"艺伎就是艺伎,有什么好瞧得起、瞧不起的?"

"不,那名艺伎是下定决心,想嫁入室町的大铺子。您不晓得她抱着怎样的心情吗?"

善右卫门沉默了。他抱着胳膊,抬头看天花板。

"说到室町的千仓家,是一家重视礼节、贩卖朴素花色布料的和服批发商。爹爹十分清楚,那么花哨华丽的家具不适合那种批发商的家风。"

柚子瞪视父亲,等他说话。

"千仓家是一户小气的人家,准备那种程度的花哨嫁妆,他们一定会吃惊吧。"

"荒唐!您肯定是打算吓他们一跳,才派人准备牡丹蔓藤式花样配凤蝶的描金画吧?您瞧不起艺伎,认为花哨的嫁妆适合花枝招展的艺伎,所以挑选了那种花纹。瞧您干的好事,好端端一个新娘给您推进了水滚的锅炉中。"

柚子一提起千仓家的婆婆要求换一整套嫁妆,善右卫门咂嘴。

"用不着那么吹毛求疵吧?"

"我认为这种行为蛮不讲理。不过,爹爹很清楚千仓家的家风吧?明明晓得,为什么要派人准备那么花哨的嫁妆呢?"

"我原本只是打算吓千仓家的人一跳,并非有意害她被逐出家门……"

"不。如果爹爹认真考虑新娘的立场,应该绝对不会挑选那种东西。您应该会配合千仓家的家风,挑选更朴素有品味的漂亮描金画。"

柚子狠狠一瞪,善右卫门别开视线,抬头看天花板。

"你给我差不多一点!对父亲说话,那是什么语气?"

回头一看,母亲阿琴一身睡衣加宽袖棉袍地站着。或许是因为女儿和掌柜私奔,她气得病倒了。

"话说回来,祇园的女人想嫁到室町,就是一种痴心妄想。"

阿琴吊起眼梢。

"就是因为明知如此,才要委托唐船屋准备能够让她顺利嫁过去的嫁妆。否则的话,就不会特别上门委托了。"

"你是怎么回事?我以为你好不容易回家了,没想到你居然是回来指责父亲的!"

母亲和女儿的争吵越演越烈,善右卫门吼道:

"吵死了。静一静!"

男主人的怒吼,令两个女人闭上了嘴巴。

"不过事到如今，木已成舟。撇开阿金的事不谈，那些嫁妆是从去年夏天拜托工匠加紧赶工，花了半年才准备好的。要再让工匠制作一批新的，又要耗上半年。小梨花能等这么久吗？"

"不行，她等不了那么久。我们已经把之前的嫁妆收回来了。"

"你还真心急。既然这样，这件事已经无可挽回了。那桩婚事打从一开始就注定破局。"

"我有一个好主意。"

"你说说看？"

"如果我说的话，爹爹肯照做吗？"

"我要听你说了之后才能决定。"

"这件事和长州藩一位名叫高杉晋作的人也有关。拜托嵯峨的福田先生照顾小梨花姐的人，就是高杉先生。"

"噢，欸，似乎是这样没错。"

"听说高杉先生这个人放火烧了品川的英国大使馆；是个非常刚强的人，脾气暴躁，要是有事情看不顺眼的话……"

"你以为我会怕这种恐吓吗？"

柚子收起下颌，瞪视父亲。她的眼神令父亲稍微畏缩了。

"欸，算了。说说看你的想法。"

"这个家里有适合小梨花姐的嫁妆。"

"嫁妆……什么嫁妆？"

"我的嫁妆。"

柚子对父亲微微一笑。

"你说什么……"

"有一套您之前替我和茶道掌门人之子的婚事准备的嫁妆。请将那些嫁妆让小梨花姐带去婆家。"

父母正在进行柚子和茶道掌门人之子的婚事。虽然柚子一直拒绝,但是准备好了八成。

"胡说八道……"

慌张失措的是母亲阿琴。

"我还以为你要说什么,亏你说得出那么乱来的话。你以为那要花多少钱?我不想看到你,快点滚出去。随便你要去哪里,死在路旁都可以。"

阿琴怒气冲冲地痛骂吃里扒外的女儿。

"吵死了。闭嘴!"

善右卫门让妻子安静,趋身向前。

他以在看珍品的认真眼神,看着柚子。那是柚子小时候喜欢的眼神。

"你真的觉得这样好吗?"

"老爷,这怎么行……"

阿琴插嘴道。

"你闭嘴!我在问柚子。"

柚子缓缓开口。

"那些嫁妆采用优雅的漆工和朴素的描金画,是适合当作嫁进茶道本家的嫁妆。实在不适合自己刚开店、还不晓得何时会倒闭的茶具商老板私奔的女儿。室町的千仓家一定会懂那些嫁妆的价值。如果那些嫁妆能够让一个女人得到幸福,我很乐意双手奉上。"

"慢着,老爷,你不能让她这么做。"

阿琴又大声嚷嚷。

"吵死了!"

善右卫门高声怒吼,又仔细地端详柚子的脸。

六

"打扰了。"

听见一个轻快的女声,抬起头来一看,小梨花和一名年轻男子站在店头。男子八成是千仓家的少爷,身穿剪裁合宜的大岛捻线绸,是一位皮肤白皙、个头高大的温文男子。

"欢迎大驾光临。"

真之介刚将挂轴挂在泥地房间的墙壁上。

"那是真品吧?"

少爷注意到刚挂上的山水画。宽幅画作描绘巍峨岩山山麓上的松树和楼阁,落款名为雪舟。

"画得很好吧。挂在我家就是赝品,如果挂在千仓家的客厅,所有客人一定会认为是真品。"

"哇哈哈哈。你说话真有趣。"

"相公,那种事情不重要,请你好好道谢。托他们的福,我才能勉强待在千仓家。"

"是啊。你重新替小梨花准备一套新的嫁妆,真的不胜感激。"

少爷恭敬地低头道谢。真之介原本以为长子往往是傻瓜,没想到他行礼如仪。

"身为古董店老板、老板娘,只不过是替商品善后而已。您不必放在心上。"

柚子察觉到两人,从内侧走出来。

"欢迎光临。嫁妆如何?府上中意吗?"

"当然。家母看到那么精美的嫁妆,惊讶得说不出话来。嫁妆如此典雅,她也无从挑毛病。自从那些嫁妆来了之后,她也很少挖苦媳妇了。"

"那真是太好了。"

柚子和真之介松了一口气。小梨花似乎总算能以媳妇的身份,融入千仓家。

父亲善右卫门替柚子准备的一套嫁妆,是鉴定功力再高的人,也只能默不作声的逸品。

光是一层又一层地涂上大量的黑漆,就足以散发出馥郁的香气。家具的边和底端一带高雅地搭配金莳绘,是优美的山水画,梅花、小鸟雅致地散落在流水上。无一处矫揉造作,重点是漆功顶级。样样都是让人眼看、手摸之后,能够享受片刻幸福时光的家具。

两人夸奖那幅描金画的优美一会儿之后,眺望店内摆得满满的商品。真之介每天不断进货,所以店头已经摆满商品。

"店内的货件件都是珍品啊。"

"不,尽是破铜烂铁。里面地方小,不过,请进。"

"多谢好意。我们改天再好好登门道谢,今天接下来打算去参观一下。"

少爷抬头仰望天空。雨如今停了,但是好像马上又会再下。

说到参观,八成是去看天皇巡幸贺茂的大阵仗。

说到这个,据说天皇今天为了祈求攘夷,要参拜下贺茂和上贺茂这两间神社。

若是追本溯源,这趟天皇外出是基于长州毛利家的建议。

关白①、大臣等皇宫的文武百官自不待言,除了正在京城的德川将军家茂之外,各藩诸侯亦随行,形成大阵仗的队伍。

"我们想去参观一下队伍而来。"

"那正好,我们也打算出门到处参观。如果不介意的话,能不能让我们同行呢?"

两对夫妇联袂出游。鸭川河堤的外出人潮比葵祭更多。

真之介和少爷、柚子和小梨花分别并排而行。

"不过,就算是唐船屋,我也没想到能够马上准备出那么高级的嫁妆。坦白说,我吓了一大跳。"

真之介终究没说那原本是柚子的嫁妆。

---

①平安时代以来,辅佐天皇行使政权,文官体系中地位最高者。

"哎呀,因为是老字号店铺,商品应有尽有……"

真之介含糊其词。

"如果不是你们出面说项的话,唐船屋恐怕也不会答应更换商品。家母好像万万没想到新嫁妆马上送到,所以没办法挑毛病,默不作声。她接下来应该会渐渐认同小梨花这个媳妇吧。"

"那真是太好了,好用品往往有一股令人沉默的力量。"

"之前的牡丹蔓藤式花样和凤蝶的描金画也很棒。不过,对于我家而言,或许确实有点花哨。"

千仓家的经商方式是体面地贩卖真正品质好的商品。真之介光是瞄一眼家中,就十分清楚其家风。

"那些绘上蝴蝶的家具,迟早会还给唐船屋,但是现在稍微在外流浪一下。有户人家乐意接收。"

小梨花走在后头,听着两人的对话。

"哪里呢?我倒是挺喜欢那个花纹。"

"这个嘛,呵呵,我可以说吧?"

柚子一询问,真之介点了点头。

"在井筒屋的老老板娘身边;她从前美若天仙。"

"欸。我听说她在祇园也是数一数二的艺伎。因为这样,所以有个好金主。"

"可是啊,其实除了金主之外,她似乎另有喜欢的人。大家原本以为她痴呆了,从前一阵子开始卧床不起,像是在说梦话似的,整天吵着说要出嫁。我听到这件事,觉得于心不忍,所以把那一套嫁妆摆放在她枕边。"

柚子听说,老老板娘年轻时,和一家餐馆的少爷两情相悦,论及婚嫁。

结果似乎因为四周的强烈反对而死心,但是一想到她一直放在心中的痛,柚子就想将嫁妆摆在她枕边,起码让她享受出嫁的心情。

"老老板娘笑靥如花。毕竟,她想嫁进去的餐馆是一户姓扬羽的人家。而凤蝶①是那户人家的家徽。"

"那么,蝴蝶的金莳绘正好适合。"

"老老板娘目不转睛地盯着金色的凤蝶直瞧。"

"柚子,你做了一件善事。多谢。"

小梨花擦拭眼角。

四人走在河堤路上,人潮更加汹涌,到了下贺茂之森一带,已是黑压压的人山人海。毕竟自从宽永三年(1626)以来,天皇已经超过两百年没有外出。

等候时,群众一阵喧哗。

"啊,你看,队伍出来了。"

一群身穿礼服、仪容端正的武士在飘落的小雨中,列队从下贺茂之森走出来。护卫的武士命令沿路的人群跪地行礼,听不见任何咳嗽声。

备前的池田茂政和长州的毛利定广等十一藩的大名骑马一经过,孝明帝的凤辇銮舆随后出现。五六十名身穿金黄色水干的随

---

①凤蝶的日语汉字为"扬羽蝶"。

扈成群,扛着缀以金色凤凰的銮舆。

骑马的德川家茂跟在凤辇銮舆后面。年仅十八岁的将军,一张五官平凡无奇的白皙脸庞注视正前方。真之介和柚子频频微微抬头偷瞄他的模样。

"嘿,征夷大将军!"

从群众中窜出巨大的吆喝声。

柚子还没抬起头来,小梨花已经早一步察觉到声音的主人是谁了。

"是高杉先生。那个声音是高杉先生……"

一看之下,一名有着龙一般眼眸的男子,目光锐利地耸起肩膀,睥睨四方。他确实是前几天那个名叫高杉的武士。

或许是因为高杉的态度魄力十足,随从的武士们既没有逮捕他,也没有斥责他的失礼,直接让他经过。说不定是更害怕和莫名其妙的男子扯上关系,打乱了天皇的队伍。

小雨中,武士们的队伍绵延不绝,左右十分不对称,动作僵硬。明明装载大型大炮的黑船①,都已经从各国来到了日本各地,纵然天皇搭乘凤辇銮舆到贺茂的神社祈求,也不可能能够断然执行攘夷。就连看在真之介眼中,也觉得天皇外出祈福靠不住。

目送队伍离去,人群散去。

真之介寻找高杉,但是已经不见人影。

"真可惜,我想跟他打声招呼。"

---

① 日本江户末期实行锁国政策,欧美军舰开到江户湾迫使日本政府废除锁国政策,由于船身是黑色的,因此称为"黑船"。

真之介一低喃,柚子点了点头。

"是啊。明明有机会让他不要担心小梨花姐的事。"

"他是个性急的人,没办法一直待在一个地方。他就是那种人。"

柚子同意小梨花的话,四人踏上归途。虽然下着小雨,但是雨没有大到需要撑伞的地步。

"你知道我为什么硬是要娶小梨花吗?"

闲聊到一个段落时,少爷嘀咕了一句。听起来不像是在炫耀爱情的语气,而是在说一段苦情恋。真之介回头一看,柚子和小梨花落后了几步。

"不晓得,肯定是因为爱她爱得无法自拔吧。"

少爷点了点头,但这似乎不是答案。

"我确实爱上了小梨花。但如果只是喜爱,纳她为妾也行。不过,如果只是纳她为妾,金屋藏娇的话,小梨花不会爱上我。"

真之介偏头不解。少爷接着说:

"她是个冷酷无情的女人。"

真之介为之语塞。

"她一直被男人当作玩物,身心都冷到了骨子里。如果我纳她为妾,她会一直冷冰冰地到死为止。就一个女人而言,那太可怜了。小梨花没有那么喜欢我,我心里也有数。不过,我想设法让她打从心里温暖起来,真心爱上我。我做得到吧?"

少爷的侧脸散发出一片真情。

"应该没问题吧。如果少爷那么认真的话,小梨花姐肯定也会爱上你。"

真之介总觉得自己看得见少爷和小梨花未来的身影。

一回到店里,雨势增强了。

赶紧关上大门,待在内厅。

真之介从背后抱紧坐着的柚子,嘴唇滑过颈项,肌肤发出芬芳香气。他一面听着雨声,一面静静地紧拥着她。

"小梨花姐……不,阿金姐到现在还是喜欢着高杉先生吧……"

柚子皱起眉头。

"放心吧。少爷和小梨花一定会白头偕老。"

"你怎么知道?"

"欸,因为我的鉴定功力一流。"

真之介将手搭上腰带,柚子闭上双眼,将身体完全交给他。

雨声变得更大了。

两人就这样融入深夜之中。

猫舔盘

一

一打开正门,店内充满了令人心情愉悦的阳光。下到半夜的雨,在三条通的各处形成积水。

真之介和柚子站在店前面,对着刚从东山峰顶露脸的朝阳双手合十。

多谢老天爷每天保佑我们夫妇俩。今天也请保佑我们。

两人的生活充满了幸福,令人忍不住想要如此祈祷。

柚子用手巾左右折角包头,肩上斜挂着束衣袖的带子开始打扫。首先擦的是"古董店 精品屋"这面招牌。

"不过话说回来,这一阵子人增加了好多。"

因为天皇外出祈求攘夷,今年春天,有许多武士从各国聚集到京都。除了护卫的将军、大名之外,也有反对派,所以町内到处都挤满了人。

"真的耶。因此商品大卖,多亏了天子。"

令人感谢的是,精品屋也挤满了购物的客人。适合当作京都伴手礼的小礼品和画轴格外畅销,店头的物品稀落,显得冷清。

今天早上的首要工作是将商品上架。

真之介带着掌柜、伙计、学徒,进入后方的仓库。

伙计鹤龟应该在昨天,从位于四条的古董店进了满满一木板车的货物。

"喂,在哪里?"

店内的商品不断卖出,仓库内空荡荡的。只剩下空的长方形衣箱和不能卖的破铜烂铁,找不到像样的货物。坏掉的火绳枪之所以躺在地上,是因为夹杂在前一阵子买的货物中,真之介心想"反正修好之后可以高价卖出",所以一直丢在那里。

"哎呀,在哪里呢……"

连掌柜伊兵卫也不晓得货物在哪里。

真之介有一种不好的预感。

他平常总是不假手他人,亲自去取货,但是最近以忙碌为借口偷懒了。即使派伙计去取货,古董品老板也必须立刻亲眼检查货物才行。

"欸,在那里……"

伙计鹤龟嘟囔了一句;手指着微暗的仓库角落。

"那里……是指那个柜子吗?"

仓库角落放着一个涂上黑漆的盔甲柜。

"对,没错。"

鹤龟怯懦地低喃道。

他是个长得富态、圆脸的年轻人。真正的名字不叫鹤龟,但是一副十分完美的吉相,所以真之介替他取了这个吉祥的名字。不过,从观相术来说,眯眯眼象征意志薄弱。无法一手掌握所有好运,八成是因为这个。他老是心不在焉,语焉不详。

"搬过来这里。"

鹤龟和学徒将柜子搬来明亮的仓库门口。

"就这么一件吗?"

"……欸。"

"欸什么欸!你不是带了三十两去吗?"

买进商品一定要用现金,是真之介的作风。唯有能够当场付款,好商品才会聚集而来。

"桝屋的喜右卫门先生很清楚我们店内的生意。交给他三十两的话,他应该会把一堆适合我们店的廉价商品堆上木板车。"

鹤龟低头不回答。鹤龟去的是四条木屋町的桝屋这家古董店。老板汤浅喜右卫门偏爱真之介,会将各种适合精品屋的物品分给他。

"算了,我先看一看再说。"

鹤龟按住真之介搭上柜子盖子的手。

"呃……"

"什么事?"

"其实,这件货物不是桝屋的。"

"你说什么?你去了桝屋的喜右卫门先生那里吧?"

"我原本是想去,不过……"

鹤龟吞吞吐吐。眯眯眼越眯越细,话说得不清不楚。

"这是怎么一回事?你不解释清楚,我怎么听得懂。"

"欸。我从店里顺着木屋町往下走,有一间土佐宅邸……"

从三条顺着木屋町往下走,彦根藩井伊家的宅邸和土佐藩山内家的宅邸沿着高濑川并排。

"那种宅邸从一百年前就有了。土佐宅邸怎么了?"

"我在门前被一名武士叫住。"

"对方说了什么?"

"他说:喂,古董店的。来买家具。"

真之介双臂环胸,仔细端详鹤龟。

"他为什么知道你是古董店的人?"

"他说他之前来过店里,记得我的脸。说我长得非常福相……"

"然后呢?"

"我就买了这个。"

鹤龟尴尬地垂下目光。

"你看起来不可靠,但是看在你年满十九的分上,我才让你担任伙计,没想到你连跑腿办个事都做不好。"

动怒的人是掌柜伊兵卫。敦实紧绷的脸上,平常面露落落大方的笑容,但有时则会露出锐利的眼神。

"不过,他给我看了之后,确实是好货,绝对很值钱。这种货色不会赔钱。"

"你到底买了什么回来?"

柚子跑了过来。打开新买的货品时,柚子都会来看。她天生喜爱古董。

"铠甲头盔。哎呀,是顶级的珍品,做工和一般的不同。葱绿色的缀绳华美,而且头盔是气派的大锹形,据说是山内一丰①公的……"

伊兵卫一拳打在说个不停的鹤龟头上。

"好痛。你做什么?"

"没做什么。你为什么不直接去桝屋呢?"

"因为武士说有好的铠甲。世人提倡攘夷,眼看着战争一触即发。一旦和镰仓幕府开战的话,最缺的就是武器铠甲……"

第二记拳头落在鹤龟头上。

"你付了多少钱买那件铠甲?该不会是整整三十两吧?"

虽然精品屋的生意亨通,但三十两仍是一大笔钱。

"欸……"

"老板在问你,你不会好好回答吗?"

掌柜伊兵卫斥责伙计和学徒时会吊起眼角,怒目而视。

"好了好了,伊兵卫。你那么凶狠地责备,鹤龟也不会好好回答。伊兵卫别生气,鹤龟你说说看。"

柚子出面袒护,鹤龟歉然地伸出三根手指。

"搞什么,你真的付了整整三十两买这里面的铠甲吗?"

真之介诧异得声音变了调。

"……欸。做工精美……而且对方说是藩主的铠甲……"

鹤龟说话含糊不清,令人听得一头雾水。

"钱都付了,怪你也没用。总之先看一下再说吧。"

① 1545—1605,战国时代、安土桃山时代和江户时代初期的武将,第一代土佐藩藩主。

真之介下定决心,打开柜子的盖子一看,潮湿的霉味扑鼻。

里面装的是老旧的铠甲和头盔。

金属零件的做工确实不差,但是终归老旧。衣袖和腿甲大到令人咋舌。胸部的左右分别是旆檀板和鸠尾板①。缀绳似乎原本是华丽的葱绿色,但现在不但颜色暗淡,好像一拿起来就会散掉。轻轻拿出来仔细检查一看,铠甲和头盔内侧斑驳生锈。

"这不是大铠②吗?又不是坛浦之战③。"

这是适合源氏和平家武士的旧形铠甲,肯定是遭人遗忘,长眠于仓库深处的古董。

"因为这样,所以很值钱吧。毕竟,它是一丰公的……"

"笨蛋。那种话肯定是捏造的。这生锈腐朽,根本不能用。"

真之介并不想痛骂他。因为这种情况下,把巨款交给办事不牢的伙计的老板才是驴蛋。

"因为老旧,所以值钱,不是吗……"

"这种到处生锈的铠甲,谁会出钱买呢?你动动脑筋想一下。"

真之介从同行口中听说,为了准备攘夷战争,武器铠甲的订单确实增加了。然而,客人想要的是轻便的皮革盔甲和连环锁甲,起码要是战国乱世时制造的当代具足类。像这种伤痕累累的破旧大铠,没有人会看一眼,就算当作老旧的废铁也不值钱。

---

①拉弓射箭时防御腋下和胸部的楯状零件。
②日本的铠甲形式之一,主要是由骑马的高级武士穿戴。
③平安时代末期,元历二年(1185),于长门国赤间关坛浦(如今的山口县下关市)展开,是导致荣华富贵的平家灭亡的最后一战。

"老爷,这家伙不能用。话说回来,雇用他就是个错误。他是个无可救药的猫舔盘,马上解雇他吧。"

伊兵卫拉下脸来说。

猫舔盘是指,像猫边走边舔盘子,这边舔一口、那边舔一口,是京都人用来鄙视三天两头换工作者的称号。当然,他们不会受到信赖,也不会被委托重要的工作。

虽然真之介是透过人力中介的介绍雇用鹤龟的,但是雇用这种不牢靠员工的人是自己,识人不清,教真之介情何以堪。

当事人鹤龟只是低着头,忸忸怩怩。他似乎想说什么,但是实在无法有条理地诉说。

"旧归旧,但却是个气派的铠甲柜。"

柚子像是要化解凝重的气氛似的自言自语。

"而且使用了上好的漆。"

柚子往柜内一看,微微偏头。

"鹤龟,里面贴着一张纸,你撕下来看看。"

鹤龟依照柚子的吩咐,开始撕下柜子内侧的废纸。

"啊,这是什么?好像有东西。"

"有什么?"

真之介往里面看,一起撕纸,从底下和边缘陆续跑出金光闪闪的大金币。手掌般大小,沉甸甸的。有十枚烙上桐纹戳记的大金币。

"这是天正的大金币吧?是太阁秀吉大人的大金币。我第一次看到。"

真之介忍不住咬了一下大金币。咬起来的感觉是如假包换、不折不扣的黄金。

二

真之介和鹤龟前往土佐宅邸，告诉门卫武士的姓名。真之介以大包袱巾包裹铠甲柜，让鹤龟背着。

"坂本？我们家没有那种藩士。"

警卫室内的中间偏头不解。

"不，他昨天确实站在这扇门前。头发乱七八糟，有点邋遢……"

中间重重点头。

"噢，乡士坂本啊。如果是他的话，确实在里面。你们找他有什么事？"

真之介说明是为了昨天购买的用品而来，中间注视鹤龟背上的货物好一会儿，留下一句"你们等一等"，进入屋内。

"古董店不能收下这种钱吗？"

鹤龟舍不得地自言自语。意想不到地出现大金币，令店里的人非常开心，但是真之介说要将它还给卖方。

"你买的是铠甲，又不是十枚大金币。"

"欸,话是这么说没错……可是,我付了钱……"

"虽说付了钱,却是风一吹就飞走的万延小金币,三十两那种东西和十枚大金币等值吗?"

一枚天正大金币是四十四匁(一六五公克),黄金的成色高,闪烁着金黄色。相对地,鹤龟支付的万延小金币又小又薄,而且铜含量高,颜色偏红,看起来就不值钱。

"……不过我觉得,老爷总是以几乎不用钱的低价买进商品,然后大赚一笔。"

"别讲那种传出去不好听的话。低价买进有价值的商品,是古董品老板的本事。唯独具有从一堆破铜烂铁中找出名品的眼力,才能身为独当一面的古董品老板存活下去。"

"……欸。"

"不过,这是祖先为了紧急情况,事先留下来的军资。这种钱岂能占为己有?"

"是这样的吗?"

"再说,跑出这种东西,你守得住秘密吗?"

"守不住,哎呀,我一定会想告诉别人。"

"所以啰。这种谣言绝对会传进卖方的耳中,市场上会流传我们是一家侵占私藏军资的缺德古董店。相反地,你把钱老实地还回去看看。人们都会相信我们是童叟无欺的古董店。必须连这种事情都列入考虑,永续经营才行。"

鹤龟重重点头时,中间回来了。

"你们去内侧的长屋,坂本在那里。"

中间的说话方式，令真之介偏头不解。真之介原本以为：虽说腐朽，但会卖出此等铠甲头盔的武士，肯定是藩的重要人士，但是卖方坂本这名武士，是个被中间毫不在意地指名道姓的男人吗？

前往中间说的长屋打招呼，里面的人应了一声。打开正面的纸拉门一看，一名头发蓬乱的武士还躺在被窝里。

"搞什么，是昨天那个卖古董的啊。怎么了？果然不值三十两吗？"

真之介向他打招呼，告诉他自己是古董店老板。

"事情是这样的，我检查柜子，从内镶的废纸中跑出了这种东西……"

真之介从怀里掏出小绸巾打开，坂本的眼睛为之一亮。

"哇～真的吗？这是大金币耶。"

坂本拿起来仔细端详了好一阵子。他用手指弹，拿大金币互相敲响，然后咬了好几下，似乎才终于同意了。

"真的好硬，太惊人了！"

"我们也吓了一跳，不愧是土佐山内大人的……"

"嘘！"

坂本在嘴巴前面竖起食指，似乎是嫌真之介太大声了。这件铠甲是个秘密吗？真之介压低音量。

"山内家的用心诚如传言所说，所以令人非常吃惊。"

一般民众也知道，土佐的藩祖山内一丰之妻以藏在镜箱底部的金子，让丈夫买名马的事。真之介夸奖道，但是坂本露出了不以为然的表情。

"愚蠢,何来用心之说?他的妻子或许是挺伟大的没错,但一丰大人却是个虚有其表的家伙。"

"啥?"

真之介不明白,坂本为何贬低藩主。

"身为土佐一国的藩主,想必是个聪明绝顶之人吧?"

"非也,一丰大人在关原合战的战事评议中,剽窃别人的想法立功,是个狡猾的男人。而且一来到土佐,马上声称要在桂海滨表演相扑,杀了七十多名长宗我部的旧臣,是个令人憎恨的家伙。他害得土佐的乡士不知吃了多少苦头。"

"这样啊……"

真之介虽然不太清楚内情,但是明白坂本这名男子绝对看山内大人不顺眼。

"那,这要怎么处理?"

坂本目不转睛地直视真之介。

"是。这名伙计以三十两买下了大铠,但是并没有买下令祖先传承下来的军资,所以我们前来返还。"

"是嘛?那真是感激不尽,你真是个老实人。"

坂本笑容满面地敲响大金币之后,忌惮四周目光地耸了耸肩。

"有福当同享。"

坂本递出五枚大金币,他似乎是想要平分。

"如果你没发现的话,它会一直沉睡在柜底。无论是谁,都会认为你应得一半。"

真之介摇了摇头。

"不,我一点都没有想要获得这些大金币的意思。不过,如果可以的话,我愿意将大金币和大铠还给你,相对地,希望你将货款还给我。"

"这件铠甲果然不值三十两吗?"

"欸,我们店恐怕出不起这个价钱。"

"不成吗?我自认为选了仓库中看起来最值钱的铠甲了。"

铠甲果然不属于这位头发蓬乱的坂本,而是他从土佐宅邸的仓库中擅自拿出来的。这名武士虽然乱来,但是一点都不觉得惭愧。

"钱我用掉了一些。"

坂本解开钱腰带的细绳,将钱摊在榻榻米上。经过计算,一共是二十七两又两分三铢。

"买回商品时,扣掉一成五是我们店的规定。"

真之介只拿了二十五两又两分。客人如果上门卖回在店里买的商品,真之介会扣掉一成五买回。他扣掉相同的比率。

"你说了算。"

坂本把钱收起来,低头行礼。

"那么,告辞了。多谢。"

"且慢。"

"是。有什么事……"

"我独占你发现的大金币,还是令人过意不去,我希望你也收下。"

"可是……"

"哎呀,相对地,我有事相求。请务必听我说。"

"愿闻其详。"

"藩邸房舍狭窄,我正好想找个地方租房子。贵店原本是客栈,想必有许多房间,能不能让我寄宿呢?"

真之介重新注视眼前的男子。空房间确实有,但是男子的一头乱发令人在意。留这种发型的男子个性倔强,容易给身边的人添麻烦。

"欸,但我们是古董店,无法替你照管任何事情……"

"是嘛？不成吗……能不能设法通融一下呢?"

坂本嘀咕不满的表情像孩子一般,真之介想要重新观相。看着刚才到现在的坂本,他的为人令人产生好感。

仔细一看,坂本的五官天庭饱满。宽阔的额头,象征天真烂漫的个性。观相术中,将额头的中央由上至下细分为天中、天庭、官禄、印堂,能够由此看出人天生的运气,其中位于双眉间的印堂是观察天分、天赋、智力的重要地方。坂本的印堂比之前看过的任何人更明亮清澈。他肯定是心怀伟大梦想和野心的男人,八成也有付诸实现的行动力。

既然如此,些许的困扰就睁一只眼、闭一只眼吧。

真之介之所以想收下一枚大金币,是因为他想和这个男人共同拥有小秘密。

"寄宿费一枚有找。请至寒舍。"

赫然回神,真之介已经如此点头回答了。

三

柚子一面在精品屋的账房旁边擦商品,一面想着真之介。

举行形式上的婚礼,开始一起生活之后时日尚浅,但是满脑子里都只有真之介。

任何一对夫妇……

在闺房都会像那样做各种事吧?丈夫会让妻子做出那种令人害羞的动作吗?一想起这种事,心脏就怦怦跳。

"怎么了吗?"

掌柜伊兵卫问道。

"不。没什么。"

柚子摇了摇头,伊兵卫依旧盯着她看,令她脸颊发烫。

"真的啦。真的没什么。"

柚子也知道自己连背部都通红。伊兵卫浅浅一笑,仿佛看穿了她的心思,令她恨不得找个地洞钻进去。

"不过,东西卖得精光,客人也没半个。"

太阳已经爬到高处,三条通上挤满了人潮,但是商品售罄,没什么客人会进入缺货的古董店。除了擦商品之外,伙计和学徒都没事做。

"掌柜,你说鹤龟是猫舔盘,他在前一家店好像被解雇了。你知道吗?"

柚子悄声问道。

"欸,人力中介介绍他来的时候,他装乖巧,老板也雇用了他,但是马上就卸下了假面具。"

"假面具是指什么?"

"他啊,长得一脸福样,但其实是瘟神。"

掌柜说出了令人不能置若罔闻的事。

"瘟神是什么意思?"

"那家伙工作过的店,一家接一家倒闭。我一问之下,才知道不止两三家,他害七八家店倒闭了。"

"不过,那不是因为鹤龟吧。肯定只是碰巧运气不好,只能在那种店工作而已。"

"或许是那样没错,但是话说回来,就是因为他太懦弱,所以才没办法到正派的店工作。那家伙要成为独当一面的古董店老板,恐怕很困难。"

柚子微微偏头。

"你告诉老爷这件事了吗?"

"欸,说了,但他只是一笑置之。用人不疑,疑人不用。老爷说他相信鹤龟,所以才会雇用他,让他拿三十两去买货的也是老爷。我跟老爷说让我去吧,反对让鹤龟去,但是老爷说不能老是要掌柜为了区区三十两的买卖到处奔波,这样生意会永远做不大,所以就让他去了。结果落得这般窘境。"

伊兵卫皱起眉头。

"因为我们是一家新店。我想,老爷也有许多盘算。请你也助他一臂之力。"

"包在我身上,我会严格管理伙计和学徒。"

"多谢,万事拜托。其他伙计都很可靠吧?"

如今,精品屋有四名伙计和两名学徒。因为经常要搬许多商品,所以年幼的学徒派不太上用场,除非有几名有力气的年轻人,否则生意就做不起来。

真之介替伙计取了容易记的名字,依照年纪分别是牛若、鹤龟、俊宽、钟馗。

"欸,大家多少都搞砸过一两件事;也换过几份工作。因为是新的店,没有从学徒培养起来的伙计,那也是没办法的事。"

听到伊兵卫的话,柚子想要叹气。柚子的娘家唐船屋在京都也是名茶具商,掌柜、伙计全是从学徒做起,从小养到大。对仆人的教育严厉,毫不留情地将没有未来发展性的人赶出去。正因如此,真之介才能成为独当一面的古董店老板。

原来这里的仆人尽是猫舔盘。

说不定自己走错路了——这种担忧掠过脑海,但是柚子想起可靠的丈夫,摇了摇头。她爱真之介胜过一切,为此离家出走。她心爱的真之介不可能做错事。

"伊兵卫,你呢?果然也到处换了不少份工作吗?"

"年轻的时候,我喜欢这个。"

伊兵卫点了点头，做了个翻牌的动作。他大概是喜欢花纸牌。

"在大坂到处被店家解雇之后，我成了赌场的讨债者，有时会遇到以挂轴、茶碗等用品当成金钱抵债的情形。从流浪武士手上夺走的脏印盒，能够以一两卖给古董店，正在高兴的时候，没想到那家古董店竟然以十两卖给了客人。"

这种事对于古董店而言，是稀松平常的赚头。

"我觉得古董买卖远比赌博更有趣，于是四处收购古董，开始将货物带进京桥的古董市场。我在那里遇见老板，他跟我搭话。当时，我也想多学一点关于古董的知识，所以决定受雇于这家店。"

伊兵卫说到这里，放声大笑。

"你笑什么？"

"哈哈哈。没什么，仔细一想，在这家店里，我是猫舔盘的头头，没有资格责备鹤龟。"

看到伊兵卫坦然地笑，柚子也跟着笑了。

"仔细想想，我们夫妇也是私奔的人。这家店的人全部都是猫舔盘。"

"是啊，没想到猫舔盘格外毅力坚强。话说回来，我认为一直在一家店工作，看似有耐性，但其实是想说的话也不敢说的懦夫。"

"或许确实是那样没错。"

柚子望向全心招呼客人、修护商品的伙计们。无论是机灵的牛若、老是一脸愁容的俊宽、动作迟钝的高个儿钟馗，个个好像都有怪癖，但相较于唐船屋的仆人总是祈求每天平安无事，小心不捅娄子，柚子总觉得他们更富有人性。

就像品质好的乐茶碗一样……

柚子心想,他们别具一番风味。

"欢迎光临。"

伙计们的声音令柚子回过神来,一名皮肤白皙、长相平凡无奇的男子站在店头。

柚子全身僵硬。

男子是茶道掌门人之子。柚子拒绝和这名男子的婚事,跟真之介携手逃出娘家。

茶道掌门人之子被五六人簇拥。一看就知道他们不是本家的人,肯定是素行不良的玩伴。

"我偶然听到你和唐船屋的掌柜开了一家古董店,所以想来瞧一瞧是家怎样的店……哇,这真是一家气派的古董店。"

茶道掌门人之子抿嘴笑道。柚子最讨厌那种轻蔑别人的笑容。

"欢迎光临。有想找的商品吗?"

柚子故意形式化地招呼他。

"有。我终于在这家店找到了。"

"欸,是什么呢?"

"柚子小姐,就是你。"

茶道掌门人之子一使眼色,身穿花哨便装的男子一把抓住柚子的手腕。柚子试图甩开,但是男子的力气大,她反抗不了。

"你要做什么?"

"这句话该由我来说。你是要嫁给我的人,赶紧回娘家,准备出嫁。"

"我嫁到这家店了,我应该老早就拒绝了和你的婚事。"

"你或许拒绝了,但是我没有拒绝。既然我想要娶你,你就不能拒绝。我和善右卫门约定好了。"

茶道掌门人之子扬了扬下颔,另一名男子更用力地抓住柚子的另一只手。

"喂,别太不讲理……"

掌柜伊兵卫想要介入其中,但是两名男子不理他,更加用力。

"说是新娘,却还有眉毛,牙齿也是白的[①],肯定不是真心要嫁过来的。如果你现在回心转意,我不会计较这些小事。快点,带她回娘家。"

伊兵卫吊起眉梢,露出当真动怒的表情。

"喂。不要太乱来!我家夫人都说不要了,你们耳聋了吗?"

伊兵卫发自丹田出声,吓得几名男子畏缩了。伊兵卫的声音魄力十足,足以让半吊子的浪子吓得浑身打颤。柚子趁机甩开男子的手,冲进店内。

胡乱脱下木屐后爬上二楼,冲进最里面的房间壁橱,关上纸拉门。

柚子一心以为,随着她和真之介私奔,嫁进茶道掌门人家的婚事会不了了之。难道茶道掌门人之子还没死心吗?

"还有眉毛,牙齿也是白的。"

[①] 江户时代,已婚妇女会剃除眉毛,染黑牙齿。

茶道掌门人之子的话,像是一刀刺进柚子心坎里。如果自己真的嫁给了真之介,就必须表现得像个妻子。之所以没有那么做,难道是因为自己还没有彻底准备好为人妻吗?

柚子在壁橱里抱住自己的肩膀,就这样一动也不动地静静待了好长一段时间。

四

从土佐宅邸回来的真之介,带着一名古怪的武士。

他身穿黑纺绸的外挂和仙台平①的裤裙,但是领口有点邋里邋遢。

柚子端茶给那个名叫坂本龙马的武士,聊一阵子之后,得以抹去脑海中茶道掌门人之子那张讨厌的脸。她原本以为坂本如同外表,是个邋遢的无赖汉,但是似乎并非如此。他是个洒脱的男人,令人出乎意料之外。

"哎呀,这么说来,坂本先生也是个猫舔盘嘛。"

柚子听到坂本其实曾经离藩,不由得感到开心。

---

①以宫城县仙台生产的细丝绸制成的裤裙布料。

"猫舔盘是什么意思?"

坂本偏头不解。

"像猫边走边舔盘子,这边舔一口、那边舔一口,形容不肯安分待在一个地方的人。这大概是京都才有的说法。"

"原来如此,我被赦免离藩的罪,处以禁闭。不过,我对于像狗一样服侍大人敬谢不敏。像猫一样轻松地到处走来走去反而适合我。"

"说到离藩,坂本大人也是攘夷党吗?"

真之介询问心里在意的事。近来,在京城中嚣张跋扈的离藩浪士,几乎都是尊王攘夷的志士。其中也有令人束手无策的暴徒,十分棘手。

"噢,我之前是,但是我改变想法了。攘夷真是令人笑破肚皮。"

"欸……"

和坂本面对面谈话,真之介只是频频点头。尽管如此,好像还是会被莫名地挑起对远大理想的憧憬,真是不可思议。

"你们也知道,攘夷的开端是黑船吧?"

美国的培里提督率领的四艘黑船,于十年前——嘉永六年(1853)来到浦贺。在江户印刷的瓦版①也流传到京都,真之介记得自己也看过。他忘不了非常雄伟的军舰和鬼怪般的外国人图画。

"我听说德川将军没有诏令就和外国签订条约,是这场骚动的

---

①江户时代,即时报导天灾,沿街叫卖的印刷物。

起源。"

"那确实是如今骚动的主因。但是，虽然世人口口声声高喊攘夷，但是你们认为如今的日本有能力赶走黑船吗？"

真之介虽然经常假设攘夷战争爆发的情况，但是在不靠海的京都，实在没有真实感。真之介和柚子同时偏头。

"哈哈，你们是一对相配的夫妇。默契十足。"

"假如真的发生攘夷战争的话，到底会变成怎样呢？"

柚子皱起眉头。

"会输。按照目前的情况来看，日本铁定会输。不管怎么向神佛祈求，大炮也不会飞到远方。"

"这么一来……"

真之介也感到不安。

如今在清朝，比起清朝的人，美国人和英国人更有钱许多，高傲得不可一世。日本大概也会变成那样。"

"我不要那样。"

"嗯，我也不乐见。必须设法阻止那种情况发生才行。"

"这样的话，只有战争一条路可走了吧。我不想被外国人当作狗一样看不起。"

"不，按照目前的情况来看，不能引发战争。引发战争的话会输。首先是海军。日本也必须准备船只，数量多到旗鼓相当才行。"

"海军……如果准备船只的话，就赢得了吗？"

真之介趋身向前。

"嗯,赢得了。值得庆幸的是,藩政府命令我学习航海术。机会难得,我打算改天要让天子和朝臣搭乘军舰。一旦实际出海,他们想必会知道海防的重要性。"

坂本的话对于真之介和柚子而言,规模太过壮大,令他们连连吃惊。然而,看眼神就知道坂本不是在吹牛。他是真的打算那么做。

"不过,那不是我的提案,是我的师父胜海舟大人的想法。他是幕府的臣子,非常伟大。我起先以为他是个心术不正的家伙,想要斩杀他而去求见,结果立刻受到他的见识感化,拜入他的门下。"

坂本十分愉悦地描述胜这位人物。热切的口吻,连听的一方都喜欢上了素未谋面的胜海舟。

"幸好被赦免了离藩的罪,我今后打算在胜大人身边认真学习航海术。"

坂本讲得正起劲时,脚步声从外头的走廊由远而近。

"坂本大人,有客人找您。对方是土佐的冈田大人。"

学徒从纸拉门对面喊道。

"哦。以藏来了啊。请他进来。"

坂本应道,真之介和柚子说了句"那么,你们慢慢聊",点头致意后,从二楼的客厅离开。

进入店内的是一名阴沉的圆脸武士。他之所以气喘吁吁,大概是因为用跑的来。左手搭在刀的护手上,目光小心翼翼地留意四周,以便随时都能拔刀出鞘。真之介和柚子看着他跟在学徒身后上楼,面面相觑。

"哎呀,这位客人感觉好阴沉。"

"嗯,光看就令人不寒而栗,大概是所谓的杀气吧。他和坂本似乎是朋友,应该不是刺客。"

两人从楼梯底下观察,二楼的走廊响起巨大的脚步声。真之介立刻做出保护柚子的反应。先冲下楼的是坂本,手中握着刀。

"糟了!胜大人遭到刺客袭击了。"

他留下这么一句,和刚才的客人一起冲出店外。

"遭到袭击……好吓人啊。"

"刺杀事件不是一天、两天的事了,但是听到身边发生这种事,还是令人毛骨悚然。"

真之介和柚子耸了耸肩,钻过内暖帘。

攘夷和刺杀交给武士,商人必须工作。

方才从桝屋刚搬来的货物堆在内侧的流理台旁。好几个箱子里塞满了杂七杂八的商品,所以要分类,该洗的洗,然后定价。

"这个两分。这个两三分又二铢。"

适合女性的饰品由柚子定价。梳子、簪子和化妆用品等,虽然不是顶级的上等物,但这堆商品在热闹的三条通很畅销。

埋首于分类商品两小时左右,学徒来叫真之介。

"坂本先生回来了,他找老爷。"

真之介一上二楼的客厅,发现除了坂本和刚才那名阴沉的武士之外,还有一名个头矮小的中年武士。他背对墙龛坐着。

"这位是我刚才提到,负责军舰事务的胜海舟大人。他昨晚遭到刺客袭击。虽然因为这位冈田以藏跟随,所以获救,但是情况十分危险。我有一事相求,能不能暂时让他在这里藏身呢?"

坂本介绍的胜明明是身份高的旗本,但他笑容可掬地说:"请多指教。"似乎是个随和的人。

真之介忍不住目不转睛地注视胜海舟的脸。

胜的一张小脸上,最具特色的是眼睛。

明明在笑,但唯独眼睛直视着真之介。那是所谓的狮子眼,眼珠和眼白分明,眼尾锐利。那是有仁有义、备受世人尊敬的长相。眼睛稍微凹陷,象征富有智慧、观察力强。清楚弯曲成"乁"字的眉毛,代表他的个性顽强,不好对付。真之介认为,他肯定是做大事的杰出人物。

他在幕府之中,想必也是个有政治权力的男人。

"将军一行人浩浩荡荡,好像江户城搬了过来,所以二条城的每一间寺庙都住满了人。我原本住在距离这里不远、位于三条小桥的客栈,但是他说这里比较安全。哎呀,不用担心我。反正我忙得很,回客栈也只是睡觉。而且不过一两晚而已,我马上就得回大坂。"

胜一副江户人的豪迈语气,发出声音啜饮柚子奉上的茶水。放在一旁的刀,刀的护手缠上一圈又一圈的提绳,刀拔不出来。

"噢,这个吗?我非常讨厌杀人。我下定了决心,就算被人砍,我也不会回砍对方。冈田你们也不可以因为被人称为杀手而感到开心。像昨晚,你把人从中砍成两半,那种举止最好到此为止。"

"可是胜大人,昨晚大概有三名刺客,如果不那么做的话,您就被人杀害了,然后现在和尚八成正在念经,举办葬礼。"

冈田一反驳,胜海舟轻轻点头,又发出声音啜饮茶水。

五

日暮的同时,关上了大门。

近来,京城入夜后也不得安宁。人来人往到三更半夜,有时候会有一群人一面高喊什么,一面奔窜而过。说好听是草莽志士,说难听是一般闯进屋里行抢的强盗变多了。

"治安变得相当不好,你要小心。"

柚子将灯笼递给整理好服装仪容的真之介,他要去向桝屋的喜右卫门道谢。今天的货物当中,有许多好商品。反正八成会到先斗町或祇园续摊,所以很晚才会回家。

"你明明可以带一个学徒去,钟馗就是个好保镖了。"

钟馗是一个身高将近六尺(182厘米)的彪形大汉,曾经当过业余相扑的横纲①。

"比起我的安危,我更担心你。就算胜大人和坂本先生回来了,也不可以马上开门,要先确定声音是谁唷。听到了没?大家就

---

①相扑选手的最高等级。

拜托你了。"

真之介一出门,柚子立刻牢牢地拴上小门。

柚子看到掌柜伊兵卫召集伙计和学徒们开始学习,让两名女婢坐在内厅。

难得在古董店工作,柚子希望她们学会如何使用茶具。她今晚打算教她们茶碗的收纳方式、箱子的绳子打结方法。

"对对对。包上顶级的仕覆①,妥善放进桐木箱之后,茶碗看起来也很温暖幸福吧?"

"真的。哎呀,总觉得幸福了起来。"

"看起来非常高级。"

"你们嫁进古董店的话,学会使用茶具应该会派上用场。改天找机会,我们来练习泡茶吧。"

"感谢夫人。"

这是天目;这是志野,柚子教导茶碗的基础知识和使用方法一阵子之后,让女婢回房。

柚子想在真之介回来之前,找块好布匹,缝个茶罐袋,正要准备拿出收放在壁橱中的缝纫箱时,靠缘廊的纸拉门突然打开。

一名手持白刃的陌生武士,一脸骇人的表情霍地矗立眼前。

"咦……"

柚子屏住气息。

武士瞪视柚子。精品屋的后方是寺庙的腹地。围墙上有竹

---

① 包茶具的袋子。

签,但他肯定是破坏竹签进来的。

柚子想呼救,但是喉咙哽住,发不出声。

武士进入内厅,将刀尖抵在坐着的柚子喉咙上。

柚子一后退,缝纫箱翻倒,其中的针线散落一地。

接着,三名武士二话不说地迅速入内。个个拔刀,脚上穿着鞋。

"胜海舟几点回来?"

最后进来的一名武士问道。他是个年长的男人,八成是带头的。抵在柚子喉头的刀使劲往前逼进。

柚子摇了摇头。

"我……我不晓得。"

"把他藏起来对你没好处。"

"我没有把他藏起来,他没说几点回来。"

"胜海舟是奸贼。他是会对这个国家做坏事的大恶人,所以非取他性命不可。"

年长的武士吊起眼梢,低声呢喃道。

"取、取他性命……你要杀他吗?"

武士们没有回答,观察店内的动静。

"老爷出门了吧?老板娘在哪里?"

"我、我就是……"

柚子勉强回答,武士瞪视她。

"别撒谎!天底下哪有牙齿白的老板娘!"

柚子紧咬嘴唇。继白天之后,这是第二次被人这么说。

"欸,算了。我们马上结束他性命,你乖乖待着!"

柚子连忙摇头。

"有、有人要在我家遭人杀害,我怎么能乖乖待着?"

柚子想后退高喊,带头的武士使了使眼色。满脸胡子的武士用挂在腰上的绳子,将柚子反手绑住。

四名武士手脚利落。

他们让柚子站起来走路,短刀依旧抵在她喉咙上,一一检查所有房间。

然后将女婢、伙计、学徒、掌柜一个接一个绑起来。

掌柜伊兵卫睁大眼睛瞪视武士们,但是柚子喉头上的白刃闪烁,伊兵卫无法出手,只能乖乖受缚。

武士们让所有人坐在厨房的木板房间。

没有看到鹤龟……

店里的人全被绑住手,聚集在木板房间,唯独鹤龟不见人影。

他大概是外出了吧。

倘若如此,希望他告诉真之介这件棘手的事。

"在我们取奸贼性命之前,如果你们安静别动,我们并不打算伤害你们。"

时间已是亥刻(晚上十点)左右了吧。附近因为酒宴而吵吵闹闹的客栈,也差不多安静下来了。

四名武士当中的三人紧挨着店的大门,手持白刃地坐在门框上。他们大概打算等胜海舟回来,袭击他。

在厨房的木板房间监视柚子和店员的武士非常年轻,年纪大概比柚子小,才十七八岁吧。像少年般的长相,表情十分紧张。

"你还年纪轻轻的,不可以杀人。"

柚子以劝诫的语气低声道。

"安静待着!"

年轻武士皱起眉头。

"不,我不闭嘴。我怎么能闭嘴?"

刀尖抵在柚子的眼睛正前方。

"胜海舟是毁灭这个国家的大恶人,女人不要多嘴。"

柚子摇了摇头。

"如果你们要替父母报仇的话,我会助你们一臂之力,也会替你们加油。但是,不要为了国事或攘夷而杀人。"

"吵死了,闭嘴!"

从店内窜出压低声音的斥责声。

年轻武士瞪视柚子好一阵子,从怀里拿出手帕,想要堵住她的嘴。

柚子立刻嘟囔道:

"家母去告诉胜先生了。"

武士们以为除了柚子之外,另有夫人。柚子打算将计就计。

"你说什么?"

"欸,没错,家母去告诉他了。因为你们一拥而入,所以家母连忙冲出去了。如今一定……"

年轻武士一呼喊,年长的武士便跑了过来。仔细往上剃的月代①看起来异常冷酷。

"她说,这家店的老板娘出去了。"

年长的武士摇了摇头。

"小门从门内上了锁。没有人出去。"

柚子失望了。如果小门从内侧关上,那么鹤龟也没有外出。他是否去了厕所,趁机躲在那里呢?

"啊,对了,胜大人说他今晚不会回来。"

掌柜伊兵卫像是想起来似的低声说。

"你说什么?"

年轻武士情绪激动。

"不要相信!那肯定是谎话。这些家伙想到什么说什么,最好堵住他们的嘴。"

柚子和伊兵卫的嘴里被塞进了店里的旧破布。

九个人被绑住坐在一个地方,感觉度秒如年。

武士们手中的白刃迸发杀气。

如果胜海舟回来的话,肯定立刻会被砍杀。

假如真之介先回来的话……

他钻过小门的那一刹那,八成就会被一刀砍死。柚子想象丈夫伸出脖子,头颅掉落在泥地房间的模样,浑身颤抖。假如真之介遇害的话,柚子实在不能独活。

非得想办法才行。

---

① 日本成年男子的传统发型。将前额至头顶的头发剃光,使头顶皮肤呈半月形。

柚子快要发疯了。身体被捆绑,究竟能做什么呢?

只能设法呼救。

柚子下定决心。

总之,试着引发一阵骚动再说。如果自己发生什么事的话,没有被堵住嘴的人应该会大声呼喊。附近的人八成会察觉。只好赌一赌了。

柚子想趁机站起来时,有人从店内侧出现。

"你、你们全部滚回去!立刻从这家店出去!"

是鹤龟。他将火绳枪抵在腰上,作势要开枪。火绳上点火冒烟,而且火门盖已经打开。鹤龟将手指搭在扳机上。

"这、这、这里是,我、我们重要的店。岂、岂能让你、你们随、随便乱、乱来!"

肉饼脸的鹤龟虽然说话结巴,但是坚定地面对武士们。

他腰上插着橡木棒,难道是打算以它作战吗?鹤龟明明个性懦弱,却有这种胆量,令柚子大吃一惊。

鹤龟往前踏一步,年轻武士吓得后退。

"笨蛋,他是在虚张声势。"

带头的武士轻蔑地撇嘴。

"但是,发出枪声的话,会被邻居察觉。"

年轻武士采取警戒。

"没、没错。他说的对。你等着瞧,如果发出'砰'的一声,附、附近的人就会吓一大跳,火速赶来。这、这一带的客栈,住、住满了德川的武士。你、你们马上就会被、被逮捕。"

头目的武士将手上的刀还刀入鞘。

得救了。

柚子松了一口气。

武士大步向前,站在鹤龟的正前方,枪口陷入了腹部。

"我、我要开枪了!"

"蠢蛋!枪管里有蜘蛛网,里面没装火药和子弹。"

柚子的心安一瞬间消失。武士直接握住步枪的枪筒,用力一扯,从鹤龟的手中抢了过来,然后用枪托往后退的鹤龟心窝狠狠一戳。鹤龟瘫软倒地。

"看你们还敢不敢挣扎!"

武士回头的那一刹那,掌柜伊兵卫跳起身,冲下泥地房间,用头撞头目武士的下颌。

发出骨头碎裂的巨大声响,武士仰身倒下。

三名武士挥刀砍向伊兵卫,似乎打算大开杀戒。

伊兵卫忽左忽右地闪躲,他直接穿越流理台旁,冲向店的大门;大概是打算用身体冲开门,但是门没有被撞开。

武士砍向站在大门前的伊兵卫。

伊兵卫身体被绑,忽然往下一沉,假装要往右闪却往左闪,假装要往左闪却往右闪。接着改为逃向厨房。

就是现在!

柚子想要在木板房间站起来。

啊!

惊人的是,柚子动作僵硬地正要站起来时,牛若、俊宽、钟馗三人已经站起来了。他们从木板房间用身体冲撞追着伊兵卫而来的武士们。

伊兵卫冲向倒地的鹤龟,背对着他。大概是要鹤龟替他解开绳索。

鹤龟爬起来,动手解绳,但是迟迟解不开。

带头的男子想要砍向伊兵卫时,鹤龟抽出腰上的橡木棒,坐着胡乱挥舞。他一面以右手挥棒,一面以左手替伊兵卫解绳。

武士看准时机,一手抓住橡木棒,右手持的白刃一刀挥砍过来。

在那一刹那,伊兵卫的绳索解开了。他马上抓住掉落的火绳枪,打横挥向武士的腰部。

武士重心不稳,但仍砍了过来。

伊兵卫依旧坐在地上,以火绳枪的枪身稳稳挡住了那一刀。

他直接起身,连刀带人将武士架开。

伊兵卫趁武士步履蹒跚,自己取出口中的破布。

"喂喂喂,你们闹够了没有!穿着鞋侵门踏户,在别人的店里胡作非为,实在不可原谅。如果要插嘴国事,我希望你们先学会不要给别人添麻烦。"

伊兵卫呵斥频频颤抖的鹤龟。

"笨蛋,还不快点解开大家的绳索!"

伊兵卫挥舞火绳枪,赶走武士。鹤龟解开大家的绳索。

"我说,大叔啊。我不晓得你是勤王派的志士或什么人,但是身为一个人,最重要的是守礼,不是吗?少了礼仪,岂不是连禽兽都不如吗?"

武士一脸极为不悦的表情,又架起了刀。

一看之下,刀刃缺了一大块。原来是刚才砍中火绳枪的枪身时,刀刃损伤了。

伊兵卫将火绳枪抛向武士,双手往旁边张开,双脚踏定,连珠炮般地开骂:

"你少看不起商人!我从一出生就爱打架。就算没有刀,我用一根手指头都可以挖出你的眼珠子。或者用手戳进鼻孔,挖出你的脑浆。"

伊兵卫吓人的气势和神色,令武士们愤恨地你看我、我看你。

"好,客人要走了。大家恭敬地送客。"

伙计和学徒在店内排成一列。

学徒打开小门,武士们一一出去。

带头的武士走出去时,对伊兵卫喊道:

"你豁出性命啦?"

"那当然,我们只能靠自己,无论是死是活都要全力以赴。"

武士点点头,从小门出去。

"身为商人,送客人走时不说句谢谢,总觉得既冷淡又空虚……"

伊兵卫低喃道。

"谢谢惠顾。"

伙计和学徒异口同声,深深一鞠躬。

六

坂本龙马、胜海舟和冈田以藏三人回到精品屋,是在赶走武士们之后不久。

牛若和钟馗身上的和服裂开,肩膀和手臂流血,所以正在店里贴膏药。

"发生了什么事吗?"

胜海舟问道。柚子诉说事情的来龙去脉。

"昨晚的那群家伙带伙伴来了。"

冈田以藏听柚子说完,想要冲出店外。胜海舟制止了他。

"别去了。就算找到了他们,也只是互砍而已。毫无意义。"

胜海舟重新面向柚子。

"给你们添麻烦了,幸好大家都性命无虞。"

胜海舟柔言安慰,柚子原本紧绷的心情放松,眼泪扑簌簌地掉了下来。

"不过话说回来,这间店的人都好强,令武士颜面扫地。"

"欸。店里的人合力赶走了他们。"

最令柚子开心的是,店里的人团结一致,击退了武士。

其中,尤其令柚子感动的是,平常畏畏缩缩的鹤龟鼓起勇气对抗武士。

"你十分具有男子气概。"

柚子对自己感到羞耻,居然一度嘲笑鹤龟是猫舔盘。

鹤龟受到夸奖,忸忸怩怩地不好意思。

"怎么可以乱来。掌柜先生,你会这个吗?"

坂本做出握刀的动作。

"不,我不会剑术。我生性热爱赌博和打架,所以一点也不怕刀。不过,因此被好几家店解雇。"

"欸,那一记头槌棒透了。那是你的绝招吗?"

柚子的发问,令胜和坂本放声大笑。

"任何一个流派的绝招当中,都没有头槌这一招。"

"打架是先下手为强。大坂的流氓称之为先发制人,先用力给对方一拳再开始动手打架。那就是先下手为强的秘诀。"

"那是连孙子也不得不甘拜下风的兵法。"

坂本愉悦地点头。

"今晚最大的功臣是鹤龟。从仓库拿出那把坏掉的步枪,这个行为值得赞赏。没有火药和子弹,却用步枪恐吓武士,好胆量。哎呀,我对你刮目相看了。"

掌柜伊兵卫夸奖鹤龟。

"鹤龟,真的谢谢你。"

鹤龟的英勇奋战,令柚子打从心里感到痛快。

"欸,那是因为……"

"因为什么？怎么了？"

"那是因为如果这家店倒了的话，就再也没有地方肯雇用我了……这么一想，就产生了一股莫名的力量。"

柚子看到害羞的鹤龟，忍不住落泪。真之介雇用的是一群非常优秀的年轻人。

就算他们是猫舔盘又怎样？

这么一想，她更是泪如泉涌。

聊了一阵子，店里的人也终于心情平静了下来，所以决定严锁门户就寝。胜海舟有三名护卫的武士随身。据说他们会在店的前门和后门守夜，所以能够放心休息。

柚子在内厅并排铺了两床棉被，等真之介回来。柚子坐着心想：等他回来之后，要告诉他所有的事，让他担心，但是等了老半天，也不见他回来的动静。

搞什么。店里乱成一团，老板却无忧无虑地在祇园游玩吗？

倘若如此，实在不可原谅。

柚子坐着等待时，意识到自己在生气。

真是个不负责任的家伙。

柚子在夜深的闺房中，孤单地坐着。

各种思绪在脑海中打转。娘家父母的事、白天来店里的相亲对象茶道掌门人之子的事、真之介的事。该怎么做，大家才会承认柚子和真之介的关系呢……

柚子兀自点头，拿出镜子。她拉长方形纸灯的灯芯，点亮灯光。盯着镜中自己的脸好一阵子，然后下定了决心。

嫁作人妇就要有为人妇的样子。

今天的货物中有一样派得上用场的东西。柚子将它拿来,又坐在镜子前面。

拿起用品,内心终究感到惶惶不安。

这么做真的好吗?

柚子问镜中的自己。

我已经不能走回头路了。这样好吗?

柚子问自己,点了点头。答案只有一个。自己是为了和真之介共结连理,才诞生在这个世上的。

柚子一下定决心,便动起手来。

她毫不犹豫。镜中的容貌逐渐改变,反而令她引以为傲。这么一来,就能在这个家里牢牢地扎根。这么一想,心情激动。

柚子听见门口的小门打开的声音,是在天开始亮的时候。

她走到店内,从小门进来的真之介看到守夜的武士,吓了一大跳。

"哎呀,怎么了?"

"欸,发生了一点事。不过,已经没事了。"

真之介好像喝得相当醉,脚步晃晃摇摇,衣衫不整。

"倒是阿真,你没事吧?"

"嗯,我没有喝很多……"

真之介看到柚子,表情僵硬。

"哎呀,你、你怎么了?"

"欸。怎么样? 好看吗?"

真之介将脸凑近,仔细注视柚子。他呼出的气中发出酒臭味。

"嗯,看起来好像别人。"

柚子在夜里用镊子一根根拔掉眉毛,以铁浆染黑了牙齿。

"欸,我变成了别人。我正式嫁进了这个家。"

柚子原本想等娘家的父母,正式承认自己和真之介的关系之后,再化已婚妇女的妆,但是如果要等他们承认,不晓得要等到什么时候。当今世上,说不定会被突然闯进门的贼人杀害。如果要死的话,柚子想先成为真之介的妻子再死。

真之介坐在厨房的门框上,说他想喝水。

柚子从井里汲起黎明时分的水,倒进茶碗,真之介喝得津津有味,一口喝光;然后又仔细端详柚子的脸。

"你好美。看起来非常像个好妻子。"

"只是看起来像吗?"

"不,内在也是不折不扣的好妻子。"

真之介握住柚子的手。

"你累了吧?早点休息。"

真之介摇摇头,他起身走到井旁边,将吊桶里的水倒进盆子。

春天的早晨尚有寒意。

真之介哗啦哗啦地从头冲到脖子,脱光上半身,用手帕用力搓洗。

"酒已经醒了。有这么好的妻子,岂可从一大清早就在睡觉?"

话一说完,真之介用双手拍打脸颊,神情绷紧。他已经打算要工作了。

起床的学徒们精神奕奕地打开大门,店内充满了令人心情愉悦的晨曦。

多谢大家。

柚子忍不住在心中双手合十,感谢这一群可靠的猫舔盘。

平蜘蛛的茶釜

一

客人一走光,柚子眺望摆在店头的许多商品。

虽然是比不上精品屋这个屋号的俗货,但每一样商品看在柚子眼中都是宝贝。

她以双手手掌捧起红色的乐茶碗。

浑圆柔润的触感,十分贴合手掌。令人想在春天的原野铺上毛毯,享受在野外泡茶的乐趣。

"真是个好茶碗。"

她低喃之后,背后发出声音。

"要怎么做,才能像老板娘一样,成为商品的鉴定高手呢?"

伙计钟馗看着柚子的手边。

真之介取的绰号很贴切,他是个一脸严肃的年轻人。一开始令人难以接近,但是看到他的工作模样,柚子渐渐明白他的内心温柔。

"要成为鉴定高手的不二法门是,亲眼看、亲手摸过许多好商品,然后将色泽、触感烙印在脑海中。好东西就是截然不同。除此之外别无他法。"

"那么,每天拼命观察店里的商品,就能成为鉴定高手,是吗?"

"这家店里的东西嘛……"

柚子正要摇头,但是作罢。

那些是真之介挥汗进货的商品,柚子不想贬低它们。

"虽然有许多好商品,但是在商品的世界中,好还有更好。要成为真正的鉴定高手,必须接触更好的商品。"

柚子从小在许多珍贵器物的包围下长大。父亲善右卫门会亲自泡茶,教她茶碗、茶釜、水指、茶罐、茶枣、茶勺等的美丽之处、铭的由来。柚子的眼界自然不凡。

这家店的伙计们对商品几乎还一无所知。

"好商品吗……不过,你现在拿在手上的是天下的名品吧?老爷曾骄傲地说,那是长次郎的赤乐茶碗。"

长次郎是从前受托于千利休①,烧制茶碗的陶艺工。赤乐茶碗并非是能轻易在町内的古董店店头看见的茶碗。

"欸,称得上是长次郎没错……"

"称得上是……箱子上不是也那么写的吗?"

桐木箱的盖子上,确实以毛笔写着"赤乐茶碗长次郎作",还不忘写上铭"一文字",的确是天下知名的宝物。

"欸,因为这算是以假乱真的东西。"

"以假乱真……以假乱真吗?它不是真的吗?"

耿直的目光,令柚子有些难受。

---

① 1522—1591,安土桃山时代的茶人,日本人称茶圣。

"如果是真正的长次郎,会有许多客人肯出几百两、几千两买这一个茶碗。但是在我们店里才卖一两,你必须以这个价钱思考。"

"是……我们觉得一个茶碗卖一两,都贵得吓人了。但是去附近的濑户物屋,一个六文的茶碗多的是。"

"这个茶碗并不差,而且以它泡的茶很好喝。"

茶碗本身没有错。烧制它的陶艺工考虑到喝茶者的心情捏黏土,好让茶碗贴合手掌。

不过,有人贪心地想卖高一点的价钱,在箱子上写下了好卖的名字。写的人说不定是陶艺工本人,但是就算这么做,茶碗本身也没有错。

柚子熟知长次郎的茶碗有多出色。

在娘家唐船屋,从真正的乐家第一代长次郎起,经手过好几个历代的乐茶碗。浑圆柔润,以及拿在手里时令人惊讶的轻盈感,果真是绝品。

"真品那么不得了吗?"

"是啊,如果和这个相比的话,真正的长次郎的茶碗,丰采完全不一样……有一种难以用言语道尽的深奥品味。该怎么说才好呢?好像它光是在那里,就会使气氛变得柔和。"

"真想亲眼见识一次。"

"除了茶碗之外,人称名品的东西都有一定的韵味。像是与次郎的茶釜,也有一种无法言喻的饱满。"

与次郎也是制造利休喜爱的茶釜,获得丰臣秀吉授与"天下第一"称号的名茶釜师。

"那是与次郎的茶釜吧?"

店内的黑檀木柜中,确实摆着"与次郎作"的茶釜,但是有些地方的线条张力不足,柚子并不喜欢。

"那是一个好茶釜。可是啊,该怎么解释才好呢?它和真品不一样。该说是品格,或者是风韵呢?看过几件真品之后,你就会明白。"

钟馗偏头不解。

商品的事再怎么用口头解释,对方也不会懂。唯有拿起真品观察,铭记在心直到做梦也会梦见才行。

"欸,这种事情没办法一步登天。你慢慢观察商品记住就是了。"

"是……"

钟馗正要说什么时,客人上门了。

"打扰了。"

一名和尚站在店头。

不,仔细一看,是一名光头的武士。身穿外挂,腰佩双刀。

那张眼尾上扬的长脸似曾相识,他是长州藩的高杉晋作。

"高杉大人,你的头怎么了?"

高杉的头变成了只剩下一点发根的光头。

他原本留的是勤王风格的发型,只剃出一点月代,所以剃成光头十分显眼。长脸看起来格外长。武士完全剃光发髻,变成光头,想必有相当严重的事情想不开。

"这并不好笑。藩政府的一群混账老是说些没头没脑的事,所以我请了十年的假。"

"欸,你可真是下了相当大的决心啊。"

高杉的嘴角露出笑容,抚摸光头。

"被老板娘你这么一说,我全身都无力了。京都话有一股魔力,不管做什么都提不起劲。在皇宫也是这样。和朝臣交谈,我都志气消沉了。完全搞不懂对方心里是否认真。"

晋作说他受命于藩,到皇宫的学习院执行公务,但是受够了那里的朝臣和勤王者的庸俗,马上辞去了职务。

推翻幕府。

高杉的脑海中有这个念头。

应该暗杀人在京都的德川将军家茂。

他四处劝说,但是赞同者寡。

他耐着性子,慢慢说服藩的重要人士周布政之助,但是晋作激进的意见完全没有受到采纳。

十年之后,说不定会成为那种时代。

晋作顺着周布的这句话,提出休假十年的申请,获得了批准。留发髻已然无用,索性剃了个光头。

"话说回来,我今天挖出了稀世珍品。请你用高价买下。"

候在高杉身后的中间,卸下背上的大包袱。

"欸,是什么呢?"

"天下的顶级名品——平蜘蛛的茶釜。"

"欸……"

柚子偏了偏头。不可思议的男人带来了不可思议的名品。

从包袱巾出现一个暗茶色的杉木板箱。

侧盖上写着"茶釜稀世珍品平蜘蛛"。似乎是刚才写的,还发出墨汁味。

"欸,好漂亮的签署。"

"是吧?"

高杉抿嘴笑道,抽出盖子,倾斜箱子,一堆生锈的肮脏废铁统统滚了出来,似乎是锅子或饭锅的碎片。

"这是什么?"

"亏你还是古董店老板娘,连平蜘蛛的茶釜都不知道啊?"

由于羽釜扁平的釜身四周突出羽翼,状似匍匐的蜘蛛,因此人们如此称呼它。

"高杉先生说的是,松永弹正的茶釜吗?"

光说平蜘蛛的茶釜,有好几种同样的形式,但是说到天下名品,茶道中人首先会想到弹正的茶釜。

"是啊。正是那个造反男人的茶釜。"

"平蜘蛛的茶釜是什么呢……"

伙计钟馗一脸诧异,拎起废铁。

"你真是个不用功的古董店伙计。不知道松永弹正吗?"

"他不是叫做松永大膳吗?"

"大膳是歌舞伎角色的名字,而且故事编得和事实完全不同。其实他叫做松永弹正。"

"老板娘,你最好仔细教导他。"

"欸。松永弹正久秀是从前元龟天正时期,对织田信长叛变的武将。信长包围城堡时,对他说:'如果你交出平蜘蛛的茶釜,我就饶你一命',但是他说:'与其交给你,我宁可一死',自己点燃炸药,和茶釜一起炸得粉身碎骨。"

"这些就是那世上少有的茶釜碎片。因为是珍品,应该能定相当高的价钱吧?"

"是……前一阵子,有一名武士来卖一把名叫弁庆千本目的刀,但我第一次看到松永弹正的平蜘蛛茶釜……"

柚子只能叹息。

"太好了,这是坚持到底的弹正的茶釜。我非常想学习他的骨气。减价再减价,卖你五百两就好。你买下吧。"

"五、五百两……它有那么值钱吗?"

钟馗的声音变了调。

"高杉先生只是在说笑而已,你这样就吃惊,不配当古董店伙计。"

"哈哈,果然骗不了你。"

高杉坦然笑道。他似乎不是企图大赚一笔。

"欸,就算是平蜘蛛茶釜的碎片,也没办法定价。"

柚子摇了摇头。

"搞什么,原来你是在开玩笑啊?"

"那还用说。丢人现眼,请你不要当真。"

"不,其实……"

高杉晋作变得一脸认真,顾忌四周。柚子使了使眼色,支开钟

尴,晋作将脸凑过来悄声说:

"这是重要的物品,我希望你交给坂本。"

在精品屋吃闲饭的坂本龙马,如今前往江户。他不久之前留下一句"我马上就会回来",匆匆忙忙地动身了。

"把这堆废铁……交给他吗?"

"不,是箱子。里面藏了东西,坂本需要的东西。"

如此一来,这件事就说得通了。

"我要离开京都,大概好一阵子不会回来。"

"这样啊,我知道了。如果需要留言的话,我愿意代为转达。"

"好……"

高杉将目光投向店外,春末的蓝天飘着浮云。

他拿出文具盒,振笔疾书。

吾敬仰西行之人,欲往东边行,心意唯有神明知!

最后写上"东行"这个像号的名字。

"模仿西行[①],东行是我这个光头的名字。请你务必转告他。"

"高杉先生果然也要去江户吗?"

"不,我要回西楸。往东走是我打倒幕府的志向。"

柚子倒抽一口气,点了点头。

"一路小心……"

柚子只能这么说。

[①]1118—1190,平安时代末期到镰仓时代的武士、僧侣、歌人。

二

柚子小心翼翼地将高杉委托的、装了平蜘蛛茶釜的箱子放在内厅的壁龛,一回到店里,真之介正好回来了。

木板车上堆满了货物,伙计们正在推车。

"简直像是桃太郎。"

"哈哈哈。那么一来,你们就是狗、猴子和雉鸡了。"

真之介指着伙计牛若、鹤龟和俊宽笑道。

"老板娘,这样说太过分了吧?"

牛若一面苦笑,一面擦汗。今天的春阳日照强烈。

"不,我不是在讲你们。我家老爷笑眯眯地载着一堆宝物,看起来像是从鬼岛回来一样。"

"哦,真会说话,不愧是我娘子。你说的没错,我今天带回来了一堆宝物。"

这一阵子,真之介再也不以柚子小姐、大小姐称呼柚子。被叫做娘子,令柚子又羞又喜。

"是吗?那真是太好了。"

掌柜伊兵卫解开木板车的绳索,取下盖在上面的粗草席。除了大型的长方形衣箱之外,还堆着许多柜子和箱子。

"好期待,有什么呢?"

听说西阵的老太爷去世,想卖掉一套珍藏的茶具。真之介带着伙计、学徒去收购。

"有许多名品。你们说是不是?"

"欸。有利休的茶勺、吕宋的茶壶、牧溪的画轴。哎呀,大饱眼福,令人目不暇接。"

"真惊人,我也想看一看。"

"不只如此,还有名品茶罐绍鸥茄子、井户茶碗大高丽、花器园城寺。"

"不会吧……"

那些是金子堆得再高也买不到的传家宝,说不定真之介挖到了一座天大的宝山。

"哇哈哈,箱子上是那么写的。"

"搞什么,吓了我一大跳。"

柚子扑哧一笑。那些宝物不可能到处都是。然而,不敢说绝对没有,正是古董世界的有趣之处。

"那一家人,一定到处找古董店老板去估价。"

"他儿子很头痛。老太爷说,如果卖掉一套茶具,就足以买下一个国家。于是,他儿子找了好几家茶具店老板去,但是大家都只是一笑置之,不予定价。听说唐船屋的掌柜连箱子的盖子都没打开就回去了。"

柚子的娘家唐船屋,是一家重视地位的茶具商,不会卖家世差的商品。只要看一眼箱子以及箱上的签署，就能精准看出商品的家世。

真之介在那里从任人使唤的小鬼学习，培养鉴定能力，但是毫不拘泥于家世高低。他认为商品不分贵贱，不在意来历和传承，从高价品到廉价品，什么都卖。这种直爽的性格，也吸引了柚子。

"家世那么差吗？"

古董店很在意家世。

家世好的人家，会接连出现令人惊奇的名品。

如果不识货的人在收藏，上了缺德古董商的当，手上就会买到一堆奇怪的东西。因此只要出现一件赝品，不用看仓库的珍藏，就能断定所有物品都有问题。

不过，家世好的人家历代一定有经常进出的茶具店。新来的真之介再怎么努力，也轮不到他跨进那种人家的门槛。

"外观是气派的纺织店，有许多织机女子。欸，那和鉴定能力是两回事。有钱反而是一种灾难。"

小富的闲人，会成为坏古董商眼中的肥羊。一旦对古董具有一点知识，或者对自己的鉴定能力有自信，就很容易受骗上当。那一户人家的老太爷八成是黑心古董店的好顾客。

"快把大量宝物搬进去。"

伙计和学徒们快步将商品搬进店内。

"说到这个，刚才店里也收到了珍宝。"

"是喔。是什么？"

"平蜘蛛的茶釜。"

真之介偏头不解。

"被炸掉的茶釜?"

说到平蜘蛛茶釜的珍宝,果然任谁都会先想到松永弹正。

"听说是爆炸的碎片,高杉先生想了一件有趣的事。"

"哎呀,那位长州的高杉先生啊?"

"是的。他把物品寄放在店里,要我转交给坂本先生。"

"他想靠它大赚一笔吧?"

"那是一般的废铁。和私欲无关,据说是箱子的……"

柚子的话说到一半,一个大嗓门硬插进来。伙计钟馗不知道嚷嚷些什么。

"哇啊,这也是松永弹正。"

钟馗拿在手上的是一个细长的挂轴盒子。

"搞什么,大吼大叫的,吓死人了。"

"不过,这个盒子写着松永弹正辞世歌。刚才是弹正先生的平蜘蛛茶釜碎片,现在是辞世的挂轴歌,今天是弹正先生的忌日吗?哎呀,寒毛竖起来了。"

"是商品召唤它们来的。我长期买卖古董,偶尔会发生这种事。"

古老的商品经常不可思议地互相召唤。

偶然发现分散的一对摆饰,或者一套的盘子时,确实会起鸡皮疙瘩,感到匪夷所思。

"我没看到那幅挂轴啊,我看看。"

真之介从盒子取出挂轴摊开。

那是一幅禅画画风的挂轴,以墨汁草绘平蜘蛛的茶釜,附上赞诗歌的挂轴,龙飞凤舞地写着松永弹正的名字。

"好奇怪的辞世歌。"

"怎么念呢?"

"不该交给汝、平蜘蛛茶釜、武士的固执、纵然夺天下、名品亦不得。"

"欸,弹正先生在自爆之前,写下了这个吗?不愧是个处变不惊的武将。"

钟馗深感钦佩。

"傻瓜,谁会在死之前,留下附画的辞世歌?"

"那么,这个是……"

"八成是某个小说家恶作剧写的。如果有茶釜的碎片,和它放在一起的话,说不定可以卖个好价钱。"

"那个茶釜的碎片是……"

柚子正想插嘴,身后又发出巨大的声音。

"哦,这一堆都是名品。这是圣德太子持有的曜变天目茶碗。真惊人啊。"

掌柜伊兵卫打开长方形衣箱盖子,低呼道。柚子看见其中塞满了茶具的箱子。

"哈哈哈。很棒吧?这是天下的珍品。"

"真的吗?"

真之介对惊讶的伙计钟馗摇了摇头。

"你是个老实的好男人,但是如果你今后想继续当古董店伙计的话,稍微换个角度看待事物也很重要。"

听到真之介的话,钟馗一副似懂非懂的表情点了点头。

事后再慢慢告诉他好了。

柚子如此心想,和店里的人一起将一堆宝物搬进店内。

三

相对于搭在鸭川上的大桥,搭在河道窄的高濑川上的桥叫做三条小桥。

客栈池田屋惣兵卫担任三条小桥一带的町①长,他派来的学徒跑了过来。

"我家老爷说,有一点町内的事要商量,能不能请贵店老爷跑一趟?"

从精品屋的地理位置来说,池田屋位于隔着三条小桥的西北边,距离近在咫尺。

柚子在店头听到学徒的话,原封不动地向人在店内的真之介传达。

---

① 土地面积的单位。一町约为九九点一八公亩。

真之介正在一一检查许多茶具的箱子定价,实在抽不出身。

"我先去听一下事情内容吧。"

"嗯,有劳你了。"

柚子去了一看,池田屋惣兵卫坐在门口的账房。他很有生意兴隆的客栈老板模样,体格健壮,待人接物恰如其分。

柚子形同离家出走地逃出娘家,曾在嫁进精品屋的隔天,来到这户人家打招呼。

当时,德川将军家正好赏赐五千贯白银给京都的民众,换算成黄金是六万三千两,为了分配这笔钱,惣兵卫正在按照户别编纂人头册,所以马上将柚子以妻子的身份记入其中。不过,因为她尚未从娘家的户籍迁出,所以柚子答应事后会办妥此事。

柚子针对真之介正在忙不能前来,以及尚未从娘家的户口名簿中迁出道歉,惣兵卫摇了摇头。

"不,我不是为了这件事。如你所知,因为将军大人上京都,京城里挤满了人。原本以为天皇外出到贺茂就会告一段落了,没想到这次换要去石清水八幡宫。武士从各处不断地涌入,这一带的客栈都客满了。尽管如此,町官员还是催促多准备一点旅馆。府上虽然是做古董买货的生意,但原本是客栈的建筑。我想跟你商量,希望你接待几位客人。"

今年春天,随着政局骤变,进出京都的武士格外频繁。

就连将军家武士们的下榻处,光靠二条城和寺城终究不足,只好分配住在各町内。町奉行所透过町官员将分配住房一事传达至各町内。

将军家虽然会支付费用给提供住宿的人家，但是以租金租借棉被和餐具，打点三餐是一大负担。除此之外，生意还要停止营业，将老人、小孩寄放在别人家，忙得天翻地覆。

"你意下如何？如果你能准备几个房间，那就太好了。"

虽然语气温和，但有一股不容分说的威严。

"不过，寒舍已经住了一位负责军舰，名叫胜海舟的人……"

胜海舟几乎连日外出，虽然有时候去了大坂也没回来，但二楼还是得空出他与随身武士的房间。还有，为了坂本龙马从江户回来时有地方住，也必须准备房间。

池田屋惣兵卫的眉毛动了一下。

"府上和那位胜大人有什么特别的关系吗？"

"我们并没有特别的关系，但他是土佐宅邸的人带来的。"

"土佐的人带负责军舰的人去府上，这件事说不通吧？"

兵卫目不转睛地直视柚子，视线仿佛要看穿她的心底。旅馆的老板说不定有看穿人性善恶的鉴定功力。

柚子简短地诉说胜海舟到店里来的原委，并且补上不得志浪士闯入店内的事。

"这样啊，那真是糟糕。最近治安败坏，你想必受到了惊吓。"

"欸，是啊。"

"这样的话，府上没办法再多住人了。"

"抱歉，帮不上忙……"

"我知道了。既然是因为这样，那也是没办法的事。对了，府上老爷相当拼命工作。"

池田屋惣兵卫开始话家常。他是个直爽的男人,柚子一问町内的事,他便如实地告诉了她集会和五人组①的事。

他们起劲地聊了一阵子,来到门口,太阳已经稍微西倾。

池田屋旁的客栈中屋的老老板娘,放下固定在屋檐下的折叠椅坐着。她似乎正在若无其事地监视傍晚在店前洒水的年轻女婢。柚子向她点头致意,想要经过时,被她叫住。

"你是那间新古董店的人吧?"

"欸……"

"嫁进来的吗?"

柚子之前和真之介一起走访町内的人家,分发红白二色的婚礼喜饼。当时,也向老老板娘打了招呼,但是她八成忘记了。

"是的,我是新娘,请多指教。"

柚子硬挤出笑容。

"你还没给我看过嫁妆,只有我没有收到邀请吧?"

在京都,有向邻居展示嫁妆的习惯,有客人会打开衣柜看。所以除了和服之外,必须事先塞满衬衣等不丢人的衣物。

逃出娘家的柚子没有嫁妆。

"社会正值动荡不安,所以不太方便。"

京城一片混乱,使得这种借口也说得过去。

"是喔。"

老老板娘一脸不接受的表情。

---

① 江户时代依照领主的命令,组成邻居守望相助小组的制度。

"你的娘家是新门前的唐船屋,不是经常进出朝臣和大名宅邸的老字号店铺吗?"

"欸,是的。"

原来这种风声已经传遍了町内。老老板娘好像明明知道一切,却以审问柚子为乐。这么一想,连插在白发中的玳瑁发梳都令人痛恨。

"你父母不许你出嫁吗?因为这件事没有妥善处理好,所以即使嫁到同一个町内,你也不能四处打招呼。"

"不,父母高高兴兴地送我出嫁了。"

虽然是一派胡言,但是柚子发誓,迟早要让大家看到父母欢送自己出嫁。柚子脸上堆满笑容。

"其实你原本应该要嫁给茶道掌门人之子。但你居然拒绝这桩好婚事,嫁给摆满破铜烂铁……啊,抱歉,是好商品的古董店老板,岂不是非常可惜吗?欸,虽然我不该鸡婆,多管别人家的闲事。"

柚子背脊生寒。虽然同样是京都人,但是京都人真是坏心眼,令人生厌。

"欸,感谢您替我担心。自己夸相公好像在老王卖瓜,但我家相公是将来会成为日本第一古董店老板的人。我相信他办得到,所以和他在一起,您完全不用担心。"

柚子抓住胸口,稍微抽出和服的衣领。她不愿示弱。

"府上的女婢真勤奋啊。"

两个女婢手拿水桶和柄勺,只顾着聊天,一点也没有在洒水。

老老板娘咬住嘴唇,斥责女婢。

"辛苦你们了。"

柚子微笑点头致意,回到了店里。

刚才进货的茶具已经排放在精品屋的店头,摆得琳琅满目。

真之介横卧在内厅,发出轻轻的鼻息声。

他每天从一大清早到处进货到三更半夜,真的累了。柚子想从壁橱拿出薄棉睡衣给他盖上,突然被抓住了手腕。

"你醒了吗?"

"我躺着休息,想你想得不得了,刚才在等你回来。"

春阳西倾,但是距离沉入西山还有一段时间。

真之介将柚子拥入怀中,轻咬耳垂,嘴唇滑到柚子的颈项。

"……啊!"

柚子不禁推开真之介,站了起来冲向壁龛。

"原本在这里的平蜘蛛茶釜去哪儿了呢?"

柚子慎重放好的茶釜箱子不见了。

"噢,那个我卖掉了。我很厉害吧? 连那种废铁也卖了一分钱。我是日本第一的古董店老板。"

真之介轻松地笑道。

"你为什么卖掉了呢? 我不是说了,那是高杉先生寄放的吗?"

"噢,你说那是高杉先生寄放在店里,要转交给坂本先生的。但是能够卖到一分钱,坂本先生应该也很高兴吧。"

"他才不会高兴。唉,伤脑筋。高杉先生说:那个箱子有机关,其中藏着重要的东西……"

真之介偏头不解。

柚子愕然失色。

原来自己没有说——话说到一半时,大家因为商品的事情吵吵闹闹,话说到一半被打断了。

"怎么办……"

"哎呀,如果是那么重要的东西,就必须买回来才行。"

"你知道是谁买走的吗?"

"嗯,之前来过的壬生浪士。一个颧骨非常突出,一个装模作样;是装模作样的流浪武士买走的。"

"太好了。不过,他为什么会买那种东西呢?"

真之介娓娓道出经过:

当真之介正在店里排放茶具时,五六名流浪武士上门。因为粗眉毛的男人长相太过奇特,所以真之介记得自己在他之前来时,在鉴定帖中画下了他的相貌。好像人称近藤大人。

"欸,欢迎光临。您又来啦。"

近藤的颧骨依旧突出,眉毛浓密。

"上次我要你准备的虎彻,找到了吗?"

"欸,其实,我前一阵子在拍卖市场看到了品质好的虎彻,但是价钱太高,所以出不了手。"

"真的吗?"

武士的脸色一变,他似乎对虎彻相当执着。

"欸,那是一把上好的虎彻,我好后悔当时没买。"

"多少钱?"

"因为附上精美的刀鞘,所以卖两百两。"

拍卖市场中的价钱更低,但是加上利润零售,便是这个价钱。

近藤扭曲嘴角,陷入沉默。这个男人八成没有两百两。

"对于古董店老板而言,买卖这种事情也是靠缘分。我会再到处询问寻找,我想,马上就会找到好货。"

"你真的在找吗?"

装模作样的武士问了令人心头一惊的事。其实,真之介是在许久之前,在古董的拍卖市场看到了虎彻。他不过是在说客套话罢了。

"那当然。"

"哼。京都人油腔滑调,不可轻信。近藤大人最好也小心提防,以免受骗上当。"

"阿岁,你疑心病很重啊。"

近藤似乎舍不得虎彻。

真之介注视名叫阿岁的男人五官。

最大的特征是额头。宽阔的额头方正扁平,代表他头脑灵光,冷静沉着。有些冷酷啊。尽管如此,是个社会适应力强的男人。坂本龙马也是个特征在额头的男人,但他是浑圆饱满。阿岁这个男人是有棱有角,理智而不感情用事。两人正好成对比。

真之介认为,脸型略长是令人轻忽不得的谋士之相。

即使一样是长脸,但是像高杉晋作这样太长的脸,代表他神经质,而且给人的第一印象不好,但是换作这个男人,想必擅长待人接物。虽然整体的感觉有点冷淡,但是五官长得好,是一张受到烟花女子喜爱的长相。

　　流浪武士们好像不是在找什么，随意地眺望店内的商品。大概是有闲没钱。

　　"土方大人，那幅挂轴好像是松永弹正的辞世歌。不愧是京都，居然有这种珍品。挂轴中还画了画。"

　　看似剑术高强的年轻武士，注意到刚挂上去的挂轴。

　　"总司，关东人可是被笑为莽夫唷！怎么可能有那种辞世歌。"

　　"是嘛。说到这个，我没看过有画图的辞世歌。"

　　土方眯起眼睛，环顾店内的商品。

　　"老板，你的店里尽是一些奇奇怪怪的仿造品。"

　　土方锐利的视线转向真之介。

　　"仿造品未免言重。如果是真品的话，应该都收藏在九重①中，或是将军家的传家宝。这里摆放的物品只卖公道的价钱。以经济实惠的价钱买到手，做一场赏玩的美梦。"

　　"果然是仿造品，你在做相当缺德的生意，马上会遭天谴唷。"

　　土方将手指伸到面前恐吓。

　　真之介大动肝火，没理由被人恶意辱骂到这种地步。

　　"武士先生，我们并没有谎称是真品。非真品从一开始就据实以告贩卖，说是赝品未免没意思。心怀'说不定会挖到宝'的玩兴，正是赏玩古董的悠然之心。不懂这种乐趣的人，不适合买敝店的商品。"

---

　　①天子的住处。

土方的眼神变得可怕。

"你不承认你在卖赝品吗?"

"我卖的全部都是一定水准之上的物品。"

"你要违逆武士吗?"

"我们在讨论经商,这和身份是武士或商人无关。"

真之介笔直地瞪回去,土方也怒目以对。

真之介瞪回去的举动,似乎令土方大为不悦。土方将手搭在刀柄上,他是个易怒的男人。

"你不怕刀吗?"

"可笑。不知道为什么,我天生唯独胆子大。如果你要因为我失礼而杀我,敬请动手。不过,我会怨恨你一千年、一万年,世世代代纠缠着你的后人。你要杀我,请先做好这个心理准备。"

真之介更倔强地瞪了回去。

土方动作迅速地拔出短刀,从真之介眼前仅一寸处横砍而过。

刀刮起的劲风,吹动真之介的眉毛。

真之介一步也没动,眼睛眨也不眨。

土方还刀入鞘。

"原来如此,看来你是真的有胆量。"

他的眼神在笑,似乎认同了真之介的胆量。

"我当作这是夸奖。"

"你刚才说了美梦是吗?"

"欸,是的。"

"那么,这家店里最能带给人美梦的物品是哪一件?"

"这个嘛……"

真之介马上想到了。他问钟馗:

"喂,平蜘蛛茶釜的碎片在哪里?"

"我想,应该收在里面。"

"拿过来。"

钟馗冲进内侧,抱着杉木箱回来。

抽出侧盖,倾斜箱子,倒出了废铁的碎片。

"那是什么?"

圆眼凹陷的近藤把脸凑近。

"这是宁死不屈、天下第一武将松永弹平的平蜘蛛茶釜碎片。"

土方拎起一片端详。

他盯着看了好一阵子,发出声音笑了起来。

"我原本以为京都是一座妖魔鬼怪嚣张跋扈的城市,没想到能够看到平蜘蛛茶釜的碎片。有趣啊,老板。"

"多谢。"

"不过,这种东西派不上用场,它只是一般的废铁。"

年轻武士皱起眉头。

"如果找铁匠重新铸造成护额,弹正的灵魂就会附身其上,即使死了也坚持到底。"

真之介信口胡诌。手拿铁片的土方好像在思考别件事。

"有趣。我买了。"

"咦?"

"我说我要买。"

土方塞了一分白银在真之介手中,他再也没有任何不卖的理由。

四

真之介派四名伙计跑到祇园一带,寻找壬生浪们可能在的茶楼和餐馆。

夜相当深之后,才终于找到他们的所在处。

"他们在四条的芝居茶屋①。"

冲回来的钟馗,站着喘气。

"辛苦你了。"

账房中的真之介站了起来。

"拿外褂和裤裙出来。"

"你要怎么做?"

"就算现在闯进酒宴,和喝醉的人也讲不清楚。话虽如此,在这里等也只会干着急,反正他们一定在宴会厅里睡得东倒西歪,我要在门口等到早上。"

---

①江户时代,专属于戏棚,供应观众餐饮。

"既然这样,我也一起去。"

"不行!"

真之介罕见地以严厉的语气打断她,令柚子大吃一惊。站着的丈夫看起来像个顶天立地的男子汉。

"是。"

柚子顺从地回应。她对这样回应的自己感到愉快。

"麻烦你了。"

柚子在房内协助真之介穿裤裙,从身后替他穿上外褂。丈夫的背影感觉好可靠,令柚子想靠上去。

真之介回到店里,把钱交给钟馗,穿上草鞋。

"我现在马上要去那间芝居茶屋。你去叫醒酒店老板,买角樽①来。"

"相公。"

柚子第一次这么称呼丈夫,之前顶多只叫过他"阿真"。

"什么事?"

真之介回过头来,是日本第一的俊男。

"多谢……"

"你在说什么?不小心把别人寄放的物品卖掉的人是我。"

"不,我指的不是那件事。"

"不然是什么事?"

柚子欲言又止。伙计和学徒在四周听,她不好意思说。

---

①一种高把酒桶。安装角般的大把手,桶身漆上红漆和黑漆,烫金字象征吉祥喜气,用于喜庆宴会赠礼之用。

"万一他们跑去别的地方就麻烦了,我走了。"

真之介背对柚子。

"呃……多谢,多谢你娶我。"

"搞什么,一本正经的。这样我会害臊。"

"没关系,请你尽管害臊。"

"傻瓜。"

真之介从店的小门出去的背影,令柚子的心头一紧。

"就是这里。"

钟馗抱着角樽,在四条大桥的东首等候。他似乎拼命跑,先来一步,汗水在月光下闪烁。

隔着四条通,北方和南方盖着气派的戏棚。

芝居茶屋和戏棚并排。

那么要怎么等呢?若是坐在那一带的屋檐下,未免难看。

"好!"

真之介用双手使劲拍打脸颊,替自己鼓舞。

"你可以回去了。"

"老爷要怎么做呢?"

"在这里等。"

钟馗将角樽放在芝居茶屋的门口。真之介拢好上了浆的裤裙,端坐在角樽前面,双手撑地,低头鞠躬。他似乎打算以这个姿势等到早上。

"这怎么行……"

伙计钟馗不知所措。

"无所谓。你回去!"

真之介低着头怒吼道。

"我怎么能回去。要是现在回去的话,我就不是男人。"

真之介感觉到钟馗低声说完,坐在自己身旁。他大概打算和真之介一样叩拜等候。

两人维持叩拜的姿势,一动也不动。幸好春天的夜晚凉爽。

此时浮现脑海的除了商品还是商品。至今卖了几千、几万件商品呢?

在唐船屋从学徒一路晋升至伙计、掌柜的过程中,有机会接触许多名品、至宝。世上人称名品的茶具皆具备了名实相符的丰采。

然而,真之介想起的不见得都是珍奇的名品。

对于真之介而言,每一件拿过的商品都清楚地留在记忆中。

虽然在唐船屋卖的尽是值钱的物品,但是去到古董拍卖市场,就会看到各式各样的物品。

刚从业余收藏家搬出来的第一批货中,掺杂着林林总总的物品。除了豪华的衣柜和佛坛之外,还有螺钿的柜子、描金画的箱子、盔甲足具、长枪大刀、屏风挂轴、伊万里的大盘子、明朝时期和清朝时期的坛子、不知从哪里拿来的令人不敢置信的古老佛像和匾额,至于小物品则有精心雕琢的印盒、坠子、香盒、刀的护手、钉帽。真之介怀念地想起这一件件商品。

真之介也忘不了夸下海口要闯出一番天下,辞去店里的职务,握着存款收购的第一件商品。

那是一个茶釜。

既没有箱子,也没有铭,但是其态雍容自若,俨然像是出自天下名匠与次郎之手。

真之介是在废物回收店的屋檐下发现它的,它和纸屑、废铁混在一起。

"大叔,我是铁匠。我想熔掉这个茶釜做钉子,能不能卖给我?"

真之介想便宜买下,于是撒了谎,但是废物回收店的大叔看也不看他一眼,摇了摇头。

"二十两。少一文钱也免谈。"

废物回收店老板晓得茶釜的价值。交涉了老半天,老板果真一文钱也不肯打折,结果真之介以二十两买下。总财产二十一两又三分二铢几乎花光,但是真之介笃定,如此水准的茶釜少说卖五十两,如果顺利的话,能够卖到一百两。

他将那个茶釜带进专卖茶具的拍卖市场,放上竞标台时,兴奋得心脏快炸开。

"那么,这个便宜卖,从五两起标吧。它是个相当好的茶釜。"

市场主人将茶釜在台上转一圈,开口喊道。

六两、七两,众人纷纷出价,但是价钱没有热络地暴涨。在座的老字号店铺老板们没有出价。

"哎呀,没有人喊价吗?"

"货主不好,谁要买啊。"

嘀咕的人是唐船屋的老板善右卫门。

进出市场的古董商们知道真之介从唐船屋跳槽出来,顾虑到善右卫门的心情,所以没有人出价。

结果,唐船屋以十两标下了。市场要收取销售佣金,所以真之介损失超过了十两。

当时,真之介想一死了之。后来听说善右卫门附上茶道掌门人的签署,以两百两卖掉那个茶釜时,悔恨得好一阵子吃不下饭。他化悲愤为力量,更加努力工作。

想起一件件商品的过程中,天亮了。大门打开,一名茶屋的男仆走出来。

"你是谁?"

"我有事找这家店的客人。虽然可能会给你添麻烦,但是请让我等一会儿。"

"不行,妨碍做生意,闪到一边去!"

"我不能走。"

或许是怎么赶也赶不走的气魄打动了男仆,他避开真之介四周打扫,开始以柄勺洒水,但是真之介和钟馗不动就是不动。男仆仿佛看见了令人不舒服的东西般,进入店内。

即使早上的人潮变多,流浪武士们也不出来。真之介知道经过的人远远避开。

好不容易接近中午之后,武士们才从大门现身。

"土方大人,是我的疏忽。那些平蜘蛛茶釜的碎片是不能卖的东西,我诚挚地跟您赔不是,请让我买回来。"

真之介抬起头来,盯着武士们的脚边恳求。

"搞什么,是古董店老板啊。怎么了?事到如今,觉得卖了可惜吗？那该不会是真品吧？"

"不，那是别人寄放的重要物品，不是可以卖的东西。"

"这可奇了，那些废铁是别人寄放的……其中似乎有什么隐情。"

土方偏头不解。

"阿岁，他是商人，你不要太欺负人家。"

近藤替真之介说话。

"好吧。不过，我让某位兄台看过那些碎片，根据他的鉴定，那肯定是真正的弹正的茶釜。我想出价一万两，但是七折八扣，算你一千两就好。你拿一千两来的话，我倒是可以割爱。"

"这简直是漫天喊价，那只是一般的废铁……"

"闭嘴！你不是说要做一场美梦吗？那个美梦成真了，那正是平蜘蛛的茶釜……"

土方的脚步摇摇晃晃，他仍微醺。

"老板，那个茶釜啊，我卖给了茶道掌门人，已经不在我们手上了。"

近藤似乎对于茶釜一点兴趣也没有，丢下一句走人。

"您说茶道掌门人……"

"鸭川的河畔有一户大宅邸，对吧？就是那里。"

年轻武士告诉真之介。

那是之前和柚子论及婚嫁的茶道掌门人之子的宅邸。

五

真之介站在本家的门前,调整呼吸。敞开的大门内是雅致的茶庭。铺路石湿漉漉地洒了水。春天的庭院树木青葱翠绿。真之介整理衣领,拂去裤裙的尘埃。

他踏进一步,身在兜门①前厅的门卫叫住他:

"你是哪位?"

真之介说是为了茶釜一事而来,门卫皱起眉头。

"你是壬生浪人强行推销的伙伴吗?"

"不,我是三条小桥的古董商,我来是为了买回那个茶釜。"

"你等一下。"

门卫冲进内侧,真之介等了相当长一段时间。

"这边请。"

一名身穿黑色外褂的男子,引领真之介钻过中门②,到一间位于茶庭内侧的茶室。

"少爷在里面,请进。"

---

① 朴素的街门造型,是里千家的象征。
② 位于内外茶庭交界的门。

打开躙口①,里面是一间三叠(一点五坪)的茶室。壁龛挂着墨宝。放在火炉上的茶釜的水滚了。

少爷闭目养神,端坐在火炉前面。

"打扰了。"

真之介双手撑地打招呼,少爷目光凌厉地瞪他。

"果然是你啊。我以为是谁会想到那种古怪的名品,是你就不足为奇了。"

真之介既不打算找借口,也不想解释。

"我就开门见山地说了,我来是为了买回那些茶釜的碎片,能不能请你卖给我呢?"

少爷笑了。

"这个嘛。卖给你也无妨,但那毕竟是天下闻名的平蜘蛛茶釜。虽说是碎片,但是你也得出一万两,我才肯卖。"

真之介忍不住握紧撑在榻榻米上的手。他既不能发飙,也不能耍无赖。

"这样价钱太高,我买不下手,能不能考虑到我的经济能力呢?"

茶釜的水发出松籁般的声响。

"说的也是,我倒是可以考虑一下。"

"求求你、求求你好好考虑。"

"不过,你为什么坚持要买回那种废铁呢?"

---

①茶室特有的小型出入口,进出需跪着膝行。标准规格是宽0.65米,高0.75米。

"因为那是别人寄放的物品,我不小心卖掉了。"

"别人寄放的物品啊,你保管了相当危险的东西啊。"

"咦?"

真之介抬起头来。

"因为你说要来买,所以我检查了一下箱子。你到底是谁?打算对这个国家造反吗?"

"我听不懂你在说什么。我真的只是替别人保管而已,我不晓得里面装了什么东西……"

"里面装了这种东西。"

少爷从怀里伸出手,手中握着一把手枪。那是黑色、坚固的西式手枪,枪口对着真之介的额头。

"你可别说你不晓得。"

"我真的不知道。"

"如果我向奉行所通报,你暗藏这种东西在卖,你的店马上就会倒闭。"

"不,我是真的不知道。"

"哼!不管你知不知道都不重要,你无论如何都需要它吧?"

平凡无奇的苍白脸庞,丑陋、扭曲。

"是的。不管怎样,我都想买下它。"

"这是闯进家门的壬生浪人硬逼我以一百两买下的。"

土方当时盯着废铁,心里想的是打算将它换成一大笔钱。

"这样的话,我以两百两买下。"

"愚蠢。你知道古董在我手上,价钱会翻好几番吧?"

真之介当然知道。无论是再无趣的茶具,只要茶道掌门人赋予铭,在箱子上签署,价格顿时三级跳。

"这样的话,货款是……"

"给我一个人吧。"

"……"

"你带柚子小姐来。这样的话,我就将这把手枪交给你。"

"乱来……"

"真没想到你说得出那种振振有辞的话,先和她订婚的人是我,抢走我未婚妻的程咬金是谁?"

真之介舔了舔嘴唇。

"不过,柚子已经拔掉眉毛,染黑牙齿了。事到如今,嫁进府上的话,府上的面子上挂不住……"

"如果会拘泥那种小事,就不是茶人了。茶道中人只坚持美好的事物。总之,你让柚子小姐一个人来这里。我会直接跟她交涉。"

少爷倏地起身,站着打开茶道口①的纸拉门出去。

真之介被留在狭窄的茶室中,唯独茶釜的水声发出沉闷的声响。

---

①泡茶者的出入口。

六

当天稍晚,柚子造访了茶道掌门人的宅邸。

她一向门卫通报,立刻从茶庭被引领至茶室。

少爷一个人坐在茶室里。

"求求你,请你将平蜘蛛茶釜的碎片卖给我们。"

柚子双手撑地恳求。

"只有碎片可以吗?"

"不……还有手枪……拜托你。"

柚子低头贴在榻榻米上,少爷愉快地笑了。

"心情真好。我有生以来第一次知道,被人低头哀求是这么愉快的事。"

茶道掌门人的茶室具有"市中山居"的情趣,明明位于京城中,但是悄然无声。只有茶釜不间断地持续发出松籁般的声音。

"求求你。"

"如果你嫁进我家,我可以卖给那个男人。如何?这件事很简单吧?"

"我已经为人妇了。"

少爷咧嘴微笑。

"你知道利休居士夫人的事吧?"

柚子点了点头。

"利休居士一直爱慕能乐师的妻子,最后占为己有,迎娶她续弦。我也打算如法炮制。"

那是关于利休继室宗恩的有名故事。不过,柚子听说两人正式结婚是在宗恩的前夫死去,利休的前妻过世,两人老年之后的事。少爷的解释相当扭曲。

"我十分明白你的心情。光是你对我心存爱意,我就不胜感激。尽管如此,嫁为人妇对于女人而言是终身大事。我可以提出一个要求吗?"

"哦,什么要求?你尽管说。"

"是。嫁给利休居士的宗恩夫人,应该相当爱慕利休居士。如果对方是能让我爱他更甚于现任丈夫的人,我也乐意舍弃丈夫嫁给他。"

少爷天真无邪地笑逐颜开。

"真的吗?说的好!"

"此话不假。不过,令我倾心的是坚强靠得住的男人。"

"那当然。我迟早会成为茶道掌门人,应该无可挑剔。"

"不,我不会受到头衔或箱子的签署蒙骗。我命中注定生为古董店老板的女儿,看多了骗人的箱子签署。"

"既然如此,你想怎么做?"

"内在。重要的不是箱子签署,而是内在。"

"那还用说。"

"少爷会鉴定古董吗?"

"茶道首重主人和客人之间的心灵相通。沉迷于茶具是最低劣的,话虽如此,如果不能鉴定名品,茶道掌门人也没脸见人。"

柚子点了点头。

"钟馗。"

柚子一呼喊,躙口霍地打开。伙计钟馗将一个小包袱放在榻榻米上。

"今天,我带来了两个茶罐。两个都是名品九十九茄子。一个是真品,另一个是赝品。如果你精准地鉴定出真品的话,我乐意将自己嫁给你。"

"继平蜘蛛之后,是九十九茄子。松永弹正的怨灵附在你身上了吗?"

话说回来,九十九茄子是足利义满珍藏的唐朝茶罐。

足利家代代相传,转手送给家臣山名家,后来因为茶道大师村田珠光①以九十九贯文买下,因此命铭。

这个名茶罐辗转转手,后来松永弹正久秀以一千贯文买下,献给了织田信长。

"九十九茄子这种东西不可能在你们店里,那应该是……"

"是的,敝店里确实没有,我去娘家唐船屋借来了。不过,敝店里也有一个赝品。"

---

① 1423—1502,室町时代的茶人。一般认为他是"侘茶"的创始者。

信长珍藏的九十九茄子转手送给秀吉,由儿子秀赖继承,在大坂夏之阵和城堡一起烧掉了。

但是,有人从灰烬中挖出它。

他是受命于德川家康,一个名叫藤重藤元的漆匠。

藤重细心地以漆修补碎裂的九十九茄子。因为修复得天衣无缝,家康大为感动,将九十九茄子赏赐给藤重。藤重家代代相传,但是近来家境穷困,所以卖给了唐船屋。

"且慢。我记得我以前曾在茶会中使用过九十九茄子……"

九十九茄子应该是藤重家珍藏的宝物,但若是茶道掌门人的请求,八成会乐意出借。

柚子咽下一口唾液。

"既然如此,你应该清楚记得。请你从两个当中鉴定出一个真品,我想以你的鉴定决定我的前途。如果猜错,请你归还平蜘蛛的茶釜。"

"好吧。如果没有这种程度的鉴定功力,我也当不成茶道掌门人。"

柚子背对少爷,遮住对方的视线,解开包袱巾,取出两个上漆的箱子。

真品的箱子是坚固的三层箱;赝品则是两层箱。柚子从里面的桐木箱拿出茶罐,卸下仕覆。为了让人看不出哪个茶罐是从哪个箱子拿出来的,柚子左右对调了几次位置后,转身面对少爷,并将两个茶罐摆放在对方面前。

"其中一个是真正的九十九茄子。请以你的鉴定眼力,仔细鉴定出来。敬请尽量观察。"

柚子双手撑地,低头行礼。

少爷低声沉吟。手撑在榻榻米上,屡屡比较。

茶罐高雅,浑圆饱满。就连往内里看,也完全无法辨识出以漆修补过的痕迹。带黑的棕色底,漆上了大量的黄褐色釉药。惟妙惟肖的做工令人误以为有两个一模一样、毫无差异的物品,但是外观和光泽确实有微妙的差异。

少爷眺望许久,拿起来观看。耳边传来的尽是茶釜的水声。少爷频频发出沉吟声。

"愚蠢。这两个都是赝品。"

"不,一个是货真价实的真品。"

"那么,给我看一看箱子!"

不愧是茶道掌门人之子,少爷十分清楚箱子的签署不容易骗人。柚子犹豫了。

"你不要让我知道哪一个箱子装的是真品不就得了。"

少爷偏过头去,柚子再度转身往后,将箱子换了好几次位置。

两者的内箱都是旧铜木。虽然笔迹不同,但是都写着"茶罐九十九茄子"。

柚子回身摆好箱子后,少爷拿起箱子的盖子翻面鉴赏。

"噢,确实是真品。之前借用时,祖父在箱子上签署了。"

盖子背面写着上一代掌门人的名字和花押[①]。另一个盖子上

[①]一种代替签名的符号或记号。

由另一名茶道大师签署。

"如何？一个是不折不扣，真正的九十九茄子。请鉴定出它。"

少爷再度沉吟，表情僵硬，急得流汗。他思考了好长一段时间，终于选了其中一个。

"是这一个。"

黄莺在庭院里叫了一声。

"确定是那一个吗？"

"等、等一下。"

少爷再度比较两个茶罐。

"噢，铁定没错。无论是外观或品质，肯定是这一个。"

柚子直视少爷的眼睛。

轻轻摇了摇头。

"猜错了。"

"怎么可能？是这一个，肯定是这一个！这一个的品质格外出众。"

"不，真品是这一个。"

柚子拿起另一个茶罐。

"你说谎。你打算骗我吧？我也看过了许多名品，这一个绝对是真品，它有真品的韵味。"

"不对，是这一个。"

尽管如此，少爷仍旧不肯接受。执拗地强调不可能有那种事。

"真不干脆，我讨厌看不开的男人。"

柚子膝行向少爷，拿起他手中的茶罐。

她从怀里抽出帛纱①,拎起正在冒着水蒸气的茶釜盖子,高举过头,砸碎茶罐。

"啊!"

少爷张口结舌。他一口断定是真品的九十九茄子碎了。

"这样你同意了吧?"

"是嘛……看来是这样没错……"

"那么,我告辞了。"

柚子仔细地捡起茶罐的碎片,包进怀纸中,收拾干净。

"你……"

"是。"

"你是个有胆识的好女人,我重新爱上你了。总有一天,我一定要娶你为妻。"

"多谢。身为女人,我非常幸运。"

柚子深深一鞠躬,从躝口出了茶室。

柚子和钟馗一回到精品屋,店里的人一脸担心地迎接他们。

"怎么样?没事吧?"

掌柜伊兵卫从账房站起来。

"欸。事情进展得还算顺利。"

"这样的话,那个也没事地……?"

"没事。确实装在这里面。"

钟馗将背上的包袱卸在店的门框上。

---

① 擦拭或接茶碗用的小绸巾。

"老爷去哪里了?"

柚子出门时,真之介不停地怨叹自己的不中用。无论理由为何,他好像认为让柚子到茶道掌门人之子家跑一趟,是因为自己的不中用。

那种事情,请你不要放在心上。

虽然柚子在出门之前这么安慰他了,但是真之介应该相当在意。

"欸。他在里头等。"

柚子正想进内侧,真之介钻过内暖帘露面。或许是错觉,他看起来有些落寞。

"没事吧?"

"欸。设法安然地拿回来了。"

"那就好。"

"不过,打破了一个九十九茄子。"

"无妨。你平安回来就好。"

"老板娘自己打破的。茶室中发出'哐啷'一声时,我吓得心脏差点从喉咙跳出来。我一颗心七上八下,很想冲进去。"

钟馗当时在茶室屋檐下等,像是要邀功似的说。

"重要物品拿回来就好,可喜可贺。"

真之介的表情因为放心而放松,但是对于无法亲手解决,好像耿耿于怀。

"是啊。如果弄丢它的话,我就没脸见高杉先生和坂本先生了。"

柚子抚摸平蜘蛛茶釜的箱子,手枪好端端地收放在里面的隐藏盖子中。

"我指的不是高杉先生寄放的东西,而是你。如果走错一步的话,你就要被迫嫁给茶道掌门人之子了。"

"如果事情变成那样的话,你会怎么办?"

柚子以调皮的眼神注视真之介。

"不怎么办,如果事情变成那样的话,我区区町内卖破烂的老板,又不能对茶道掌门人动手。"

"那么,你会眼巴巴地看我嫁人死心吗?"

"不,我不会死心。我无论如何都会去把你要回来。"

"怎么要回来?"

"我不晓得怎么要回来,但是我会不顾性命,总有办法把你要回来。如果束手无策的话,我就半夜溜进去把你抢走。"

"太好了。我早就相信,就算我失败了,你也一定会把我带回来。所以,我才能放手一搏。"

和真之介生活,柚子心中产生了这种确信。

"请问,我可以拿起九十九茄子看一看吗?"

钟馗畏畏缩缩地问。

"可以啊,不过,那是……"

掌柜伊兵卫和伙计们聚在一起,凝视钟馗的手边。一双粗糙的手轻轻解开仕覆的绳带,取出其中的茶罐。它是个丰腴高雅的茶罐。

"真品果然不一样啊。"

伊兵卫瞪大眼睛。

"那还用说,真品才有这种丰采。你们看,这个釉药的纹路如何?这是绝品吧?"

真之介不断地卖弄渊博的知识。柚子想让他继续出风头,但是又不能骗店里的人。

"相公,借一步说话。"

"咦?"

柚子在真之介的耳畔呢喃。

"那是赝品。"

"你说什么?"

众人望向柚子,好像听见了她的悄悄话。

"爹吝啬得要命,不管是谁怎么拜托,他都绝对不会外借真品。真品摆在唐船屋的壁龛。"

"这么说来……"

"打破的是赝品,那也是赝品,只有我向爹苦苦哀求借来的箱子是真品。光是借那个箱子,我也死求活求了好半天,爹才不情不愿地答应了,所以我只好放弃借真正的九十九茄子。"

真之介抚摸箱子。

"我真是败给你了,我是有眼无珠吗?"

"呵呵。有什么关系嘛!我看得清真品和赝品。你是真品,真正的好男人。"

尽管柚子鉴定茶具的功力比真之介略胜一筹,但是她相信,真之介是个有本事看穿事物本质的男人。就这点而言,柚子没有一丝怀疑。

　　而看在真之介眼中,柚子是个十分可靠的妻子。

　　他在心中下定了决心,自己必须成为一个不输给妻子的坚强丈夫。

今晚的虎彻

一

高濑川旁的樱花行道树枝繁叶茂。

真之介和柚子一同从沿着河的木屋町南下。真之介走在前，柚子跟在后。

"前不久才盛开，不知不觉间，叶子长这么茂盛了……"

听见开朗的声音回头一看，柚子正抬头看着樱花树枝。柔和的阳光从树叶缝隙间穿越，照在柚子脸上，令真之介心头一惊。

她还未经世事啊。

就二十岁而言，那是一张天真无邪的脸。

她是京城前三大茶具店老板的女儿。如果乖乖听父母的话，嫁进茶道掌门人家，应该会安居于大宅邸内，度过优雅奢华的一生。

曾经是茶具店二掌柜的真之介形同诱拐，娶了这种老字号店铺的女儿。尽管彼此真心相爱，但还是令人不忍心。

"发生什么事？你怎么了？"

柚子一脸诧异地转过头来。

"你……"

和我结为夫妇,不后悔吗?逃出家里,这样好吗?

真之介想这么问,但是说出了别的。

"你往上看,毛毛虫会掉下来,黏在你脸上喑。"

柚子呵呵娇笑,这下看起来异常成熟,真之介又是心头一凛。

"阿真,你害羞了。好可爱啊。"

真之介总觉得柚子完全看穿了自己的内心深处。

"傻瓜。"

"其实,你有话想对我说吧?"

"没有。"

"是喔。你怪怪的。"

柚子的笑容令真之介感到光灿夺目、自惭形秽。

我说不定是个不成器的男人。

真之介总是充满自信地努力工作,前一阵子,因为卖掉别人寄放的东西,其实他有点气馁。虽然柚子去茶道掌门人的宅邸,解决了所有问题,但其实真之介想亲自解决,让柚子看到自己帅气的一面。

这样好吗?我真的能带给柚子幸福吗?

真之介自信有些动摇。

从在唐船屋担任学徒、伙计时开始,真之介就只对古董感兴趣。他想尽早独当一面,所以沉迷于鉴定古董,学习知识。在店的伙计、掌柜当中,他的鉴定功力首屈一指。因此,他会去拍卖市场,挖掘出好古董收购,让店里赚钱。

他的努力没有白费,年纪轻轻就被提拔为二掌柜。

不过,他爱上了老板的掌上明珠柚子。

他一心只想和柚子在一起,逃出唐船屋过了一年。心无旁骛地全心专注于工作。

他遵守和老板善右卫门的约定,或者应该说是,他单方面地擅自遵守和老板的约定,从唐船屋带走了柚子。

我绝对会带给你幸福。

真之介一直如此心想,但是很快地,自信动摇了。人生的道路不可能一路平坦,接下来有起有落。真之介担心能否克服所有难关。

"快点,走啰。"

柚子抬头看着从樱花树叶缝隙洒落下来的阳光。真之介对她呼喊,经过了高濑川上的桥。

从四条木屋町前一条小径往西走,出现了桝屋的大招牌。

虽然店面宽敞,但是从长暖帘的缝隙看到的店面,只摆放着几个坛子和描金画的箱子,如果不知道的话,说不定不会察觉这是一家古董店。

老板汤浅喜右卫门正在账房的小桌子写字。

"哎呀,你来得好。那位是夫人吧?"

真之介在生意上经常受到喜右卫门照顾。明明只是在古董市场结识的点头之交,但正是这位喜右卫门,借了一大笔钱给开店第一年的真之介。当然,真之介立刻还了那笔钱。喜右卫门时常担心真之介,会将零散的商品整批卖给他。

喜右卫门有恩于他,所以真之介让柚子来一趟,好好地跟他打声招呼。

"我是真之介的妻子,名叫柚子。相公平常受您照顾,感激不尽。今后也请多多指教。"

柚子解开包袱巾,递出糕点的箱子。喜右卫门看得入迷。

"好美啊。不愧是唐船屋的宝贝女儿。"

"多谢。"

柚子微微一笑,低头行礼。

"这种个性就是大铺子培养出来的雍容气度。"

喜右卫门露出佩服的表情。

"欸,什么意思?"

"不管是再美的美女,只要被人称赞好美,往往都很难坦然地道谢。你想必是被捧在手掌心,在悉心呵护之下长大的吧。"

柚子连脖子都通红,垂下了头。

"请您别再逗我了,人家会害羞。"

"哈哈,恕我失礼,我没有恶意,请你原谅。"

三十五六岁的喜右卫门有些许木讷、粗鲁的一面,长相富态。他在几年前入赘到桝屋,真之介几乎没听他说过以前的事。真之介心想:他原本或许不是古董商,而是武士。

清楚浓密的一字眉象征聪敏,面对重大事情也不会畏缩的坚强意志。假如他曾是武士,为何改行开始卖古董呢?他看起来不像是到祇园玩女人玩到身败名裂的那种男人。

学徒拿坐垫来放在门框上,但是真之介和柚子没有坐下。

"欸,尽管坐,不要客气。"

"多谢。"

真之介避开坐垫,坐在门框上。

"你也坐吧。"

经真之介这么一说,柚子也一样坐在门框上。

"今天是什么风把二位吹来了?"

"欸,如同之前所说,我们形同私奔,成了夫妇。如今尚未获得她娘家的认同,所以我决定起码要带着她,四处向照顾我的人打招呼。第一个造访的便是桝屋。"

之前曾有町内的人挖苦柚子。因为在京都,每个新嫁娘都会展示嫁妆,但是柚子却没有那么做。

柚子的娘家唐船屋虽然准备了嫁妆,但那是为了让柚子嫁给茶道掌门人之子而准备,不是为了让她和掌柜私奔而准备。

而且那些嫁妆因为柚子的任性,送给了艺伎小梨花。

相对收回的凤蝶金莳绘衣柜、梳子、簪子等,结果全部收纳在唐船屋的仓库。

如今,江户的将军大人和许多旗本一起上京都。京城挤满了各国武士,町内的大户人家也作为武士们的下榻处。

柚子虽然在町内声称,"如今京都正忙成一团,没办法悠哉地展示嫁妆",但是这个借口能够蒙骗到何时呢?

于是真之介心想,"起码要让能够认同两人关系的人,清楚地明白个中原委",开始带着柚子到处打招呼。

"原来如此。欸,像你这样的好男人,迟早会受到唐船屋老板的认同。"

"欸,但愿如此……"

如同喜右卫门所说,唐船屋老板善右卫门还有可以说服的机会。他相当疼爱女儿。如果柚子去拜托事情,他都会无可奈何地通融。虽然他老是板着一张脸,但是似乎拿女儿没辙。

捡回曾是弃婴的真之介抚养,悉心照顾,从任人使唤的小鬼跑腿培养成学徒、伙计、掌柜的人,正是善右卫门。两人私奔想必比被家犬反咬一口更令善右卫门不悦,但是真之介抱持一丝希望,如果生意步上轨道,自己成为出色的古董店老板,也许他就会认同两人的关系。

如果你在一年之内,拥有一家四间门面的店,带着千两聘金上门,我就答应你们的婚事。

善右卫门确实和真之介如此约定了。

真之介甘冒风险做生意,依约拥有一家四间门面的店,带着千两聘金去了。

但是善右卫门如今仍然不肯收下聘金。

如果有孩子的话……

真之介如此心想。如果疼爱的女儿抱着孙子回去,善右卫门八成会予以接纳。

难对付的反而是母亲阿琴。

阿琴是江户日本桥一家大型茶具店的女儿。

年轻时,她来到京都的茶道掌门人宅邸,学习半年茶道。当时,经常进出掌门人家的唐船屋善右卫门对她一见钟情,娶她为妻。

真之介当时还是学徒,几乎不曾听过阿琴说话。

家务事一切由婆婆掌管,阿琴几乎是个哑巴。遑论微笑的表情,真之介不记得自己看过她脸上露出任何表情。

自从三年前,婆婆去世之后,阿琴开始掌管家务事,但是脸上依然像是戴了面无表情的能乐面具。尽管会对客人赔笑脸,但却总是给人一种冷冰冰的感觉。

即使真之介和柚子造访唐船屋,阿琴也充耳不闻,不理不睬。

真之介想起这样的阿琴,表情变得有些忧愁。

"我不认为一朝一夕就能获得认同。我们夫妇俩会耐心地努力下去,今后也请多指教。"

"是啊。卖古董是一门轻忽不得的生意。需要帮助的时候,我们彼此协助吧。"

"感谢。不过,像桝屋这样气派的店,没有半点需要我们帮助的地方就是了。"

"没那回事。如今社会剧烈变动,没有人知道,日本今后会变成怎样?谁知道这种买卖收藏品的店什么时候会倒?我有困难的时候,你们要助我一臂之力唷。"

"那才是我们想拜托您的事。"

"我转手卖给你们的破铜烂铁卖得如何?"

"快别这么说,才不是什么破铜烂铁呢。就算是在值钱商品到处都是的桝屋卖不出去的杂货,在我们店里也正好价位适中,马上就卖掉了。托您的福,赚了不少钱。"

"是嘛,那就好。"

真之介眺望店内，总觉得摆放的商品和之前来的时候一样，几乎没有改变。喜右卫门究竟在做何种生意呢？

"最近，有没有卖什么奇特的商品呢？"

"奇特的商品啊……"

喜右卫门目不转睛地直视真之介。

真之介说这句话并非出自特别的用意，但是喜右卫门的眼神异常地盯着人不放。

"你要看一下吗？有件有趣的商品。"

喜右卫门绷紧嘴角，一脸严肃地嘟囔道。

"要。请务必让我拜见。"

立刻大声回应的人不是真之介，而是柚子。

二

真之介背上扛着大包袱，和柚子一起回到三条的精品屋。他直接将桝屋喜右卫门给他看的货买回来了。

"欢迎回来。您又扛了宝物回来啊。"

掌柜伊兵卫笑眯眯地迎接。

"嗯……"

真之介心情不好。因为他在桝屋鉴定商品,又输给了柚子。感觉十分沮丧,心情怎么也好不起来。

"欢迎回来。"

伙计俊宽接下包袱。

他长得像独自被留在鬼界岛的俊宽①,脸色苍白,身材瘦弱,总是露出悲伤的表情,所以真之介替这个年轻人取了这样的绰号。

"是刀吗?有好多啊。"

真之介没有回答。

"你认为是怎样的刀?"

柚子反问,试图使真之介的心情好转。

"正宗或三条小锻冶……"

俊宽垂下眉尾,八字眉显得十分寒酸寂寥。

精品屋的墙壁上挂着好几把刀,几乎都是所谓的奈良刀,全部都是便宜货。伙计们不知道刀匠的名字。

"你刚才说的是平安、镰仓的旧刀,今天的是更新一点的江户刀。相公,机会难得,稍微教大家一点刀的知识如何?"

真之介晓得柚子想给自己作面子。

"……这个嘛。"

真之介也不想一直自哀自怜。

"好吧。我就替有空的人好好上一堂课。"

真之介让柚子和学徒顾店,将掌柜和四名伙计聚集在二楼的

---

①1143—1179年,平安末期的真言宗僧侣。在鹿谷的山庄和藤原成亲、成经父子以及平康赖等人密谋讨伐平清盛,事迹败露而遭到流放,死于鬼界岛。

客厅。

掌柜伊兵卫一打开包袱，出现了好几个刀袋。

五花十色的刀袋，像是金线织花的锦缎、黑色木棉或者黄色郁金染等。真之介让大家帮忙解开绳带，将其中的刀排放在地上。

所有刀几乎都收纳于原木的刀鞘中。除此之外，也有黑色刀鞘、红色刀鞘，或者散嵌珠光贝壳的精致刀鞘、鲨鱼皮[①]刨光的上等刀鞘。

刀的护手和钉帽皆为上等货，起码不是奈良刀这种便宜货。

一共十三把。

真之介抓起一把，拨开刀鞘；将手臂往前伸，笔直竖立刀。

"如何？这是天下的名刀。"

"什么名刀？我们对刀一窍不通，请教我们。"

俊宽问道。

"笨蛋，你不只不懂刀。明明对古董也一无所知，少一副有独到见解的口吻。"

遭到掌柜伊兵卫责备，俊宽露出了悲伤的表情。

"哈哈，他说的没错，我也帮不了你。"

"借看一下。"

伊兵卫伸出手，真之介将刀递给他。

这个男人说，他之前被解雇的店之一是刀店。看他拿刀的方式，真之介知道他有一定的鉴定心得。伊兵卫仔细端详之后，开

[①] 虽在日语是"鲛皮"，即鲨鱼皮，但其实是虹鱼皮，作为缠绕武士刀刀柄的索带。

口说：

"这是虎彻吧？总觉得它散发出一股凌厉的气势。弯度小，湾①与互目②夹杂的刃纹。而且皮铁③凛冽，蓝光幽幽。"

"哦！不愧是掌柜，观察入微。这确实是虎彻；是武州江户东叡山忍冈住的名匠长曾弥虎彻的作品。你们好歹知道它的名字吧？"

"欸，这就是虎彻吗？经您这么一说，铁的光芒果然不一样。"

俊宽一脸识货的样子低吟道。伙计们瞪大眼睛看着刀。

真之介又抽出另一把刀。

"这一把也是好刀啊。"

"那是……"

俊宽畏畏缩缩地询问。

"这也是虎彻。"

"欸，居然有两把？我听说虎彻相当稀少。我也只有在铭图鉴中看过它的外形和刃纹，这是第一次看见真品。姑且不论江户，在京都、大阪少之又少。"

伊兵卫点头如捣蒜。

"不只两把，这些全是虎彻。"

---

① 刃纹线呈微曲状。

② 刃纹线呈规律起伏的波浪状。

③ 武士刀由高碳钢、中碳钢、低碳钢这三种材质制成刃口（刃铁）、刀面（皮铁）、刀心（心铁），经过淬火后，质地分别为硬、韧、软；因此刚中带柔，不易弯断，锋利无比。

五个男人倒抽了一口气。
"咦?这些全部是虎彻吗?"
俊宽露出惊讶的表情。
"是啊,全部是虎彻,长曾弥虎彻的作品。"
"是真品吗?我听说虎彻有许多赝品。"
伙计牛若问道。因为这名年轻人活力十足,所以真之介替他取了这种绰号。
"嗯,全部都是真正的虎彻不会错。"
如今物价高涨,伙计们也晓得,若是真正的抢手虎彻,十两、二十两也买不到。如果品质佳的话,则是适合大名佩戴的名刀。那种上等货有十三把——这下岂不是发财了吗?
"……骗你们的,可惜真正的虎彻只有一把。你们鉴定得出它吗?"
掌柜和四名伙计你看我、我看你。
"虽然是赝品,但是每一把的品质都相当好。如果辨识得出真伪,你们就是真正的古董店店员。"
"是……那种事怎么办得到?我对刀一窍不通。不,对一般古董也一无所知……"
俊宽垂下两条眉尾,变成八字眉。露出那种没出息的眉形,好运就不会降临,财运也会溜走。
"别说丧气话。静下心来的话,自然就会看得出来。无论任何古董,真品都有一股力量,和赝物的差别一目了然。"
"老爷知道是哪一把了吗?"

牛若目光笔直地望向真之介。

"废、废话!"

真之介虽然动怒,但是语气无力。

在桝屋鉴定十三把,鉴定出真正那一把的人是柚子。真之介一下就猜错了。

"我认为,老爷没办法鉴定刀。就连鉴定茶具,老板娘也比您略胜一筹。"

俊宽的直言不讳令真之介火大。

"亏你敢说这种话。好,如果要逞威风的话,先正确猜出真正的虎彻再说。假如谁猜对的话,鉴定功力就在我之上。我会爽快地将那把刀送给他。"

伙计们双目生辉。

"真的吗?"

从刚才到现在,最兴奋的人是俊宽。

"傻瓜。别当真!这是店里要卖的商品。就算伙计养成了鉴定功力,要是一一送你们,店岂不是要倒了?"

掌柜伊兵卫作势要敲俊宽的头。

"不,是真的。如果谁鉴定得出来的话,我就送他。但是,如果猜错的话,就一辈子没薪水,要替我做白工。不过,我会提供三餐,养他一辈子。赌不赌?"

"哪有人这样……"

俊宽又悲伤地垂下眉尾。

"哈哈。不敢参加危险的打赌啊。"

"不过,欸,真的能得到真品的刀吗……"

俊宽拘泥于这一点。

"嗯。你要赌吗?你猜猜看。如果正确猜中的话,我就送给你。总之,你可以先仔细看一看。"

真之介铺上深蓝色的毛毯,抽出十三把虎彻排放,然后将紫色的小枕头垫在靠近刀尖的一带,以免刺伤人。

从一尺八寸的短刀到超过两尺四寸的刀,十三把刀一字排开,十分壮观。

"话说回来,你们知道刀的鉴赏方式吗?"

"不,不知道。"

俊宽老实地摇了摇头。

"伊兵卫,你有心得吧?教他们一些入门知识。"

"遵命。"

伊兵卫正襟危坐,拿起一把刀叩拜;伸出手臂,在自己面前笔直竖立刀。

"刀啊,首先要仔细看外形,看外形就会知道时代。这种弯度小的外形,是在宽文时代铸造的新刀外形。"

"宽文是好久之前。尽管如此,还是新刀吗?"

宽文是文久的两百年前,江户初期的年号。

"嗯,好问题。刀啊,东照神君家康公在世的庆长之前算旧刀;在那之后是新刀。旧刀和新刀的外形截然不同。欸,一开始就教你们细节也没用,记得靠近刀鎺①,在腰身一带弯曲的是旧刀,而在之前弯曲的是新刀就够了。"

四名伙计趋身向前,专心聆听。

"接着是铁。看皮铁就知道刀是哪里制的。大和、山城、相模、备前、美浓,刀的知名产地是这五个地方。除此之外,全国各地也有刀匠,但是铁各有不同的特征。要看出产地,首先只能看几百把、几千把,记得其特征才行。"

"现在才开始学,没办法看出产地。"

伊兵卫不理会俊宽的嘀咕,继续说:

"再教你们一点,最后要看的是刃纹。从刃纹看得出刀匠的铸刀习惯。听懂了吗?知道外形、铁、刃纹这三项,就知道时代、产国、刀匠。不过,刀的鉴定十分深奥,耗费十年才能有个样子。"

俊宽摇了摇头。

"不行,我放弃。"

真之介在一旁听,火上心头。

"你从刚才就左一句没办法、右一句不行,为什么那么没有进取心?是男人的话,就要更积极一点,你没有勇往直前的气概吗?"

"不过,耗费十年才能有个样子。现在马上想鉴定真伪,终究来不及。"

这时,纸拉门打开,柚子进来了。

"看古董会累。休息的时候,请喝茶。"

---

①两片安装在护手正反面的金属楔子,纳刀时可以卡紧鞘口,令刀身不易意外出鞘。

"噢,辛苦了。"

真之介啜饮热粗茶。内心温暖,心情平静了下来。

"我告诉你们,柚子她啊,虽然对刀一窍不通,但是从这里面鉴定出了真品。"

"真的吗?"

"不,我只是误打误撞猜中的……"

柚子轻轻摇头。

"不过,老板娘是唐船屋的千金小姐。就算对刀再无知,总是看过好几把名刀吧?"

俊宽兀自点头。

"不,我娘家是茶具店,而且我是女人,怎么可能懂刀?哎呀,虽然仓库里有几把,但是我没有看过。"

柚子用力摇头。

"明明对刀一无所知,却从这么多把赝品当中,鉴识出了唯一一把真品吗?"

"还不到鉴识那么了不起,只是觉得可能是它,碰巧猜中了。"

"你看中了它的哪一点呢?"

"这个嘛……"

"慢着,到此为止。坦白说,我猜错了。"

俊宽用力点头令真之介感到气愤。

"我和柚子对刀都一样不清楚。不过,柚子正确地鉴定出来了。鉴定高手如果看到值得看的地方,无论哪种古董都能鉴定出真伪,这让我上了一课。我也想让你们学习这一点。"

"看柄脚不行吗？"

掌柜伊兵卫抱起胳膊，偏头不解。

"不，也行。不过，任何柄脚都刻上了'长曾弥兴里'、'入道虎彻'或'虎彻'等铭。欸，铭的气势说不定会供作参考。"

五个男人趋身向前，凝视白刃。

"从今天起三天，这些刀就这么放着。你们有空的时候，可以看个仔细。然后好好思考，也告诉学徒刚才的谈话内容。"

"欸。"

伙计们的回应沉重，口齿不清。

"如何？谁有骨气参加刚才的打赌吗？"

真之介问道。

"我真的会将那把刀送给能够鉴定出真品的人，我不会骗人。如果猜得到的话，就猜猜看。"

真之介的话，令伙计们摇头。

"但是，如果猜错的话，就要一辈子做白工对吧？"

"当然，要给我做牛做马。"

"那么不利的打赌，怎么能赌？"

大声嘟囔的人是牛若，掌柜伊兵卫也摇了摇头。

"搞什么，我们店里全是一群没骨气的家伙吗？"

真之介嗤之以鼻。

"我、我赌。请让我赌。"

声音颤抖，膝行前进的人是俊宽。

"喔，你要赌赌看吗？"

"欸。我至今凡事都在动手做之前就马上放弃,老是在后悔。既然反正都会后悔,这次我想,与其不做而后悔,不如做了之后再后悔。"

"了不起!这样才是男人。"

真之介大声夸赞,拍了拍俊宽的肩膀。

"你要一辈子在我们店里工作唷。欸,好歹在中元节和年底,我会给你零用钱。"

"我讨厌你一副胜券在握的说法。"

柚子朗声低喃道。

"咦?"

"不过,我知道俊宽一定鉴定得出来。"

听到柚子沉稳的语气,真之介有点后悔打赌了。

三

真之介坐在账房时,俊宽从宽敞的楼梯下楼。

"如何?大致猜到了吗?"

被伙计牛若一问,俊宽偏了偏头。

"不,我一直盯着看,但只看得眼睛干涩,眼皮抽筋。完全看不出个所以然。"

已经下午了。今天,俊宽从一早就一直在二楼看着刀。

"你比对过铭图鉴了吧?"

知名刀匠的铭会采集柄脚和刀身的拓印,记录于铭图鉴这本书中。其刻本放在刀旁。

"当然。不过,越看越觉得全部看起来都是真品,也看起来都是赝品。欸,虽然有两三把感觉应该不是真品,但是其他的就⋯⋯"

俊宽果然后悔了。

他说他昨天晚上也牺牲睡眠在看刀。他应该忍耐睡意,今天也盯着看到眼睛酸涩。尽管如此,他大概还是完全看不出来哪里有差别。

"振作一点!你的脸色苍白唷。"

牛若鼓励他。

"欸,我没事。这是我提出的要求,我会自己想办法。反正如果猜错的话,只要在这里工作一辈子就好了。哈哈⋯⋯"

俊宽的笑容有气无力。

风和日丽的春天下午,店里有许多町内的客人。

这时,一名表情严厉的武士慢腾腾地现身,好几个人簇拥着他。

"啊,近藤大人。您来得正是时候。"

账房里的真之介立刻招呼他。

他是壬生浪士近藤勇。

"我想可能会有护手的珍品,顺道过来一趟。你弄到了什么好货吗？"

不知为何，近藤看起来比平常表现得更落落大方。

"是。我知道您想要虎彻，碰巧进了一批品质好的虎彻，您要过目吗？"

顿时，近藤凹陷的圆眼目光闪烁。

"真的吗？让我看一看。"

"近藤大人，切勿上当。这种堆满破铜烂铁的店里，不可能会有真正的虎彻。真是的，京都的刀店没有像样的刀啊。"

随从的男人制止近藤，他名叫土方岁三。

"老实说，我们实在没有能力鉴定刀。如果近藤大人能够仔细鉴定出真品或赝品，那真是感激不尽。"

"原来如此，这样啊。让我看一看吧。是大刀吗？还是短刀？长度多少呢？"

"两者都有……"

"哦，大小都有啊？"

"是，两者加起来一共十三把。"

"咦？"

"全部有十三把虎彻。"

"怎么可能，不可能有那么多把虎彻吧？"

土方锐利的目光刺向真之介，责难的眼神仿佛在说真之介是骗子。

"不，每一把的铭确实都是虎彻。以我的眼力无法鉴定，务必请您鉴定一下。"

"哼。不管怎么,看了就知道。"

近藤点了点头。真之介向他指示位于店内的楼梯。

"这边请。刀在二楼。"

真之介在楼梯底下向俊宽喊道。

"去准备茶水。"

"欸。"

接着,在他耳畔呢喃道:

"做生意第一。假如真品卖出去的话,打赌就不算数。毕竟东西卖掉了,就算你猜对,我也没办法送你。"

"我求之不得。"

俊宽一脸松一口气的表情,垂下眉毛。

"真是个没出息的家伙。"

真之介走在近藤他们前头,爬上楼梯。

"来,在这边。"

铺在客厅里的毛毯上,摆放着收进刀鞘的刀。有原木刀鞘,也有镶嵌饰物的刀鞘。

近藤端坐在毛毯前面,拔出角落的一把。

目不转睛地凝视。

簇拥的武士们默默候在后头。

近藤慢慢花时间,一把一把看。

看完一把之后,将它递给土方,土方再递给年轻武士,众人依序看。没有人说半句话。

那段期间,真之介坐在客厅角落。

近藤勇将最后一把递给土方,抱起粗壮的手臂,闭目冥想。他似乎在脑海中回想刀。不久,他睁开眼睛。

"不好啊……尽是劣质的虎彻。"

"是吗?在我看来,它们很好。"

"刀果然是会使剑的人才懂,在这里的尽是劣质的虎彻。"

近藤啜饮凉掉的茶,像叹息般地低喃道。

"是嘛。您看不上眼,真是可惜。"

"不过啊,只有一把优质的虎彻。"

"咦?真的吗?"

"它吸引了我的目光,肯定没错。"

"是哪一把呢?"

近藤沉吟一声,放下茶碗,不慌不忙地伸出手。

"这一把。"

他抓起的是在鲨鱼皮上涂上黑漆,刨光的刀鞘。黑底上浮现白色斑点,十分高雅美观,而且价格不菲。护刀是透雕海滨的渔网的精品。

"剩下的是不好的赝物,但这是一把优质的虎彻。老板,我要买这一把。"

"果然识货。"

真之介深深一鞠躬。

"拿来。我再看一次。"

土方伸手,从近藤手中接过刀。

"无论是十分密实的皮铁,或者微曲的悠然刃纹,都是真正的虎彻。"

"不看柄脚好吗?"

土方问道。

"哼。不看柄脚,光看铁就知道是虎彻。"

"让我看一下。"

土方用一旁的拔钉器,卸下钉帽,拆下刀柄;目不转睛地盯着柄脚。

"如何? 没错吧?"

土方仔细端详,偏头不解。

"好……"

"阿岁大概没看过真正的虎彻吧? 我看过,这是真正的虎彻。老板,多少钱?"

"欸。打折算您一百两。"

"便宜。这么好的虎彻卖一百两实在便宜。"

"谢谢惠顾。我会努力学习,精益求精。"

"哎呀,我今天手头没钱,日后再派人拿来。谢谢你帮我找到这么好的刀。"

近藤拿着刀站了起来,已经迈开脚步了。

真之介连忙拉住他的衣袖。

"请留步。恕不赊账,本店是以现金进货。如果货款不收现金的话,店会倒。"

"话是这么说没错,但是我今天手头没钱。我这两天一定会派人拿来,你放心等着吧。"

"可是,光是口头约定,我实在无法放心等。付钱之后,我再将刀交给您。在那之前,我会小心保管,不会卖给任何人。"

近藤拒绝,用力摇头。

"老板,你认为我是流浪武士,担心我会带着刀逃走吧?"

"并不是您想的那样……"

"我们日前成为会津松平侯的护卫,已经不是流浪武士,你不用担心货款的事。"

"不,不管是将军大人,或者天皇,本店的规定是先收钱再交货。请您谅解。"

"如果你这么说的话,我就留下字据好了。"

近藤站着从怀里拿出文具盒和怀纸,振笔疾书。

"不,就算是白纸黑字,本店也不接受……"

"这是一百两的欠款单,刀我拿走啰。"

近藤将一张字条塞给真之介。

"可是,光是一张这种字条……"

"啰嗦,你不信任我吗?"

近藤吊起眼梢。

这家伙是无赖吗?

真之介对于一度认为这个男人拥有统一天下之相的自己感到羞耻。

这一阵子,我老是看走眼。

近藤拿着虎彻,打开纸拉门,走到走廊上。

真之介摊开双手,挡在近藤前面。

"请留步。这样的话,简直跟强盗一样。"

"说话客气一点,你说我是强盗?"

近藤瞪视真之介,眼中有一种难以形容、贪得无厌的光芒。

他一下子往前踏步。

真之介后退。

不愧是在江户当过道场主人。光是大步向前,就有一股吓人的魄力。

近藤继续以惊人的气势前进。真之介总觉得近藤推着自己,不断后退,背对楼梯下楼。

仿佛受到近藤的欲望推挤般,真之介从楼梯底下到泥地房间,打赤脚到了外面。

来到门口的三条通,近藤拔出虎彻。周围的人迅速闪避,消失无踪。

近藤在街道的正中央,将刀对着天空注视,春天的蓝天令刀闪烁。

"嗯。好虎彻。我迟早会来付钱。"

他就此缓缓地迈开脚步,经过三条大桥而去。

强盗的行径令人咂舌。

"刀被拿走了,我们去追吧。"

掌柜伊兵卫在一旁低喃道。

"愚蠢。太愚蠢了,愚蠢到让我连追都不想追了。"

"我还以为他是武士,真是替他感到丢脸。"

"哼。我以为他是更有骨气的男人,但是我看走眼了。一脸扬扬得意地拿走那种赝品,那家伙是笨蛋。"

"咦,那是赝品吗?不是真品吗?"

"嗯,最以假乱真的赝品。顶级的刀鞘加上顶级的护手。那相当值钱,所以很可惜。鉴定功力越差的人,越容易被华丽的外观蒙骗。"

近藤第一次来店里时,真之介在观相之后,认为近藤勇这个男人应该是个相当出色的人物。然而,刚才的所作所为太过旁若无人,只不过是个小无赖罢了。自己看走眼反而更令真之介感到遗憾。

"那么,真品是……"

"不晓得,会是哪一把呢?你以自己的眼力正确地鉴识出来吧。"

被真之介拍打背部,俊宽又丢人现眼地垂下了眉尾。

将虎彻的刀摆放在客厅的第三天晚上。

严实关上门口的板门,吃完晚餐之后,掌柜和伙计聚集在二楼的客厅。

"好。鉴定出来了吗?"

真之介在摆放剩下十二把虎彻的前面问道。所有在座者的视线集中在俊宽身上。

"……是。"

俊宽露出一副泫然欲泣的表情。

"这关乎你的一辈子,这么没自信好吗?"

"嗯。是,哎呀……我想没问题。"

"是喔。总觉得你没把握。如果没自信的话,取消这个打赌吧?"

"不。如果能够得到真正的虎彻,我就可以卖掉它,让母亲开心了,因为她总是替我担心。如果我说我靠做生意培养鉴定能力,赚到了钱,她一定会替我高兴。"

"是嘛。那么,依照约定,如果猜错的话,你要一辈子做白工吗?"

"是。我愿意做牛做马。"

"好!既然这样,请你马上鉴定吧。你能解释你如何鉴定,好让大家学习吗?"

俊宽重新坐在毛毯前面。

"好。首先,我看了柄脚的铭。排除掉三把没有气势,我觉得是赝品的刀,分别是这一把、这一把和这一把。"

俊宽从一字排开的刀中,将三把推到对面。

真之介默默地看着他这么做。

"接着是外形。听说虎彻的刀的特征在于苍劲有力的外形。因此,我从剩下的刀当中,排除掉外形线条缺乏张力的四把。"

俊宽将四把刀推到一旁。

"接着看到的是皮铁。听说虎彻的皮铁蓝光凛冽,所以排除掉刀光混浊的。"

俊宽这次将两把推到对面。他似乎冲进附近的刀店,临时抱佛脚了。

"我聚精会神地看剩下的三把,选了刃纹最流畅的。"

俊宽握住一把刀，拨开刀鞘。

两尺三寸五分。那把刀确实是符合俊宽刚才一一罗列的特征。

"了不起。你相当了不起啊。"

真之介夸赞道。

"真的吗？"

"嗯，了不起。和我差不多了不起。"

"咦？"

众人望向真之介。柚子笑了。

"可惜啊，你和我犯了一样的错。"

"怎么会这样……"

俊宽的眉尾顿时垂成八字眉。

"你选了最像虎彻的虎彻，那正中了赝品师的下怀。"

"是吗……"

"我对刀不太清楚，但是长年买卖古董，好歹也知道你刚才说的内容。所以，如果按照那种标准鉴定挑选，确实会跟你一样，将那一把刀鉴定为真品。"

"不是吗？"

"嗯，不是，完全错误。"

俊宽沮丧地垂下头。

"在这里做一辈子白工啊……哈哈，今后要长期打扰，请多指教。"

他语带哭腔。

"嗯,我虽然很同情你,但约定就是约定。你要好好工作。"

"欸……"

"那么,究竟哪一把才是真品呢?其实,我的想法也和他一样。"

伊兵卫问道。

"没错。长得最像真品的就是赝品吧?不信的话,现在可以再打赌一次。"

伊兵卫和三名伙计连忙摇头。

四

或许是因为看了许多刀,意识异常清晰,睡不着觉,所以柚子和真之介打开小门,到外面吹风。

"最近治安不好,没关系吗?"

"哎呀,又不是出远门,只是在附近的鸭川吹河风,没什么大不了的吧。"

从精品屋到鸭川近在咫尺,大概完全不用担心。

站在三条大桥,春天的晚风香气宜人。

沿着鸭川栉比鳞次的餐馆灯火,一直连绵至另一头。不知从何方传来三弦琴的声音。两人靠在栏杆上,眺望映在河面上的微弱光线。

"好舒服,原来吹风这么舒服。"

"嗯,这一阵子,或许是因为一直看刀,心情莫名紧绷。刀果然是杀人的工具,我不太想卖这种商品。"

"刀真的很不可思议,就连身为女人的我,看了刀也觉得心情紧张。"

"不过,亏你猜得到真品。坦白说,我吓了一跳。这果然都要拜老爷从小教你如何鉴定之赐。"

"欸,我再度切身感觉到耳濡目染是那么一回事。我从小就在爹膝上,摸过许多上等的古董。说不定是因此,练就了一眼看出真品沉稳气度的眼力。"

"没错。否则的话,你不会说那个铭是好的。像我就还有待加强。"

真之介不得不自觉到自己的鉴定功力尚未纯熟。

"没有那回事,任谁都会看走眼,爹从前也失败过。"

"是嘛……话是这么说没错。"

两人任由风吹,聊了一阵子往事。两人不禁又想:如果没有唐船屋的话,就没有真之介和柚子。

"我改天想和娘好好聊一聊。前一阵子,我回娘家的时候,爹会听我说话,但是娘连看都不看我一眼。不过,我觉得这样不行。如果不能好好说服母亲的话,我就不算成熟的女人。"

真之介凝视柚子。在黑暗中,她看起来十分成熟。

"你很了不起，一般人很难这样想。"

"是吗？一开始啊，我心想：'为什么不体谅我们呢？'挺生娘的气。不过，我的想法一点一点地改变了。"

"是嘛。变得怎样？"

"我开始觉得，娘远从江户嫁过来京都，吃了不少苦。"

"嗯，年纪轻轻地从江户嫁过来京都，非同小可。"

尽管是来向茶道掌门人学习，但是嫁进风俗习惯不同的京都老字号店铺，应该要有相当大的决心才做得到。

"小时候，我看过娘在家里哭。如今回想起来，大概是奶奶对她说了什么。"

阿琴的婆婆看在亲生孩子眼中很温和，但是看在媳妇眼中，说不定是恶魔。

"我想，爹和娘如果有意的话，大可以若无其事地硬把我带回家。"

"没错。我们一开始相当警戒，以为他们会派人来带你回去。没来反而令人匪夷所思。"

"我想，他们之所以没有那么做，也许是稍微顾虑到了我的心情。"

"或许是那样没错。我也不会死心，每天去唐船屋报到。我达成了和老爷的约定，老爷得好好收下一千两的聘金才行。"

"抱歉啦，因为我父母那么固执，害你每天都要辛苦跑一趟。"

"你在说什么？对我而言，那也是有恩于我的家，我怎么能草草了事？"

聊到一个段落,两人差不多想回家的时候,一群武士从三条大桥对面冲了过来。

黑夜中,也看见他们手持白刃。似乎有人在追,有人在逃。

"糟糕,他们在互砍。"

"我们进去家里吧。"

真之介牵着柚子的手狂奔。柚子穿低齿木屐,跑不快,被桥上的木板绊倒,摔了一跤。

"你没事吧?"

"没事,你先回去。"

"傻瓜,你在胡说什么?快点,我们走。"

真之介想扶她站起来时,两名武士逃到眼前,在桥的正中央转身架刀,打算迎击。

追上来的四五人,直接砍向两名武士。

黑暗中只看见白刃。

火花四溅,发出铁和铁互相碰撞的声音,交锋了两三下。

"看刀!"

有人叫道。

似乎是扑上前来用力砍,又是火花四溅。

发出"当"的奇怪声响。

"可恶!"

这个声音很耳熟。

黑暗中看见的身影也似曾相识。

"怎么了?"

真之介也知道出声询问的人是谁。

被追的两人趁机又跑了起来。

"妈的,虎彻断了,无所谓,快追快追!要是被那家伙跑走就麻烦了。"

他们是近藤勇和土方他们。

众人直接顺着三条通往西跑。

一群人跑走之后,真之介也掩护着柚子,重重喘气。他是第一次这么近距离地看到人和人交锋。

五

"听说今天早上,四条大桥上有一具头被砍下的尸体。据说是壬生浪起内讧,真是治安败坏。"

俊宽跑腿回来,如此说道。

真之介强烈地觉得:昨晚,近藤一行人追逐的男人,肯定逃到四条被砍杀了。

其实前几天,真之介从桝屋喜右卫门口中得知,隶属于京都护守会津松平侯的壬生浪士们经常起内讧。

喜右卫门似乎打心眼里讨厌关东人,毫不留情地说他们坏话。

那些家伙，相信将军大人的时代会一直持续下去，他们不够聪明。今后的日本，怎么能交给连区区黑船都赶不走的将军大人呢？如果那些说要保护将军大人的家伙能彻底分裂，不断消失的话，反而对日本比较有帮助。

真之介不晓得，喜右卫门为何如此贬低壬生浪士们。不过，真之介觉得，喜右卫门对自己的言论具有百分之百的自信。

毕竟，最近的京都无法安心走夜路。

"治安真的很糟。"

真之介低喃道，但有一件事更令他担心。

昨晚，在三条大桥上交锋折断的是近藤勇的虎彻。

近藤想必很恼怒。

昨晚，真之介在那之后在黑暗中寻找，发现了从刀锋到八寸的最锋利处折断的刀。那是近藤拿走的刀。

果然不出所料，近藤勇在中午过后来到了精品屋。

"你看这个！"

近藤将手中的刀出鞘，正好从中折断。

"这是前几天的虎彻。如果是真正的虎彻，不可能这么轻易折断。你竟敢高价卖赝品给我！"

有棱有角的脸气得通红，他似乎相当不甘心。

"且慢。我说过，因为我们无法鉴定，所以请您鉴定。说全部都不好，只有一把好，选择那把刀的人是近藤大人您自己。"

真之介一辩驳，近藤的脸气得更涨红了。

"住口！你定了一百两的价钱。你以一百两卖赝品给我，对吧?"

"您说卖,但是我还没有收到钱。"

"住口、住口、住口!"

近藤激动不已。

"我差点就没命了。这件事,你究竟要怎么赔偿我?这不是赔一两百两道歉就能了事的唷!"

近藤的脸看起来像个耍任性的孩子。

呿。即使是无赖,也没什么威严。

真之介受够了无理取闹的近藤。

"愚蠢。要找这种碴,去找那一带的地痞。如果刀断了就怪罪于刀店,全日本的刀店老板岂不是全部都要上吊了吗?"

真之介忽然被人从背后抓住肩膀。正要回头的那一瞬间,右手臂被拧到背部。

"痛痛痛……你做什么?"

对方是土方岁三。

"哼。竟敢出言不逊?如果折断一条手臂,你那张嘴也会安分一点吧。"

"嘿!很遗憾。不管被折断几条手臂,这张嘴都是得理不饶人。"

话一出口,手臂被用力往上拧。

"痛痛痛……我错了,请原谅我。"

土方或许真的打算折断真之介的手臂。

"请等一下,你要对我家相公做什么?"

一看之下,柚子一脸坚决的表情站着。

"他是不道德的古董店老板,竟敢以高价卖赝品,所以我正在教训他。没有女人的事,进屋去!"

"我虽然是女流之辈,但是他的妻子,我不能坐视不理。"

"哦。那么,你要代替丈夫道歉吗?"

土方松手。真之介的手臂顿时获得了解放。

"我们没有理由道歉。"

"以一百两的高价卖赝品,你那是什么说话态度?"

土方瞪视柚子。

被指出这一点,柚子难以回嘴。替那把假虎彻定一百两的价钱,真之介确实有点太过得意忘形了。

"您说的对,明明无法鉴定,却卖了高价的刀,是我们不自量力。我愿意为这件事道歉。"

"哼。你要怎么道歉?"

"送上如假包换、真正的虎彻,这样能够原谅我们吗?"

"胡说八道。事到如今,谁会被那种谎言骗呢?"

"您信不过我们的眼力是理所当然的,我们无法鉴定刀。不过,附有本阿弥[①]大人的保证书。"

这句话令近藤突然向前。

"哦? 有本阿弥的保证书啊?"

"是。有。"

[①]始于室町初期,鉴定刀剑的世家。

柚子点了点头。

"当时,你为何没给我看?"

近藤瞪视真之介。

"因为和近、近藤大人的鉴定不一样。"

近藤冷哼一声。被指出这一点,对方也无法回应。

"阿岁,把手放开。如果他们要以真正的虎彻道歉,我们也只好原谅他们了。"

土方放开真之介的手臂,一脸不满的表情。

"我马上拿来。"

柚子爬上二楼,拿来刀和奉书①。

那是一个黑漆的朴素刀鞘。

"这就是证明书。"

摊开的纸上写着如下的内容:

虎彻

真品　长两尺两寸五分

湾与互目的淬火

弯度　三分

价值十枚金子

最后有年月日和本阿弥的花押。十枚金子等于十枚大金币,也就是一百两。换算成如今的万延小金币,相当于三百两。

近藤勇坐在门框上,仔细端详保证书之后,打开黑色刀鞘。

---

①奉上级旨意下达的文书。

弯度小的虎彻出现。

苍劲有力的外形,是虎彻才有的。

近藤眯起眼睛看着刀,凹陷的圆眼越来越往内凹,他的表情像是乡下的老爷爷。

他只是一介鄙夫啊。

真之介懊恼不已,自己居然会对这种不值一提的男人有所期待。

近藤盯着刀身看了好长一段时间之后,卸下刀柄,检查柄脚。

又看了好长一段时间,才终于开口。

"铭的钢凿痕还在,确实是真品。因为磨痕老旧,所以我当时才会看错皮铁,是我不才。"

近藤折起保证书,收入怀中。

"打扰你们做生意了。有好的虎彻,那是再好也不过了。我今后也会来光顾,如果有偶然到手的珍品,记得留给我。"

近藤留下这一句,带着一群人走了。

直到他们的背影消失在三条小桥的另一头为止,店里没有半个人开口。

"痛痛痛,还是好痛啊。"

真之介一面抚摸肩膀,一面嘟囔道。

"你没事吧?"

"欸,手臂没有被折断就该庆幸了。险些被折断,幸好有你出现相救。"

"不过,真正的虎彻被拿走了,好可惜。"

俊宽声音有些沙哑地低喃道。

"哈哈。你以为那是真品吗？"

真之介这句话，令众人倒抽了一口气。

"咦，不是吗？"

不只俊宽一个人惊讶，伊兵卫和其他伙计们也瞠目结舌。

"不过，不是有保证书吗？那是真品吧？"

牛若一脸纳闷地问。

伊兵卫拍了一下手，发出好大一声。

"我知道了，那是外流的保证书吧？"

"没错。你真清楚啊。"

"外流的保证书是什么呢？"

俊宽偏头不解。

"本阿弥大人原本就只对正宗和贞宗等庆长之前的旧刀开立保证书。再说，虎彻附保证书也很奇怪……这是我跟桝屋老板现学现卖的。欸，反正似乎是这么一回事。"

众人点了点头。

"不过，那是顶级的奉书，而且也盖了章。那也是赝品吗？"

"那正是外流的保证书。本阿弥家的仆人擅自使用真正的纸和印章，赚取零用钱。欸，最糟糕的是明明没有鉴定能力，却相信那种东西，付一大笔钱的人。"

"这样的话，到底哪一把才是真正的虎彻呢？"

俊宽的眉毛垂成八字眉，表情哀伤地垮了下来。

"看到你那张无精打采的脸，总觉得心浮气躁。好啦，你快点猜猜看哪一把是真品。真是拿你没办法。如果猜中的话,我就赦免你做一辈子白工。"

"真、真的吗?"

"嗯,不替你解围一次的话,我也睡不安稳。但是,这次再猜错的话,就真的要做一辈子白工了。"

"是、是……"

俊宽点了点头,脸色苍白,面无血色。

真之介下令,只留下学徒和女婢看店,其他人在二楼的客厅集合。

十一把刀一字排开。

如今全部拨开刀鞘,卸下刀柄,只剩下赤裸的刀身。

俊宽拿起所有刀仔细看,抱起胳膊沉吟。

"不行。越来越搞不清楚了,越看越觉得每一把都是赝品。"

"那么,全部都是赝品啰?"

"不、不……"

"怎么样?快点鉴定!"

"你这样为难他,他很可怜耶。"

柚子出面缓颊。

"俊宽,这种时候最好不要想太多。深吸一口气,放松肩膀,然后慢慢吐气,以真性情观察就行了。怎么样?你觉得哪一把刀看起来最舒服?"

俊宽没有回答,因为他答不出来。

没有半个人说话。

"古董这种东西啊,不管是茶碗或刀,全部都是一样。"

"……"

"其中存在制造者的灵魂。我总觉得仔细看的话,制造者会跟我说话。你可以听他说。主动靠近,好好观察,平心静气地听他说。"

俊宽再度拿起所有的刀仔细端详。眉尾越来越没出息地下垂。

"快点,差不多看够了吧?决定是哪一把!"

俊宽在真之介的催促之下,畏畏缩缩地有些迟疑,将手伸向其中一把刀。

"这、这一把……"

他没有自信地低喃道。

众人望向真之介。

"那一把怎么样?"

"……我认为它是真正的虎彻。"

"真的是它吗?"

"……"

"怎么样?"

"欸,我认为是它。"

"只是认为吗?"

"不、不,这正是虎彻。"

一阵漫长的沉默,真之介没有露出任何表情。

过一阵子,他微微一笑。

"你办得到嘛,我对你刮目相看了。"

俊宽傻眼了。

"真、真的吗?"

"嗯,事到如今,我骗你作啥?完全正确!"

俊宽把脸皱成一团,真的哭了起来。

掌柜和伙计盯着俊宽选的那一把刀。

"那是我认为不是真品,排除掉的第一把刀。"

伊兵卫偏头不解。

"其实,我也一样,第一个排除掉了它。"

"欸。刀本身不灵巧,而且铭的钢凿痕凿歪了。"

"没错。我也认为这种拙劣的铭是赝品。"

那把刀的柄脚刻的铭是"虎彻入道兴里",工匠把"虎"这个字正中央的直线凿歪,变得两竖重叠。因为铭凿得拙劣,所以真之介认为是赝品。

"听说这一把啊,是虎彻这位刀匠把铭改成'虎彻'时的作品。因为他还不习惯凿新的铭。"

"我以为他是技术差的赝品师。"

牛若佩服道。

"改变铭对于刀匠而言,想必是一件大事。无论是制造刀的技术或心情,应该都有了重大改变。刀整体不灵巧也是因为这个缘故。……对吧?"

真之介望向柚子。

"欸。虽然只有那把刀不灵巧,但是感觉清爽。我总觉得刀在说:我要铆足全力振作!"

"哈哈,真正的鉴定高手一看,似乎就是这么一回事。"

真之介苦笑。

"其他的刀都有点不对劲。有的是外形好,但是皮铁雾雾的,或者铭力道不足,有些不自然、不协调。而那把虎彻虽然不灵巧,但是感觉朴实。"

"你们充分学到了吗?要鉴识出真品,最重要的是真性情。不要忘啰。没有真性情的话,就鉴识不出古董的真假了。"

"是,这一次的事让我获益良多。"

俊宽一面擦眼泪,一面低喃道。

"什么意思?"

"老板的鉴定功力之所以比不上老板娘,是因为不够真情流露。"

"你这家伙……"

真之介大动作地抡起拳头,轻轻地敲了俊宽的头一下。

六

接近傍晚时分,柚子经过三条大桥。

新门前通的唐船屋一如往常地悄然无声。

钻过暖帘,看见店面的洗手钵中插着紫色的猪牙花。

大哥在门口的账房里,见到妹妹也假装没看到。

柚子向掌柜打招呼入内,据说父亲外出不在家。

"娘,我可以进来吗?"

柚子请示一声,打开纸拉门,母亲阿琴一个人坐着。

阿琴看到柚子,慵懒地摇了摇头,望向中庭。

"你来做什么?嫁出去的女儿,泼出去的水。"

"欸。光是让我跨进家门,我就很感谢了。今天我来,是有一件事想让娘明白。"

阿琴不看柚子,依旧看着庭院。

"我就算嫁进那户茶道掌门人家,也绝对得不到幸福。我希望娘明白这件事……"

阿琴没有回应。

"那位茶道掌门人之子,好像老是只想到自己,觉得自己很伟大,哎呀,光是想到要和他结为夫妇,我就背脊发冷。我实在无法忍受。"

阿琴还是没有回应。

"真之介是个好人。和他在一起的话,再多的苦我也不怕。唉,他曾经在这个家里受人使唤,所以爹娘说不定会觉得心里头不是滋味。不过,我喜欢他。我非他不嫁。"

阿琴总算转头面向柚子。

"唉,如果能够以喜不喜欢为条件结为夫妇,那是再好也不过了。但最重要的是幸福啊……"

庭院稍微暗了下来,房间里更暗。柚子看不清楚母亲的脸。

"可是,喜不喜欢是最重要的吧?"

阿琴摇了摇头。

"世事不会完全顺心如意……我们当初也是那么认为,一路走来的。"

阿琴好像有话想说。

"我不怪你不懂事,因为你不晓得我是以怎样的心情在这个家里生活至今的……"

说到这个,柚子几乎没有想过母亲的心情。

她是个喜怒哀乐不太形于色的人,柚子听说,她是因为父亲对她一见钟情而嫁进来的。柚子一直以为,他们是一对幸福的夫妇。

阿琴深深叹了一口气,缓缓呢喃道:

"女人啊……"

她只说了这么几个字,心情沉重地话哽住了。她好像是千言万语说不尽,说不出话来。

纸拉门对面有人的动静。

"我拿纸灯来了。"

是女婢的声音。

阿琴没有回应。

"进来。"

柚子代为回应。

微暗的房间变亮了,柚子看见母亲的脸,她正在哭泣。

阿琴倏地起身,消失在隔壁房间,发出拉衣柜抽屉的声音。旋即又回到了原本的房间。

她拿在手上的是一个纯白的袋子,袋上有带缨的绯红绳带,似乎是出嫁时的防身匕首。

阿琴一解开绳带,取出其中的匕首。

"你知道我是以怎样的心情,把你拉拔长大的吗……"

放在榻榻米上的刀鞘,在纸灯的灯光照映下,十分美丽。那是华丽的牛车金莳绘。

"我好几次都想使用这把刀。"

"不会吧……"

"我嫁过来,马上就怀孕了。当时,你猜你奶奶对我说了什么?"

"这是喜事,她应该是对你说恭喜吧?"

阿琴的脸看起来相当憔悴。

表情中散发出一股骇人的气息。阿琴毫不回应。

"她说,你为什么会怀孕?她说,你是个坏媳妇。"

柚子舔了舔嘴唇。她不太懂这两句话的意思。

"……为什么……这么说呢?"

"因为马上怀孕的媳妇是坏媳妇。"

柚子还是不太懂母亲在说什么。

"我不懂。为什么呢?"

"因为有许多孩子的话,就必须分走这个家的财产。"

"……"

"必须将唐船屋好不容易积存的庞大家产分成好几份,分给大家。"

柚子全身僵硬。

她实在无法相信,小时候教自己玩沙包的祖母会说出那种话。

"我马上有了身孕,所以你奶奶带我去看中条流的医生。"

中条流是指替人堕胎的医生。

"你奶奶一切都准备好了……我号啕大哭,抱着柱子苦苦哀求,你奶奶才终于放过我。后来生下的就是长太郎。"

当然,柚子是第一次听到这件事。

"怀了你的时候也是一样。你奶奶一直说我是坏媳妇、坏媳妇……我每天晚上看着这把刀,好几次都想一刀刺进自己的肚子……"

柚子的耳朵里发出刺耳的金属声。

"爹当时在做什么……"

"他去花见小路或宫川町玩女人,根本都不回来。……你奶奶把我骂得猪狗不如,我拼命保护你,好不容易才把你生了下来。勉强把女儿养大,却跟着男人私奔。总觉得我好傻,全身都没力了。"

阿琴拨开防身匕首的刀鞘。

纵然在纸灯的幽微光线照映下,铁仍然发出凄美的森蓝光芒。

柚子总觉得自己被那把匕首嗡嗡作响的声音给吸引了。

"你大概不知道刀匠的名字吧?这把刀是江户的虎彻。"

"……"

"这是我母亲在我出嫁时,让我带在身上的,是一把非常好的刀……"

阿琴注视着拔刀出鞘的匕首。

"每当看着它,无论任何时候,全身都会涌现力量。不管被说得再难听,我都想设法拼命努力养育孩子。"

阿琴将匕首缓缓地收进刀鞘。

"我原本打算在你出嫁的时候送给你。"

"……"

"不过,现在还不能给你。"

阿琴摇了摇头,泪水模糊了柚子的视线,看不清楚母亲的脸。

外头天色已暗。

春天晚上的狂风灌进房间,柚子的鬓发轻轻飘摇。

猿辻的鬼怪

一

三条通充满晚春的阳光,人潮汹涌。

真之介站在精品屋的店头,观察来来往往的人们的长相。

不远处就是东海道的终点三条大桥,因此总有许多来自各国的旅客经过。

人真有趣。

精品屋卖的古董也很有趣,但是人更有趣。

真之介感慨万千地想。

只是稍微看一下三条通,就有成千上万种男男女女走着。

其中一人背负着悲喜交集的人生。有人富有,有人贫穷;有人剑术高强,有人剑术低微;有人堕入情网,有人失恋被甩,各自过着生活。

如果一面观察路人的长相,一面想象对方究竟是个怎样的人,真之介就会觉得比去看脱离现实的戏剧更开心许多。

两名武士从木屋町通的北边弯进三条通。

两人都人高马大,八成都有六尺。

一人是体格健壮,看似聪明。

另一人是骨瘦如柴,令人感到毛骨悚然。

真之介看到他们靠了过来,不寒而栗。两人或许都有心事,眉头深锁,表情严肃。比起面相,这最令真之介好奇。他们身上散发出一股可能杀人的危险气息。

偏不巧,两人看到店的招牌,朝这边而来。

他们在真之介面前停下脚步,从正前方直视他。

"你是这间店的人吗?"

"是。"

"坂本在吗?"

土佐的坂本龙马确实窝在这栋房屋的二楼。

"不、不在……"

"我听说,他住在这间房屋。"

"哎呀,我不认识那种人。"

真之介摇了摇头。他不能告诉这两个可能是刺客的男人。

"别担心。我们也是土佐人,是坂本的远亲。"

"早说嘛,你们是他的亲戚啊……"

回答之后,真之介心想"糟糕",后悔说溜嘴了。当今世上,伙伴间互相残杀。如今,即使对方说是同乡客,也不能轻忽大意。

"他从大阪回来了吧?"

龙马才刚从江户回来,马上又跑去大阪见胜海舟,确实昨天刚回来。

"欸……"

"是或不是?"

真之介不知道可不可以回答,又仔细鉴识武士。

年纪约莫三十五六岁。虽然身穿一般的黑色外挂,但是打理得一丝不苟。椭圆脸,皮肤白,相貌看似学识渊博、有智慧。

特征在于下颌,下颌特别大幅突出。

真之介认为,下颌突出的面相,代表这个人拥有坚强的意志力,能够一步一脚印地推动事情;而且有智慧,所以身为谋士,想必会大展长才。

另一名武士虽然个子高,但是瘦骨嶙峋,感觉寒酸。身上的衣服有些肮脏,全身散发出一股颓废的气息。

他至今杀了几个人啊。

他脸上流露出足以令人如此联想的阴险,真之介不想和这一名武士扯上关系。

"怎么样?坂本是在,还是不在?"

"欸。他确实住在这里,但是早上出门了。"

这是真的。

"既然如此,你叫他来找武市,我住在附近的丹虎。"

丹虎是顺着木屋町通往上走,位于右手边的旅馆。由于拥有四国屋这个屋号,因此经常有从土佐[①]来的人入住。再加上位于狭长小巷里,所以尽管门口是木屋町,后方却面向鸭川。

"我知道了。武市大人是吗?我会转达。"

真之介低头行礼。

[①]旧国名之一,相当于如今的四国高知县。

武市直接垂下目光,看着排放在店头的护手和小刀。

另一名瘦武士突然停在店头,死盯着摆在内侧楼梯旁的一尊大观音像。从外形来看,他真的是个令人毛骨悚然的男人。

"喂,老板。"

"是……是。"

武市从商品抬起头来。

"你们店里有许多相当有趣的商品。有没有什么商品是朝臣可能会喜欢的呢?"

精品屋的店头摆满了各式各样的商品。

"朝臣会喜欢的商品……吗?"

"是的。为了抓住某位殿上朝臣的心,我想送件礼物给他。"

"如果是朝臣,最好是有符合身份地位的物品。"

"是啊。毕竟是侍奉天皇长达一千年的朝臣世家,就算仓库中没有金银珠宝,也珍藏着祖传的书画古董。必须是相当挖空心思的珍品,才能使他中意。我正在苦恼中。"

"是。这确实是个困难的要求。"

京城的朝臣明明囊中羞涩,但是一般货色又看不上眼,是挑三拣四、难做生意的客人之首。

"我请经常进出藩邸的古董商去找了,但是迟迟没有找到好货。好不容易找到好货,却又要价几百两,我实在买不下手。难道没有价格适中、货超所值的好货吗?"

"是……"

这是最困难的要求,好货肯定价钱高。

"恕我失礼,请问您的预算是多少?"

武市深深地收起下颌。

"五十两。我正以五十两左右的价位,寻找好货。"

如今的万延小金币小得可怜、薄如蝉翼、铜含量高,颜色偏红。五十两万延小金币,换算成从前的天保小金币是十七两。这个金额说高不高、说低不低,所以从一开始就别指望顶级货。

"对方是热爱诗歌的朝臣,如果有定家的挂轴应该不错。"

"藤原定家吗?"

"是的。有没有写着诗歌的挂轴呢?还是真迹比较好,京城应该有偶然到手的珍品吧?"

真之介在心中吐舌头。市区的古董店里不可能会有定家的真迹。

尽管如此,真之介还是不肯摇头,明确地点了点头。

"有定家的挂轴。挂在那面墙上,从右边数来的第二幅就是定家的挂轴。它的右边是弘法大师,左边是紫武部的挂轴。"

"哦。"

武市靠近墙壁,近距离仔细端详定家的挂轴。

字体十分清丽,而且写着诗歌。

"这一幅多少钱?"

"欸,两分。"

武市将脸凑近挂轴旁。

"赝品啊……"

"流利的运笔正是定家的风格。"

"这不是真迹吗?"

"哎呀,一分钱一分货。"

武市放声大笑,声音浑厚。

"原来如此。京都人说话真滑溜,不回答是真品或赝品,而是四两拨千斤地以一句'一分钱一分货'带过。"

"愧不敢当。这是做生意的婉转说法。"

武市文雅大方地点点头,环顾店头的商品。

"不过话说回来,这是一家可能挖到很多宝的店,应该有更好的商品吧?如果商品好的话,价钱再高一点也无妨。"

真之介点了点头。

"如果仔细找的话,说不定会有价格合适的商品。不过话说回来,哪种东西好呢?朝臣家的宅邸反而有许多藤原等人写的挂轴吧?"

"你说得一点也没错,说不定有什么别的精品。"

武市双臂环胸,陷入沉思。另一个男人左眼半开,目露精光,盯着观音像,一动也不动。

"太过含糊的要求,我也无从找起。能不能请您给我一点提示,那是为了答谢什么的礼品呢?"

"这个嘛……"

武市抚摸尖细的下颔。

"有没有什么令人喜爱这个国家的物品呢……"

真之介偏头不解。

"这真是个困难的要求啊。令人喜爱日本的物品吗?"

真之介再度望向武市这名武士。

他大概是个正派的男人。他从刚才到现在,一直眉头深锁。真之介起先觉得他是个危险人物,原来他是在担忧国家啊。

"这个国家如今面临存亡之际,情况极为窘迫。那位大人的一念之间,说不定会误导日本这个国家的未来走向。你等着瞧,那么一来,西方人会大摇大摆地走在京城大道。不可以容许这种事情发生吧?"

"那可不成啊。"

真之介耸了耸肩。他虽然没有看过真正的外国人,但是瓦版和锦绘①上画着可怕的身影。

"这是国家大事,请你务必助我一臂之力。"

被武市这么一说,真之介心动了。

"好,我完全明白了。让我找找看有没有令朝臣更爱这个国家、想要小心保护日本这个国家的物品。"

"你肯帮我找吗?那我就放心了。如果找到好货,你就到丹虎通知我。"

"遵命。这件事包在我身上。"

真之介低头行礼,目送两名武士。

他一面鞠躬,一面回味轻微的亢奋感。因为说不定能够参与国家大事。

"哎呀,看起来好可怕的两个人啊。"

---

①彩色浮世绘版画。

等到两人的身影完全消失之后,掌柜伊兵卫低声说道。

"真的。不过,他说是为了国家,我却一心只想到自己的生意,压根没有想过国家。武士真是伟大啊。"

"欸,武士是那样的人吗……"

伊兵卫偏头不解。

"搞什么,你只在乎自己,除此之外的事都不重要吗?"

"不,我没有这么说,但是他们杀气腾腾,令人背脊发冷。"

"我告诉你,那是因为他们拼了命地在为国家奔走,那可不是轻易做得到的事。"

"这我晓得,但是那名瘦武士,露出真的要砍人的眼神。我在大阪惹是生非的时候,看过杀人的男人,但是他们在真的想砍人之前,会露出那种眼神。不过,他目露精光。"

伊兵卫绷紧嘴角。

"我的看法跟你一样。他一定杀过几个人。"

真之介想起排骨男的眼神,全身起鸡皮疙瘩。

"对吧? 除非拿五六个人血祭,否则不会露出那种眼神。不要和他扯上关系比较好吧。"

真之介和伊兵卫脸凑在一起,窃窃私语时,背后有人高喊:

"喂!"

回头一看,刚才在谈论的瘦武士眼睛半开地看着真之介。真之介吓到心脏都快停了。

"是、是。"

"我要买那个面具。"

"……好。"

"那个般若的面具。"

"是、是。遵命。"

真之介摘下原本挂在墙上的木雕面具。

"几多钱?"

真之介听到萨摩的乡音,他和土佐的武市是不同藩。

"咦……"

"货款多少钱?"

"两、两铢。"

瘦武士动作自然地从怀里掏出两铢白银,递给真之介。

接过面具的男人背影隐没在三条通的人群中时,真之介和伊兵卫大大地松了一口气。

二

掌管精品屋内务的新手人妻柚子,从早上就忙着替店里的人准备换季衣物。

四月即将到来。

自从开始和真之介住在这间房子之后,时光一眨眼间流逝。

柚子之前回娘家,听到母亲刚嫁进婆家时的凄惨往事。

对于母亲的辛酸,柚子感同身受。

可是,她认为那和自己的婚事是两回事。

尽管感谢母亲反抗婆婆生下自己,但是她实在没有理由嫁给讨厌的对象。

纵然费尽唇舌诉说这一点,母亲也不愿认同自己和真之介之间的感情。

既然如此,那也无所谓。

柚子豁出去了。

她一开始担心父母会硬将她带回去,但是仔细想想,他们也不能将绳子绑在二十岁的独生女脖子上,肯定只能痛骂、斥责、好言相劝。

父母将她骂得狗血淋头,讲了数不清的抱怨牢骚,但或许是顾及面子,如今没有采取进一步的行动。

柚子想正式获得父母的祝福,和真之介一起生活,但看来那是比梦想更遥不可及的事。

她一颗心悬在半空中,和真之介在精品屋生活,日复一日,夜复一夜。

然而,重要的真之介最近却有点不对劲。

或许是因为接连犯了几个小差错、鉴定失误。他似乎觉得派柚子去茶道掌门人家,显得自己很不争气,配不上她,而有点在闹别扭或情绪低落。他每天早起,四处奔波采购商品,但是不时会忽然露出落寞的神情。

真之介新开张的古董店生意好不容易顺利地步上轨道,柚子身为妻子,想要设法助他一臂之力。起码不要让真之介操烦店的内务。柚子对于店里的人的三餐、衣物,煞费苦心。

今天使唤两名女婢,姑且备齐了丈夫真之介、掌柜、伙计和学徒的夏季单衣。总算解决了这几天的工作。

"好,这下放心了。"

三月底之前处理完换季衣物的事,令柚子松了一口气。

柚子赫然回神,已经傍晚了,必须张罗晚餐的菜肴。

除了店里的人之外,土佐的坂本龙马住在二楼的房间。他之前待了几天,然后去江户和大阪,昨天很晚又回来了。他今天一早出门,但是说他晚上会回来。

春天朦胧的红色夕阳沉入西边的爱宕山,晚上酉刻(晚上六点)的钟声响彻三条通。

店里的学徒和伙计竖起店的板门。

十一人齐聚在厨房的木板房间吃晚餐时,发出敲门的声音,坂本龙马回来了。

"你回来了。"

柚子马上站起来,笑脸迎接。

"白天,有客人来了。"

柚子站在厨房的流理台旁,听着背后的真之介说话。

加热味噌汤、烤咸鲭鱼片这种事,大可以交给女婢去做,但坂本是因为某种缘分而成为客人的男人。她想要尽量充分地招待他。柚子亲自端着食案上楼,伺候他用餐。

龙马啜饮豆腐味噌汤,握着筷子注视半空中,突然低喃道:

"有没有什么好礼品呢?"

"怎么了?"

一问之下,原来是龙马他们想设法让攘夷急先锋的姊小路公知这名朝臣搭乘军舰。

"如果搭军舰看到辽阔的大海,他应该就会意识到,攘夷是多么愚蠢的事。八成是在狭窄的皇宫中拿不定主意,才会提倡攘夷。"

"你口中的姊小路大人,是住在皇宫的猿辻下方的姊小路大人吗?"

龙马望向柚子。

"哦,你真清楚,不愧是到处做生意的人。"

"欸……"

柚子含糊地回应。

这间精品屋没资格进出朝臣家,但是娘家唐船屋经常进出朝臣和大名家。在姊小路宅邸举办茶会时,柚子和真之介数度被派去增援。使用茶具还是茶具店的人最拿手,所以在那种时候,茶具店的人会获得重用。

"他是个充满活力的人啊。"

姊小路公知是一名长得十分有朝臣味、脸型丰腴的青年,但是皮肤黝黑,生性非常豁达。对于茶具的好坏,他似乎有独到见解,经常声音尖锐、滔滔不绝地快速发表高见。

"公知兄被人称为激进人士,口口声声要攘夷,吵得要命。"

柚子心想:那名充满活力的青年,一定是如此,不禁觉得好笑。

据说公知在洛北的岩仓度过少年时期,喜爱打仗游戏,经常和村子里的少年们玩耍。八岁时,曾在山里遇见鹿,以半截棍棒刺杀它带回家。柚子想起公知激动地诉说这件事的表情,扑哧一笑。

"我想送那位公知兄一样他可能会喜欢的礼品,把他拖上军舰。这是这个国家的大事。假如这个节骨眼决定错误的施政方向,这个国家恐怕会灭亡。"

"国家会灭亡吗?"

这句话的分量令柚子感到震惊。

"会灭亡,真的会灭亡。事到如今,如果坚决攘夷的话,绝对会和外国人展开战争。黑船上装载着大型的大炮,如果被那种大炮轰炸,日本这个国家会被彻底摧毁。"

柚子想象变成废墟的京城,背脊发冷。无论如何,她都不希望发生战争。

"这样很困扰。"

"真的很困扰,所以我刚才拼命思考。掌握朝廷的关键,就在于三条实美这名朝臣,以及姊小路公知大人。三条相当顽固,所以我想先设法让公知兄转为开国派。为了做到这一点,需要某种让他转向的契机。换句话说,就是用来拯救这个国家所需的礼品。"

"这件事攸关整个国家啊。"

柚子认为,龙马从刚才到现在的意见听起来非常正确。

"所以,我今天去了姊小路宅邸一趟,但是一群人都是死脑筋,口口声声攘夷、攘夷,吵死人了。这样下去的话,就没办法让他搭上军舰了。"

"这就糟了……"

"是啊。有没有让公知大人敞开心胸的礼品呢……一想到这件事,我就食不下咽。"

话虽如此,龙马添了五碗饭。

"你看起来是个足智多谋的女人,有没有什么好主意呢?有没有让冥顽不灵的朝臣瞠目赞叹的礼品呢?"

柚子用力点头。

"坂本先生好像很头痛,我不能袖手旁观。我会寻找适合姊小路大人的物品。"

"这样我就放心了,送什么好呢?"

"我一时之间想不出来,但是我会绞尽脑汁思考。我一定会找到让姊小路大人想搭船的礼品。"

柚子拍胸脯保证,接下了这个任务。

三

柚子回到楼下的厨房,店里的人已经吃完饭了。

她再度坐在吃到一半的食案前面,告诉正在喝茶的真之介,龙马刚才在二楼拜托她的物品。

"搞什么,这么一来,你等于是接下了和我相反的要求。"

"相反的要求是什么意思?"

柚子一整天都在家里缝制衣物,不知道今天在店里发生了什么事。

真之介咂了个嘴。

"白天,土佐的武士来了。你那时候,不是来了店里一下?你没看到吗?"

"你是指个子高、看起来很恐怖的那两个人吗……"

柚子想等真之介忙完之后,让他比对衣服的长度,往店里看了一下,但是他正在招呼客人,所以没叫他。真之介指的大概是当时的武士。

"他说他想送一份礼品给某位朝臣,抓住他的心,所以我在想,哪种东西好呢?我想先从我们店里有的东西当中挑几样,傍晚去他下榻的丹虎拜访了。"

"欸,原来是这样啊……"

"于是,我打听了详情。所谓的朝臣,就是你刚才说的姊小路大人。"

"坂本先生也说他想送那位姊小路大人礼品。"

真之介摇了摇头。

"武市先生说:因为最近有人想笼络姊小路大人,让他转为开国派,所以无论如何都要将他留在攘夷派。因此,他想挑选令他深爱日本这个国家的礼品。"

听到真之介的话,柚子感觉到自己的眼睛睁得又大又圆。

"这么说来,坂本先生和那位武市先生站在完全相反的立场,各自想将姊小路大人拉进自己的阵营,竞相要送礼品吗?"

"看来事情是变成了这样。"

真之介一脸严肃地啜饮粗茶,思考半晌之后开口说:

"你知道夫唱妇随这句成语吧?"

"欸,我知道。"

"那么,你会跟我一起找武市先生要求的物品吧?"

柚子无法回答。她低头盯着食案好一阵子,饭和味噌汤都完全凉了。

"可是,我已经接受了坂本先生的要求,我不是刚才告诉过你了……"

"精品屋先接受的是武市大人的要求,凡事要讲先后顺序。"

不知不觉间,先生变成了大人。

"话是这么说没错……"

"怎么着,你不听我的话吗?"

"不,这不是听不听的问题。我已经接受了坂本先生的要求。事到如今,我怎么能以精品屋老板娘的身份……拒绝呢?"

厨房的木板房间,充满了异常紧张的气氛。女婢撤下食案,掌柜伊兵卫、四名伙计和学徒们迅速点头致意出去了。

"我话先说在前头,武市瑞山大人和坂本先生这种离藩者不一样。"

"他说离藩的事,已经获得了原谅。"

真之介应该也知道,坂本在土佐藩邸闭门思过,离藩的罪已经获得了原谅。正因为获得了原谅,坂本才会待在这里的二楼。

"武市大人虽然和坂本先生一样是土佐的乡士,但是深得藩主的信赖,从负责接待他藩人士的职位,连续晋升为京都留守员,是个脚踏实地的人。而且,他是管理两百名土佐勤王党志士的掌权人士。"

不知究竟是从谁口中听来的,真之介开始说起武市这个男人的事。类似在自我炫耀,令柚子感到既虚假又无聊。

"坂本先生确实是个好人,但我总觉得他有危险的一面。"

柚子垂下头来。真之介说的没错,所以她只能沉默。

"武市大人的剑术高明,以镜新明智流见长。据说前一阵子天皇外出到贺茂,也是他的提案。据我看来,那种人会创造今后的日本。想替那种人尽一份心力,是非常理所当然的事吧?"

柚子一直认为,丈夫真之介生性对于凡事冷静;第一次察觉到,没想到他格外拿身份和官职没辙。

"欸。"

柚子随口应了一声。

"怎么着,你有异议吗?"

"不,我并没有异议,只不过……"

"有话直说。"

"我只看了一眼,但我觉得那位武市先生好可怕……"

"那是因为男人拼命地认真思考要怎么改变国家,正在展开行动。如果一点骇人的魄力都没有的话,就是冒牌货。"

"可是……"

"你今天动不动就反驳我,对我说的话有意见吗?"

真之介罕见地粗声粗气,他第一次这样。自从他前一阵子派柚子去茶道掌门人家之后,就开始有点不对劲。

"不,我不是对你说的话有意见。"

"那是怎样?"

柚子咬住嘴唇,她并不想顶撞丈夫。

然而,柚子也拍胸脯保证,接受了二楼的客人——坂本龙马的要求。

"我可以找坂本先生要求的物品吗?"

真之介的手在膝上握拳。

"搞什么,你不听丈夫说的话吗?"

他的表情变得吓人。

"可是……"

"哼。还可是啊?我不想再听了,睡觉去。"

真之介站了起来,消失在内侧。

柚子一动也不动许久,然后将热粗茶淋在饭上,用筷子迅速地扒进嘴里。

四

真之介的每一天几乎都花在采购商品上。

古董商聚集的市场开市的日子,就去市场竞标古董。京城里有好几个市场,但是卖衣柜等家具的市场多,只卖书画古董的市场少。不过,即使在平常只卖家具的市场,有时候也会出现意外的收获。如果不勤快地走动,好不容易从天上掉下来的宝物也会从指缝中溜走。

如果有人找,真之介也会去外行人的家收购。他希望有仓库的大宅邸找他去,但总是被长屋找去。去这种地方通常会期望落空,无法指望挖到宝。然而,有时候也会出现名品,所以不管是再贫穷的长屋,还是必须不嫌麻烦地走动。

令人感谢的是,三条通人潮多,只要摆放价钱适中的物品,商品都很畅销。

一旦店头摆满商品,看起来就像是会有物超所值的物品,令客人容易出手购买。商品不断卖出去,几乎来不及补货。

受托于武市,接受替他挑选礼品的要求之后的第三天,有个书画市场开市了,所以真之介带着伙计牛若外出。

市场在祇园白川一家餐馆的大厅。

真之介打算慢慢事先查看,提早出门,但是已经聚集了几十名古董商,热衷地观察物品。

大厅周围摊开着拍卖市场上要竞标的书画。立起的屏风,门楣上吊着几十幅挂轴。

"气氛好热络啊。"

真之介第一次带牛若来这里的市场,所以他有些亢奋。如果看到许多一字排开的名品,任何新手古董商都会情绪激昂。

"这里尽出好货。你要仔细看,记在脑海中唷。"

真之介一一查看摆放在大厅的挂轴。无论书画,都是顶级货,但是武市瑞山的要求在真之介的脑海中挥之不去。

"替我找令人喜爱日本的物品。"武市如是说。

真之介左思右想,昨天傍晚,拿着店里的源氏物语画轴和旧铜镜去丹虎。两者都是价钱和品质相当的便宜货,武市摇了摇头。

那么,哪种东西好呢?

有雪舟细腻的山水画,也有狩野永德大胆创新的屏风。有小野道风流利的墨迹,也有白隐禅师孩子气但豪放的墨迹。

每一件都很精美,但是真之介不敢确定,姊小路公知看到它们,会不会重新爱上日本。

"嗯……一旦要挑选,还真困难啊。"

"真的耶。要挑选其中一件,真是伤脑筋啊。"

两人依序查看,正前方聚集了一群人。

从一旁往里看,白布上放着一个看似大一尺四方、厚七八寸的厚重古代墨迹断片帖。

古代墨迹断片帖是墨迹的名品集。

古早始于圣武天皇,包含历代天皇的佛经手抄本、弘法大师等平安时代的三笔[①]、三迹[②]、武士、朝臣、歌人、和尚等,将古今书法名家的墨迹剪成一小块,一张张贴在折叠的长底纸上。

若是便宜货,当然只是类似的赝品,但有时候会有全部贴真迹的珍品。

"那是好货。"

真之介只是从人头缝隙间看了一眼古代墨迹断片帖的第一页,马上就知道它的优点。

"老爷,您只是从远处看,这样就已经知道了吗?"

牛若低声询问。

"你听好了。我教过你了吧?古代墨迹断片帖的第一页,那肯定是从圣武天皇的佛经手抄本剪下来的。"

"欸。我看不出来。"

"而且,写在茶毗纸上的才是真品。"

"茶毗纸是什么呢?"

"欸,等一下。"

真之介等候许久,等前一位古董商看完,轮到他们之后,坐在古代墨迹断片帖前面。厚厚的封面四个角镶银。

一翻开封面,第一张白纸上贴着只写了五行字的经文。

[①]平安初期的三大书法家,分别是弘法大师、橘逸势、嵯峨天皇。
[②]平安中期的三大书法家,分别是小野道风、藤原佐理、藤原行成。

"你摸摸看这个纸。"

听到真之介这么一说,牛若以指腹轻轻地抚摸佛经手抄本的纸。

"如何?很粗糙吧?"

"欸。好稀奇的纸。"

"圣武天皇为了祭奠光明皇后,将火化的骨头捣碎,掺入纸浆中制成纸,然后在那种纸上抄写经文。"

"咦,皇后娘娘的骨头吗……"

牛若把手缩回来。

"欸,只是一般这么说而已,我想实际上是香木磨成的粉。仔细看的话,颗粒有点黑对吧?"

"真的耶。搞什么,原来是骗人的啊?"

"骗人这种说法很扫兴。欸,你记得荼毗纸是这种东西就够了。因此,这本古代墨迹断片帖叫做'大圣武'。写着五行经文对吧?"

"欸,好短的经文啊。"

"不,这算是长的,所以叫做大圣武。"

"才五行叫做长吗?"

"这是圣武天皇的真迹。许多断简残编是将原本的长文剪短成两三行。那种叫做小圣武、中圣武。也有人因为字大,所以称之为大圣武,但是唐船屋的老板教我,大中小是以行数区分。假如这一本是五行,多半是好货。"

"原来是这样啊。"

"嗯,我们看一看里面吧。"

真之介缓缓翻开折叠的底纸,一张张制纸方法、时代、颜色都不同的纸上,各自写着特征明显的字体。

圣武天皇之后是光明皇后。接着,是嵯峨天皇、白河天皇等的佛经手抄本的断简残编。古今集、新古今集和汉朗咏集,全部都是出自知名书法家家臣之笔,长的顶多十行,短的只有两三行。这些真迹贴满了粗略计算也有三百折的底纸正反面,数量庞大。

"这肯定是日本的精粹。它是国宝。"

"真的是这样。挑它如何?"

"嗯,我想这么做,但是它不便宜唷。"

"大概多少钱呢?"

"那就要看竞标的走势了。欸,静观其变吧。"

市场的负责人出现在前面,宣告开始竞标。齐聚一堂的古董商坐在大厅周围,所有在座的人安静下来。

"我们一件一件开始竞标。"

市场主人站在前面,展示挂轴或屏风,征求出高价的声音。

首先是南宋禅僧牧溪的一幅挂轴:起薄雾的洞庭湖中,远方有帆船。薄墨用得妙不可言,是一幅表现光影的绝品,但这不是日本的艺术品。

"好,便宜一点,从十两起标吧。"

这是一个手头宽裕的古董商集结的市场,所以立刻有人喊价。

"二十两。"

"三十两。"

标价跳到五十两,飙上一百两,马上超过两百两,有人得标了。

书画陆续竞标,方才的古代墨迹断片帖似乎是今天的重头戏,最后才被拿出来。

"各位,想必仔细看过了吧?这是真正的好货。我也从事古董商五十年,第一次看到这么棒的好货。好,从五十两开始竞标吧。"

市场主人开的价,已经是武市的预算上限了。立刻有人喊一百两、两百两,结果以一千两百两,由唐船屋的善右卫门得标。

"是他……"

牛若低声说道。

"是啊。"

刚才看到善右卫门的时候,真之介向他点头致意,但是他别开视线。善右卫门一副不认识对照顾过自己的老东家忘恩负义之人的表情。

五

柚子在思考。

究竟送怎样的礼品,会让不曾离开京都的朝臣公子哥去海边搭乘军舰呢?

真之介带着牛若出门去祇园的拍卖市场之后,柚子在思考。

遗憾的是,店里没有觉得适合的物品。

"我出去一下。"

柚子跟掌柜伊兵卫交代之后便外出了。

她心想:如果看一看平常不会去看的古董店店头,说不定会想到什么,但是她没有明确的目标。从河原町向北走,在丸太町转弯,进入了皇宫。

好久没来了。

尽管住在京都,但是很少有事来皇宫。

现今天子住的禁宫,被最长的瓦顶板心泥墙包围,四周围了一圈朝臣宅邸。

禁卫兵站在偌大的禁宫门前,但是鸦雀无声。每一间朝臣宅邸都显得老旧,屋檐下沉变形,完全感觉不到人的气息。

步行一阵,有一间眼熟的宅邸。

是姊小路宅邸。

唯独那一间宅邸有人的气息。

一定是正在吵吵闹闹地辩论。

大概正在展开唇枪舌剑,激烈辩论该如何引导这个国家的未来方向。说不定其中也有早上出门的龙马,以及前一阵子看到名叫武市的可怕武士。

虽然感觉得到人的气息,但是在这个尊贵的地带,不同于商家和武士的藩邸,散发着一股十分沉闷的气氛。

如果住在这种地方……

实在不会想向世界敞开心胸,出海看一看吧。

柚子想起公知的脸。这个皮肤黝黑的青年被人取了黑豆的绰号,其实想跳出八重的垣墙,对外面的世界一探究竟。

柚子经过姊小路宅邸前面,直接往北走不到一町就是猿辻。

这里是禁宫的艮方,亦即东北的鬼门。

因此,只有那一个角落的瓦顶板心泥墙往内凹出一个角。围墙的屋檐上,为了赶走鬼怪,装饰着手扛祭神驱邪幡、头戴黑漆帽子的木雕猿猴。

柚子抬头看猿猴。之所以用铁丝网覆盖,据说是因为入夜后,它会四处走动,到处恶作剧。

"你是谁?你在做什么?"

听到尖锐的声音回头一看,两名腰部佩带大刀的禁卫兵,一脸吓人的表情瞪着柚子。

"我只是在看猿猴。"

"别杵在那种地方,速速离去!"

"是、是。抱歉。"

"昨天晚上,这里出现鬼了。你四处徘徊的话,就算是白天也会被咬死唷!"

听到背后禁卫兵的话,柚子觉得刺耳。

她从猿辻快步离去,气喘吁吁地流汗。从寺町往下走到二条左转,来到木屋町,心情总算平静了下来。

有鬼?胡说八道。

禁卫兵肯定觉得柚子的慌张模样很有趣,所以开她玩笑。又不是平安时代早期,皇宫不可能出现鵺①或鬼怪。

柚子心有不甘,沿着高濑川走。

船上岸了。

狭窄的高濑川,水流湍急。从这里到伏见的船直接顺着水流,能够轻松地顺流而下,但是装载货物逆流而上的船可就辛苦了。

如果只是撑篙,实在无法逆流而上;所以四五名工人会抓着安装在船首的绳索,从河的两岸把船拖上来。工人们上半身赤裸,全身向前倾,汗流浃背。

姊小路大人八成也没有搭过这种船吧。

柚子的脑海中一直在思考龙马委托的礼品。

对了。这样的话,干脆送船如何呢?

龙马说:想让姊小路搭的军舰,是以蒸汽为动力行驶的蒸汽船。

要送蒸汽船肯定不可能,但是可以送模型。

如果可以的话,最好是会动的。柚子听说,黑船是以蒸汽为动力,转动安装在船旁边的大型水车前进。如果拜托铁匠,肯不肯替我铸造那种小船呢?

柚子认为这是个好主意,但是摇了摇头。

果然还是行不通吧。

如果寻找手巧的铁匠,说不定会愿意替她铸造,但是应该要花好几个月。要作为马上送人的礼品,实在来不及。

---

①日本传说中的生物之一,据说具有猴子的相貌、狸猫的身躯、老虎的四肢以及蛇的尾巴。

究竟什么才好呢?

柚子走路回店里,感到束手无策。

六

真之介从祇园白川的市场一回来,看到柚子在内厅。她看起来表情有些阴沉,是错觉吗?

"如何? 有什么好货吗?"

"是。我已经想到了一样非常好的东西。"

柚子微微一笑,如此回答。

"欸,到底是什么?"

"这种事我不能告诉你。这是秘密。"

柚子别开视线,她似乎还在赌气。

"是喔。我们明明是夫妇,你却有事瞒着我啊。"

"那么,你在市场找到了什么好东西吗? 如果你告诉我的话,我就告诉你。"

柚子稍微嘟起嘴巴。

"原来如此,这倒合理。"

真之介坐下来抱起胳膊。

"你的是什么？你找到了什么呢？"

"欸，我只能告诉你是好东西，不能进一步透露。"

"讨厌鬼，为什么要隐瞒呢……啊，我知道了。其实你还没找到，对吧？"

被柚子说中了，真之介感到火大。

"胡说八道，你才什么也没想到吧？"

"没那回事，我想到了非常棒的东西。"

柚了露出有些得意的表情。

"你这女人真可恨，我没想到你是那么可恨的家伙。"

以夫妇的身份一起生活在这家店之前，两人是唐船屋的大小姐和掌柜的身份。即使待在同一个屋檐底下，说不定也不晓得对方的真面目。

柚子绷着一张脸，目光笔直瞪视真之介。

"可恨的家伙这种说法太过分了，可恨的家伙究竟是什么意思？请你解释清楚！"

"你说什么……"

真之介忍不住提高音量时，有人在纸拉门对面清了清嗓子，似乎是掌柜伊兵卫。

"嗯？怎么了？"

"欸，方便打扰一下吗？"

"现在正在忙，待会再说。"

"不，就是关于您正在忙的事，我想现在跟您谈。"

夫妇大声的对话似乎被店里的人听到了，柚子羞得满脸通红。

"我知道了,进来。"

"打扰了。"

伊兵卫打开纸拉门,进入内厅。

"这两三天,老板和老板娘为了客人要求的困难物品大伤脑筋,店里的所有人都很担心。"

真之介双臂环胸,知道自己的表情不悦。如果烦恼被仆人察觉,代表自己还不足以胜任一家店的老板。

"唉,真是让你们费心啦。"

真之介说话方式忍不住变得粗鲁。

"哪里的话。所以,我们拼命思考,绞尽脑汁,希望稍微尽一份心力。"

"哦。你说说看。"

"这种东西如何?"

伊兵卫双手递上的是盆石。从扁平的盆子中,突出一颗形状漂亮的石头。底部宽阔延展,乍看之下,好像富士山。

"价钱虽然不怎么高,但如果要让人想到日本这个国家,我觉得不妨挑选这种东西。虽然对于京都人而言,这是一座不熟悉的山,但是它会传达日本的精神。"

比起盆石,伊兵卫的心意更令真之介开心。真之介往纸拉门对面一看,包括牛若在内,四名伙计一脸担心地往这边看。他们想必相当担心真之介他们夫妇争吵。

"是嘛。亏你们想得到,害大家担心了。你们的用心,我很高兴。谢谢。"

一看之下,柚子也仔细地盯着盆石。

"就算不是这一个,如果寻找更好的盆石,应该能让朝臣中意吧?"

听到伊兵卫的话,真之介点了点头。

"是啊。我居然没有想到这种东西,但这或许确实是好礼品。"

"啊!"

柚子发出惊呼。

"怎么了?"

真之介问道。

"我有一个好主意。因为它比一般的盆石小上许多,令我想起了一个非常棒的东西。"

"有那种东西吗?"

"欸,就在这个家里。如果是那个的话,不管是哪一位朝臣,一定都会喜欢。"

"是什么?"

"前一阵子,你送我的东西。"

"欸,我有送你那种东西吗?"

"有。你送了。"

柚子一起身,打开壁龛的小壁橱,取出一个黑漆的小柜子。

"啊,那个啊。"

"欸。这一对贝壳非常漂亮,姊小路大人肯定会中意。"

那是前一阵子,真之介在一户人家收购的物品。

柚子打开托在掌心的柜子的盖子,其中塞满了细心包在纸中的白色小贝壳。

若是一般大小的成对贝壳,世上何其多,但它是一对特别小的贝壳,使用只有拇指指甲大小的蛤蜊稚贝制成。即使那么小,内侧也涂了金漆,以纤细的笔功,十分精致地描绘了源氏物语五十四帖的图案。因为太过精美,所以真之介不舍得卖,送给了柚子。

"那不行,那是我送给你的东西。"

"不。如果帮得上你的忙,请尽管拿去用。"

"可是……"

"古董就是古董,迟早会再到手。不过,这次接受的要求,只有一次机会达成。"

"可是,这超出对方的预算……"

柚子扑哧一笑。

"我喜欢你锱铢必较这一点。不过,这次就别计较了吧。毕竟是国家大事。"

"是啊……"

"请务必这么做。"

"好。那就这么做吧。"

"太好了。这个的话,武市先生和姊小路大人都会非常开心。"

柚子像是自己的事情一样高兴,好像刚才没有发过火一样。

真之介重新面向伊兵卫。

"喂,坂本先生的要求处理得如何?有没有什么好主意?"

"欸,这也想破了头,像是世界地图、地球仪之类的东西应该不错吧?不过,我们店里没有那种东西,所以只好去别的地方找来……"

"是啊。那种东西果然不错。"

真之介抱着胳膊点头。

"无所谓。我只要向坂本先生道歉就行了。"

"傻瓜,这已经不是你一个人的问题,而是店的问题。你那样轻诺寡信,有失这家精品屋的商誉。我们也要替坂本先生找一样令他开心的物品。"

"有什么关系嘛……"

"不行。接受的事要妥善处理到最后。"

真之介望向庭院。差不多傍晚了,西边的天空染上淡黄色。新月出现了。

他突然想到了。

"对了。那个……"

真之介一起身,打开放在多宝格橱架上的春庆漆书箱的盖子。里面装的尽是他从小持有的护身符和重要的小东西。

"这个如何?"

他拿在手中的是黄铜的望远镜。

小时候,真之介因为唐船屋的工作辛苦而哭,柚子看不下去,送给他的。追根究底,那是柚子跟父亲善右卫门讨来的,所以就孩子所拥有的物品而言很精巧。对于真之介来说,更是特别的宝物。一旦有难过的事,真之介经常会用那副望远镜看月亮,看着月亮和远山,就能忘记不顺心的事。

"那个不行。那是你的东西。"

"不,无所谓。既然你拿出了那一对贝壳,我如果不拿出这副望远镜,我会过意不去。"

"可是……"

"我都说不要紧了。"

"可是……"

"你在说什么呢?夫妇就是要互相体谅……"

话说到一半,大大地响起了三声咳嗽声。又是掌柜伊兵卫发出来的。

"打扰你们处理家务事,非常抱歉,但是差不多该整理店面,请老板过目今天的账册了。目前就算平手如何呢?我想,要不要交出望远镜,可以由两位今晚慢慢讨论……"

得意微笑的伊兵卫令人恨得牙痒痒的,但是真之介以老板的威严,重重地点头。

七

得知姊小路公知搭乘幕府的军舰顺动丸,巡视摄津外海这件事,是在四月底。

京城的街头巷尾都在谈论,随着将军家茂离开京都去大阪,姊小路也南下大阪搭船。

自从坂本龙马前往大阪,武市瑞山前往土佐之后,渺无音讯。

结果,没有交给坂本和武市任何物品。

那一天,柚子和真之介第一次吵架,入夜后,坦然地互相道歉。

两人分别向武市和坂本龙马致歉。

"抱歉。我拼命思考,但是话说回来,想以物品策动人心是一种狂妄的想法。我认为,心意应该要发自内心。"

真之介造访丹虎,低头致歉,武市重重点头。

"说得好。你说得一点也没错。我也被逼急了,才会鬼迷心窍。你身为商人,但是见解精辟。"

武市不但夸奖,还给了红包。真之介坚辞拒绝,但是武市硬要他收下,真之介只好接受他的好意。

二楼的坂本龙马由柚子致歉。

"抱歉。我实在找不到。"

柚子低头致歉,龙马一脸错愕地盯着她。

"你在讲什么?"

龙马似乎完全忘了那件事。

几天后,龙马说要前往大阪,离开了精品屋。

"真正驱动人的不是物品,而是时代。是时代在驱动人向前走。"

龙马留下这句话,像一阵风似的消失了。

而听到风声,得知姊小路公知和将军一同在大阪的海上搭乘军舰,是在那之后过了许久的事。

到了五月,坂本龙马再度在精品屋露脸。他说他和姊小路公知一起从大阪回来了。

"姊小路兄搭乘军舰,完全从攘夷转为开国派了。他实际看到摄津的大海,立刻就晓得即使兴建再多炮台,也实在防守不了。"

"防守不了的话,岂不是完蛋了吗?"

真之介问道。

"船最能防守国家,公知大人也明白了这件事。"

"船吗……"

"是的,就是船。今后是以蒸汽船运送各种物品买卖的时代。你们店里如果卖西方的商品,一定能狂卖。"

真之介跟着笑了,但是只懂古董的他完全无法想象,世上今后会变成怎样。

后来又过了几天像梅雨季的日子。

灰蒙蒙的沉重乌云像是随时要下起雨来,瓦版小贩跑过三条通。

"长州藩终于坚决攘夷了,要炮击外国船只。大事不妙、大事不妙!"

喊叫的小贩也有点亢奋。

"战争要开始啦。今后会怎么样呢?"

柚子脸色一沉。

"老实说,我不太清楚会怎么样。但是,我清楚知道自己想怎么做。"

"是……你想怎么做呢?"

"我的愿望只有一个,就是带给你幸福。"

"欸,真会讲话。"

柚子开心地笑了。

"傻瓜,我不是嘴上说说,我是真心的。这句话是出自我的真心。身为妻子的人,好歹知道这一点吧?"

"是是是。我十分清楚。"

"是说一次就够了。"

"欸,抱歉。"

柚子低头致歉,感到心满意足。

听到长州藩炮击外国船只之后,过了不到十天的某一天早上。外出跑腿的牛若,一脸拼命地跑回来。

"大、大事不好了,发生了天大的事情。"

"搞什么。大事不好这句话,只有父母和老板翘辫子的时候才能用。"

听到真之介的玩笑话,牛若的表情依然僵硬。

"到底怎么了?"

真之介盯着牛若的脸直瞧。

"欸。姊小路公知大人被杀害了。"

"你说什么你听谁说的?"

"我刚才经过寺町,有人站着闲聊,我确实听见了。听说昨天晚上,他在猿辻遭人砍杀了。肯定没错。"

"是谁杀了他呢?"

"不晓得。根据公知大人逃走的随仆所说,是一行三人。"

真之介咬住嘴唇。除此之外,他什么事也不能做。

"真不吉利,该怎么办才好呢?"

"还能怎么办?他已经遇害了。"

"不过,假如送给公知大人那一对贝壳,让他打消搭乘军舰的念头……"

"傻瓜。那种事已经甭提了,这是时势所趋。时代加快脚步奔流,却有人想逆势而为。两股势力碰撞激斗。"

"哎呀,我听不太懂。"

柚子和真之介都亲自接触过豁达的公知,所以坐立难安。

"我们去献花吧。"

"欸。不这么做的话,心情平静不下来。"

两人联袂北上寺町。

向在附近八卦的下级官员打听,公知似乎在昨天晚上亥刻(晚上十点)左右,走出禁宫北方的朔平门,回自家宅邸的半路上,在猿辻的角落遭人袭击。萨摩的刀掉在那里,所以犯人迟早会落网。

"最近传言,猿辻入夜后就会出现鬼怪。下毒手的人似乎从很久之前,就在那一带伺机动手杀人。"

一名下级官员如此告诉两人。

两人一到猿辻,地面上有一大摊血迹。不知是经过一番格斗,或者奔跑的缘故,血迹弄得到处都是。既没有人,也没有供花。天空的乌云低垂密布,远方响起雷声。

两人将花放在最大摊的血迹上,双手合十。

"那是什么呢……"

柚子手指瓦顶板心泥墙的角落。一看之下，有东西掉在向内凹的角落。

跨过流着清流的小水沟靠近一看，是一个裂开的面具。

"啊……"

真之介蹲下来，拿起面具，不禁叫出声。

"这是我们店里卖掉的般若面具。"

"怎么可能……"

虽然裂开了，但确实是精品屋卖掉的般若面具没错。刺客大概是戴着这个面具，躲在向内凹的角落，埋伏姊小路公知。

抬头一看，瓦顶板心泥墙的屋檐上有猿猴的雕刻物。

这只猿猴看见了当时的状况吗？

不管它是否在看，结果都一样；真之介转念一想后，深深地垂下了头。

鉴定眼力值万两

一

连下三天的雨停了。

柚子打开小门来到门口,抬头仰望天空,高声大喊:

"好久没看到这种好天气了,总觉得会发生好事。"

从店前面的三条通眺望,东山的天空开始泛白,万里无云,呈现初夏的淡蓝色。

经她这么一说,确实是一个像是会发生什么好事的黎明。

这一阵子,柚子的心情格外好。

开始一起生活之后,也有一阵子互不适应,但如今已经过了那段磨合期。如今,能够和柚子两人生活令真之介欣喜不已。为了守护这种生活,做任何事也不以为苦。

柚子在还竖立着大门的店前面,低头行礼。

"路上小心,但愿你能找到许多好货。"

"嗯。包在我身上,我会带着一堆宝物回来。"

真之介在柚子的目送之下,迈开脚步。

他要去古董的拍卖市场。

新做的薄绢外套又轻又凉爽。

这是因为输人不输阵,为了不被在座的老字号店铺老板们看扁,柚子替真之介新做的。手臂一穿过新和服的袖子,不由得背脊挺直,心情坚定。

"只有老爷会这么早就去事先查看,我真的好想睡。"

真之介带着伙计牛若随行。牛若揉着眼睛,忍住哈欠。

竞标从巳刻(上午十点)开始,但是真之介想在那之前,先仔细查看古董好坏。

"我凡事喜欢第一。第一个到的话,就能找到最好的东西,而且能够赚最多钱。"

"是这样的吗?"

"我认为,生意之神最爱第一。如果得到第一的话,就会赏赐许多奖赏。他不会给第二、第三名什么好东西。"

沉默一阵子之后,牛若好像接受了,嘀咕道:

"是啊。看着老爷在做的事,确实是这样没错。"

真之介才花了一年的时间,就在京都的正中央——紧邻三条大桥的地方拥有一家四间门面的店面,筹措出一千两的聘金,都是因为他是京都的古董商当中,最勤奋地到拍卖市场走动、最常造访有仓库的宅邸、收购最多古董的人。

他买下发生火灾的仓库,碰运气放手一搏,之所以能够遇到那种有利可图的打赌,也是因为他比其他任何古董商更常在京城到处走动,跑到腿快断掉。

正因如此,他才赚到了一千两这个天文数字的聘金。

不过,前老板——柚子的父亲,也就是唐船屋善右卫门尚未收下那笔聘金。

因为他不肯正式认同真之介和柚子结为夫妇。

然而，即使如此，近期也要让这件事尘埃落定。

我要设法获得他的认同。

强烈祈求的事、真心希望付诸执行的事，一定会实现，这是真之介的强烈信念。

"古董的鉴定功力是其次、再其次。重要的是买最多、卖最多。"

"是，老爷，因为您经常看走眼。"

"闭嘴！别说废话，乖乖跟上！"

如同牛若所说，真之介经常看走眼。纯就鉴定的眼力而言，妻子柚子比他略胜一筹。

这就是前一阵子，他跟柚子发生争执的原因。如果妻子比较会鉴定，身为古董店老板的面子要往哪儿摆？

尽管如此也无所谓。

如今，真之介已经不在意了。

他认为：如果赔钱的话，用别件古董多赚一些，补回亏损就是了。

为了做到这一点，买最多、卖最多是不二法门。这么一来，生意之神绝对会让自己比别人赚更多。

室町的古董市场在大型商家的大客厅举行，学徒正在店前面洒水。

打开格子门，腰系深蓝色底围裙的年轻伙计低头行礼。

"早安。您今天也是第一个。"

"那还用说。如果哪一天我不是第一个,我就带你去祇园玩。"

"多谢。那么,改天我会半夜去精品屋,在大门上钉上钉子。"

"好啊。那么一来,我就在祇园请你尽情喝白川的水。"

真之介一面开玩笑,一面进入三十叠(十五坪)大的客厅。

他环顾客厅四周。

沿着墙壁定做的台子上,摆满了古董:茶具、佛像、挂轴、陶器、瓷器、漆器、屏风、画、盔甲、人偶、知名布匹……

除了京都之外,大阪、奈良、近江的古董商四处到名门世家搜购的古董,每十天会被带来这个市场。除了书画之外,各种古董应有尽有,能够期待找到物超所值的物品。

"有没有什么有趣的东西呢?"

真之介低喃道。

"今天的重头戏是那个吧?"

他跟着伙计走过去一看,摆着一堆茶具。

托盘上放着一只茶勺。

一只别出心裁的茶勺。

"这是利休大人的茶勺,似乎是相当好的东西。"

茶勺仔细擦拭,闪烁着米黄色。

竹筒容器中,以有棱有角的字体写着"休之作"。放在一旁的桐木箱、漆箱上,有数代掌门人的签署。

真之介看了一眼,沉吟道:

"这个好。"

"我想也是。"

"不过,太好了。"

若是以唐船屋掌柜的身份来竞标,无论价钱喊得再高,也一定要不惜成本买到那只茶勺。想要它的富商和大名多的是。唐船屋有许多那种老主顾。

然而,对于如今的真之介而言,即使打肿脸充胖子标下它,也想不到哪位客人肯买。当然,他更不敢卖给唐船屋的老主顾。真之介努力一步一步地培养爱好收藏的老主顾,首先应该买许多店里能卖、价格适中的物品。

"老爷,有很棒的东西耶。"

牛若一脸惊讶地看着茶勺。

"嗯,世上棒的东西多不胜数。不过,能不能靠它赚钱又是另一回事。谢啦,我慢慢看。"

真之介向市场的伙计道谢,从怀里拿出账册。账册中记着令他在意的古董鉴定内容和自己的定价。有时候也会附上画,作为备忘录。真之介拿出文具盒,舔了舔毛笔,添写上:

利休　茶勺　歪曲　一百二十两

这个备忘录代表,如果这个价钱就可以买。若是被人标走,真之介就会添写上谁以多少钱买了。

如果翻阅那本账册,外形自不用说,连色泽到损伤,真之介都能够巨细靡遗地想起来。那正是身为古董店老板的真之介的财产。

真之介花时间从客厅的角落开始鉴识古董。拿起来细看,茶碗等物以手指轻弹，检查有没有裂缝。

依序观察按照货主汇整的古董，发现了一堆旧布匹。

印花布、金线织花锦缎、绸缎等老旧、时代久远的几十件罕见布匹堆积如山。

"如果有这么多布匹的话，就能做成许多仕覆了。"

牛若低喃道。

"嗯，不过，裱褙师傅也会来这里的市场，大概有很多人想要。"

旧布匹弥足珍贵，可以做成收纳茶罐的仕覆、垫茶碗的印花布，而且裱褙挂轴时也会使用。即使老旧，如果是真正好的布匹，也经常价值连城。

真之介一块一块检查布匹，忽然转向一旁，全身起鸡皮疙瘩。毛孔张开，全身寒毛直竖。

摊开在旁边柜子上的一块旧布匹，令真之介动弹不得。

"您怎么了？"

即使伙计牛若问道，真之介也好一阵子连根眉毛都动不了。

二

真之介从室町的市场回到精品屋，柚子出来迎接，露出了诧异的表情。

"你回来了。怎么了吗？表情好像见了鬼。"

真之介感觉像是走在海底，被柚子这么一说，才回过神来。

"嗯，我发现了不得了的东西。"

"什么呢？"

"是我……"

"咦？"

"不，是我的父母……"

"你在说什么？"

"欸，你等等。我买回来了，我希望你也好好看一看。"

真之介坐在内厅，先喝热粗茶。

傍晚宜人的风从缘廊的苇门吹过来。原本闷热的一天，暑气全消。那一块布匹很晚才竞标，真之介刚才把它标下来了。

真之介做了两三个深呼吸，让心情平静下来，从怀里掏出折叠的布匹。

小心翼翼地在榻榻米上摊开，大小有两尺见方。

"啊，这是？"

柚子水汪汪的眼睛睁得格外大。她手撑在榻榻米上，将脸凑近布匹，目不转睛地注视它的花纹。

"发现它的时候，我以为自己会疯掉。"

"居然真的有这种东西。"

柚子盯着布匹的眼睛泛泪。

"嗯。因为我想要、希望得到它，深信总有一天一定能遇见它，所以愿望实现了。"

布匹的花纹是蜻蜓和秋草。

许多蜻蜓飞在高雅的秋草上。

绝妙地搭配白染花纹和手绘的辻花染。

只使用淡茶色、褐色、沉稳的淡蓝色，颜色低调，而手绘的秋草和蜻蜓风格细腻。

真之介把手伸进自己的衣领，掏出挂在脖子上的守护袋。

那是真之介在婴儿时期，被丢弃在知恩院的寺门时，一起裹在襁褓中的守护袋。

他从来不曾离身。

那个小袋子上，也染着一只蜻蜓。

柚子将守护袋放在摊开的布匹上比较。

蜻蜓的手工如出一辙。

大小、发愣的眼神、漂亮的翅膀、弯曲的身体、分岔的尾巴前端，全部都以一样的运笔描绘。

底部花纹的褐色白染花纹也一样大小。

柚子和真之介盯着两块布匹好长一段时间。

柚子以手掌轮流抚摸两块布匹，以手指拎起布匹搓揉。

"花纹也是如此，不论织法或厚度，它们原本是同一块布匹。"

"嗯，我也这么认为。肯定没错。"

"好的辻花染光用眼看就让人不由得挺直身体。无论是丝绸、白染花纹或运笔都是顶级。这是大名或旗本才能使用的特顶级染法。"

"确实,看到这块布匹就不难明白它是贵人才能使用。"

"我一直认为你的守护袋上的蜻蜓整齐排列,像这样看到一大块,感觉格外值钱。"

"真的。你说的没错。"

辻花染是制造于丰臣秀吉的时代,后来突然失传的染色技术。

有许多勇于搭配白染花纹和手绘染,像桃山时代的华丽大花纹。

不过,其中也有像这块布匹上的蜻蜓和秋草一般,十分雅致而细腻的花纹。

世上祖传的辻花染窄袖和服或外褂,大部分都是太阁殿下①或伟大的君主德川家康公赏赐、有渊源的物品,任何一户拥有的人家应该都格外珍惜,但是在两百年天下太平的期间,肯定也有人迫于无奈变卖。

柚子在唐船屋的仓库,看过好几块那种辻花染。

"这在哪一位的货物中呢?"

"藤村先生。"

"欸……"

藤村吉兵卫出自经常进出茶道掌门人家的裱褙师傅世家。

"有好几个人竞标,所以价钱喊到高得不像话,但这一件反正不卖,只好自己买下来收藏了。"

花染的衣物鲜少以完整的状态卖出。如果拿出来卖,肯定价

---

①此指丰臣秀吉。

值几百两到一千两以上。

小块的碎布大多做成幡旗，当作用来装点佛像的挂饰。即使是在比手掌更小的辻花染上，以另一块布匹缝上边制成的幡旗，价钱也高达几十两。

"藤村先生是在哪里买到的呢？"

"这就不晓得了。"

裱褙师傅会买用于裱褙的旧布匹，但是很少会卖布匹。难道是手上太多了吗？

"今天藤村家的少爷来了，我拜托他告诉我，但他只说是代代相传的布匹，依旧摸不着头绪。"

"这真是遗憾……"

没有人会告诉买家古董的来源。因为出现一件珍品的好家世，应该还会有一堆宝物。

"但是，我无论如何都想知道这块布匹的出处。"

因为说不定会知道曾是弃婴的真之介的身世之谜。

"我想，你一定是某位大名的私生子。否则的话，身上不可能会有辻花染的守护袋。"

"是喔，真是来头不小的私生子。居然让我戴着黄金打造的阿弥陀佛，然后丢弃我啊。"

真之介解开守护袋的绳带。

其中装着一尊小指大小的小纯金佛像。

"我父母一定是哭着丢弃我的。"

真之介一低喃，柚子点了个头。

三

真之介从早到晚待在内厅,盯着辻花染的布匹,度过了三天。

千头万绪一瞬即逝,忽隐忽现。

他们究竟是怎样的父母呢?

为何丢弃我呢?

一想到说不定能从这块布匹掌握一丝线索,他的心情便起伏不定,无法静下心来。

终究无法着手工作。

无论如何,我都希望藤村先生告诉我它的出处。

真之介不曾在旧裱褙中看过有人使用辻花染,这块布匹想必不是裱褙师傅家的传家宝。真之介猜测,它是藤村先生最近偶然得到手,拿出来卖的。

第四天早上,真之介前往裱褙师傅藤村吉兵卫位于寺町的家。

格子门开着,店面的柜子上整齐地堆放着只有骨架的屏风、纸张和布头。

"欢迎光临。好久不见啊。"

熟识的工匠低头行礼。过去在唐船屋工作时,数度跑腿来过这里。

"真的好久不见。我今天有事想请教一下少爷。"

"他刚才出去了……"

说不定是有什么不方便说的事,工匠的表情一沉。

"这样啊。抱歉,连一声招呼也没打,我现在离开唐船屋,在三条开了一家店。"

工匠重重点头。他八成从传闻得知,真之介和柚子远走高飞的事了。

"如果少爷不在的话,能不能见老爷一面呢?我有一块布匹想请他过目。"

真之介从怀里掏出折叠的辻花染。

大概是看一眼就认出是辻花染,工匠稍微睁大了眼睛。

"我可以借看一下吗?"

"欸。"

真之介将布匹递给工匠。

工匠站起身来,走进苇门内侧。

好几间和室的另一头,有一个光线明亮的中庭。每一间和室里都有工匠,但是听不见任何说话声。

裱褙师傅的工作是以耐性决胜负。在针落可闻的环境中,细心再三地撕下旧纸,然后贴上。

立刻出现了一个五十开外的男人。瘦得过头,看起来脾气暴躁。他是老板吉兵卫。

"这块辻花染真棒啊,你要用它裱褙什么吗?"

这句话令真之介大感意外。

"不,这是前几天,府上少爷在室町的市场卖的布匹。我有一点个人因素,想请教这是在哪里取得的,因而前来造访。"

吉兵卫拉下脸来,撇了撇嘴,摇了摇头。

"你也是古董商,如你所知,用于裱褙的是金线织花锦缎或绸缎的知名布匹。虽然辻花染的花纹大,不方便使用,但是这种花纹很有意思,能够做出别具一格的裱褙。就我来看,市场中不会卖。"

吉兵卫看起来不像是在撒谎,似乎也没必要这么做。这么一来,代表是少爷擅自买来卖的。

"是吗?这是在哪里买到的呢?"

"那个蠢材……"

吉兵卫话说到一半噤口。

"倒是我看过你,你之前待在唐船屋……"

脸细长的吉兵卫仔细端详真之介的脸。

"欸。不过,我现在在三条开了一家自己的店……"

吉兵卫用手掌拍膝盖。

"对啦,原来拐走唐船屋独生女的掌柜就是你啊。"

"……抱歉。"

"哼,年轻人想做什么就做什么,完全不顾父母的心情……"

吉兵卫皱起眉头,嗤之以鼻。真之介低着头离开了藤村的店。

真之介顺路前往新门前的唐船屋。

他决定让善右卫门看一看这块布匹,征询他的意见。

事到如今,没有登门请教事情的情分,但是真之介不认识比善右卫门更精通古董的男人。说不定能够掌握一丝线索。

他在抓住一缕希望的念头催促之下赶路。

唐船屋的店头依旧打扫得一尘不染。

不好意思登门。

明明再气派的武士宅邸,真之介都敢毫不畏惧、若无其事地进入,但是唯独跨入唐船屋的门槛,需要极大的勇气。

"拼了!"

真之介鼓舞自己,钻过茶色木棉的暖帘,把手搭在格子门上。

"有人在吗?"

真之介冲进去,站在铺满石板的店面。一如往常地静谧,没有客人。

他和坐在店面的善右卫门四目相交后,马上低头行礼。

"老爷,我今天登门是有事情想请教您。"

真之介一抬起头来,不只是善右卫门,从掌柜到地位最低的伙计,全都投以冰冷的视线。

"什么事?"

善右卫门厚实的眼皮令人畏怯。

"这个能不能请您过目呢?"

真之介从怀里掏出辻花染的布匹,放在外玄关的横木上。

善右卫门放下手中的茶碗,扬了扬下颌,掌柜转交布匹。

善右卫门接过,伸直双腿,仔细端详,微微偏头戴上眼镜。

真之介凝眸注视,以免看漏了任何表情变化。

善右卫门的浓眉顿时大幅舒开。

接着,眉间的皱纹逐渐加深。

他低垂着头,双眼紧闭,沉默许久,但是抬起头来,摘下眼镜时,恢复成一开始的面无表情。

"这是很棒的辻花染啊。这怎么了吗?"

"事情是这样的……"

真之介诉说在拍卖市场买到它的来龙去脉;也说了它的花纹和自己的守护袋一样。

"我心想,老爷可能在某个大户人家看过这块辻花染。"

"没看过。"

善右卫门摇了摇头,明快地低喃道。

"是吗……"

"撇开这件事不提,你什么时候要把柚子还回来?"

真之介站着沉默了。

他舔了舔嘴唇,也注视善右卫门。

"老爷说过,如果我拥有一家四间门面的店面,带着一千两的聘金登门,就将她嫁给我。我按照您的要求做了。但是,您却不肯收下聘金。"

"蠢蛋!"

善右卫门大喝一声。

"那只是个比喻。我的意思只不过是,为了娶妻那么拼命工作的男人,将会是个出色的女婿。我不知道你怎么曲解了这句话,竟然不自量力地以为自己能够娶到她。你区区一介仆人,不知羞耻也该有所限度。"

"可是……"

"我不想听什么可是不可是的。如果你要带柚子回来也罢。如果不带她回来的话,快点给我滚回去!"

真之介咬住嘴唇。

无论如何,他都希望善右卫门正式认同自己和柚子之间的关系。

"你似乎自以为了不起,在各个市场买卖,但如果我说一句话,你就会被禁止进出任何一个市场。你知道吧?"

"欸。这我知道……"

老字号店铺唐船屋是京都古董商的第一把交椅。善右卫门一声令下,各处市场肯定会禁止真之介进出。

正当真之介寻思有没有办法说服善右卫门,无法离开之际,蓦地,门口的格子门被人粗鲁地打开了。

突然间,好几名男子拥入店里,个个身穿同一款式的淡青色条纹外褂。

"这里是茶具店唐船屋吧?"

扯着喉咙发出浑厚嗓音的男子长相似曾相识。

他是壬生浪的近藤勇。随行的男人当中,还有土方岁三等眼熟的面孔。

"我是老板,有何贵干……"

善右卫门板起一张脸。

"我们是受命于会津侯,管理市区的新撰组①。在祇园的正义楼,捕获勤王派的不得志浪士时,其中夹杂着一名自称长太郎的男子。他自称是这家店的人,真有其事吗?"

正义楼是祇园里为数不多的妓院区。近几年刚形成,真之介曾听说,那里确实是勤王志士们的主要据点。

不过话说回来,虽然听说壬生浪人成了会津侯的护卫,但是真之介不知道他们成立新的组织在管理市区。同一款式的外褂十分招摇。

"长太郎是我儿子,他只是一般商人,我不知道他是什么勤王派的不得志浪士……"

"不,他在正义楼持续待了三天,和各地的离藩浪士合谋。我们的密探确切地探听到了。他们图谋扰乱市区的罪状证据确凿。为了扣押证物,我们要搜索这家店。给我上!"

"请、请等一下。"

善右卫门赶紧站起来,摊开双手,但是一群男人穿着鞋进入和室。善右卫门被撞开,一屁股跌坐在榻榻米上。

"近藤先生,请等一下!"

真之介抓住近藤勇的衣袖。

"你是谁?"

近藤吊起龙头虎尾的眉梢;露出会在战场上杀人的恐怖眼神。

"我是三条的古董店老板,卖给您虎彻的……"

---

① 1864年,江户幕府网罗芹泽鸭、近藤勇、土方岁三等武艺精湛的流浪武士所编制的警备队,负责镇压反幕府势力。

"哦。你在这里做生意吗？或者你也是不得志浪士的同伙呢？"

"请您别开玩笑,我是天生的古董商,这里是我从小工作的店。我十分清楚少爷的为人,他不会企图做出扰乱市区的荒唐事。其中一定有误会。"

真之介对近藤说话的期间,壬生浪们也在土方岁三的指挥之下,踏进店内侧。

打开壁橱、柜子,随手拿出账册和字据之类的物品翻阅,然后丢在一边。

"乱七八糟。闹够了吧!"

善右卫门大声怒吼,但是十几名壬生浪不肯罢手。掌柜和伙计只是惊慌失措。

搜索一阵子,似乎已经无处可搜。一群人停止搜索。

"哼。看来没有留下字据。"

近藤低喃道。

"当然没有,勤王和佐幕派都跟敝店毫无瓜葛。"

近藤把善右卫门的话当作耳边风。

"唐船屋长太郎、茶道掌门人之子以及裱褙师傅藤村幸吉三人,因嫌疑重大,在壬生的驻地囚禁。一旦弄清罪状,就必须斩首。千万别恨我们,要怪就怪令郎愚昧。"

近藤撂下狠话,掉头离去。一群身穿条纹外褂的壬生浪跟随在后。

"搞什么鬼。"

善右卫门看到物品散落一地,被人穿着鞋践踏过的家中,垂下了肩膀。

真之介在店里捡起被践踏过的辻花染布匹,仔细拍掉泥沙,折好收进怀中。

"长太郎少爷在正义楼那种地方吗?"

"哼。他两三天没回来,原来是去了那种地方啊。茶道掌门人之子和藤村的儿子也都是蠢材。"

"不过,不能放任不理吧?壬生浪的人说要斩首耶。"

"应该不会真的杀人吧。谁叫他丢着生意不管,沉迷于玩乐之中。正好给他一点教训。"

善右卫门静坐在和室中,他的脸看在真之介眼中,显得十分苍老。

四

隔天一大清早,真之介前往壬生村。

结果昨天,长太郎的母亲阿琴从家中跑出来哭求,拜托真之介姑且先去带长太郎回来。

真之介回到精品屋告诉柚子,她的脸色果然立刻垮下来。

"你能够设法救他吗?我哥哥他不可能当什么勤王的志士。"

"是啊……"

真之介想到身为妹妹的柚子的心情,也想设法救出他。那个糊里糊涂的长太郎就算误入歧途,确实也不可能和政治的事扯上关系。长太郎比真之介年长几岁,或许是受到母亲溺爱的缘故,个性十分温吞。虽然会做店里的工作,但是有些草率,缺乏干劲。

从四条通往西走,新町与室町的各个街头已经出现祇园会①的祭神花车,挂在车身上的绚烂纺织品五彩斑斓。

真之介带着牛若随行,牛若抱怨连连。

"搞什么嘛。长太郎少爷明明有妻子和孩子,却连日待在妓院好几天,脑子里究竟在想什么啊?"

唐船屋在京都也是屈指可数的老字号店铺,所以经常在祇园的茶楼召艺伎。

然而,连日待在妓院实在令人想不通。话说回来,善右卫门不可能把那种闲钱交给儿子。

"老爷,您不是常说唐船屋的家教严谨,待在店里总是战战兢兢的吗?"

从前确实是如此。不知不觉间,善右卫门上了年纪,疏于管教了吗?

"我一直憧憬老字号店铺的魔鬼教育,哎呀,真是教人失望。"

牛若叽叽咕咕地说个不停。

---

①京都市祇园社的祭典。从前于每年阴历六月七日至十四日举行,祈求神明保佑不会罹患夏季疾病。

"吵死了。闭嘴走路!"

真之介忍不住厉声斥责,牛若缩起身子。

"抱歉。"

从堀川经过猪熊通、大宫通,四周是一片田地,西边的爱宕山看起来近在眼前。

田地的另一头,可见寺庙的大屋顶。那是壬生寺。

在坊城通左转,步行一阵,身穿条纹外褂的年轻武士手持长枪,在看似村长家的气派长屋门前站岗。

用不着问,那里八成就是壬生浪,不,新撰组的驻地。

"不好意思。请问近藤勇大人在吗?"

真之介放低身段问道。

"你是什么人?"

年轻武士的视线瞪着真之介打转。

腰上佩带廉价的大刀和小刀,但是圆脸、眼神涣散,看起来实在不像武士。在本屋町一带的藩邸,手持六尺棍棒站立的家伙,反而目光更凌厉。

他是老百姓吗?

真之介猜测,他应该是武藏一带的农家的次男或三男。

"我是新门前的茶具商唐船屋派来的人。少爷在这里打扰,我来接他回去。"

"哼。那个勤王的商人啊。"

"没那回事。这只是误会,恳请释免他。"

"近藤大人不在,你改天再来。"

真之介咬住嘴唇。

身穿条纹外褂的年轻武士和自己的年纪相仿,如果一味地采取低姿势会被看扁。

"别把我当小孩子对待。除了近藤大人之外,应该有管事的人吧?"

真之介气沉丹田,狠狠一瞪,对方有些吓到了。

"听说茶道掌门人之子也在这里。如果有什么误会的话,我们可不会善罢甘休。"

真之介收起下颌,更凶狠地瞪视。年轻武士的眼神在半空中游移,真之介看准时机,气沉丹田,上前一步。

"你等一等。"

年轻武士跑进里面,立刻回来了。

"芹泽大人要见你。进去。"

真之介让牛若在那里等,进入长屋门,像是有地位的乡士家,有门口铺地板的外玄关。

真之介被引领至内厅。这一带的人家不同于只有小中庭的市区,庭院宽敞。

一个彪形大汉靠在扶手上坐着。

一名妖艳的女人依偎在他巨大的身躯上。

芹泽的大酒杯一空,女人马上斟酒。放在他面前的食案上,放着三个酒瓶。

芹泽的厚嘴唇开启。

"有什么事吗?"

"我听说,我家少爷等三人被抓到这里。他们是毫无过错的一般民众,请释放他们。"

"不,他们有嫌疑。正义楼是勤王派的巢穴。他们连日待在那里,连浪士们的账都买单。显然是浪士的同伙。"

昨天,真之介去问正义楼的老板奥村忠三郎这件事。三人确实连待三天,和各地的离藩浪士们饮酒喧闹。

然而,"三人只是碰巧和他们在妓院意气相投,一起喝酒而已。那种手无缚鸡之力的三人能做什么呢?"

"如果他们助不得志浪士一臂之力,就是同罪。只好斩首。"

"笑话,你们凭什么……"

"我们新撰组受命于会津侯,管理市区。会津侯下令,我们可以酌情任意处分不得志浪士等人。"

"和三人在一起的流浪武士已经被处刑了吗?"

"不,可惜没抓到他们,只捕获了那三人。"

真是的,这三人未免太糊涂了。

芹泽人高马大,脸也很大。嘴角弯曲下垂的嘴唇相当厚实。

无论从哪个角度怎么鉴识,都是好胜心强、贪得无厌的面相,更伤脑筋的是,他似乎有狗眼看人低的坏习惯。违心之论是言行坦率。平心而论,他是个夜郎自大、不好应付的男人。

"您经过调查就会知道,他们三人和不得志浪士毫无瓜葛。此言若虚,我愿负责。"

"哼。他们三人玩弄茶道这种无聊的技艺,储蓄巨额的财富。光是如此,就是难以原谅的罪孽。"

真之介心里纳闷。

话题好像往别的方向发展。

芹泽直视真之介,厚实的嘴唇忽然开启。

"……一万两。"

"什么一万两呢?"

"如果你想带回三人,就拿一万两过来!"

"我哪筹得出那么大一笔钱?"

一万两是现实中绝对筹不出来的金额。

芹泽以死盯着人不放的黑眼珠目不转睛地瞪视真之介。

"你说你是唐船屋派来的吧?"

"欸。"

"既然如此,你知道那家店有个狂妄的女人吧?"

"女婢吗?"

"不,她说她是女儿,以一千两聘金出嫁。"

真之介不禁深深点头。

那是今年春天的事。

芹泽跑去唐船屋硬借钱,带走了一千两聘金。

柚子以机智讨回了那一千两。

芹泽肯定还对这件事怀恨在心。

"是。她确实是大小姐。"

真之介没有说她是自己的妻子。

"那个女人,准确地猜中樱花汤的樱花是京都或吉野的樱花,但是我事后仔细思考,那种东西不可能猜得到。她肯定在私底下耍什么小把戏。"

芹泽悔恨地将酒一饮而尽,不甘心地咂嘴。

他默默地看着庭院一会儿。

"哎呀,我不是为了这种私人恩怨而开口。那是以茶道骗来的不义之财。为了尽忠报国,没道理拿不出来。如果支付一万两,我就释放他们。"

追根究底,他似乎是要为一千两的事报一箭之仇。因为柚子耍了他,令他相当恼火。

真之介无计可施,决定先回去一趟。

"我知道了,我会回去向老爷转达。他们三人安然无恙吧?"

"别担心。我有给他们吃饭。"

"那么,请让我见他们一面。我无法向老爷报告自己没有亲眼见证的事。"

芹泽点了点头,唤来年轻武士。

"让他见那些家伙。"

真之介跟着武士出了长屋门,进入位于马路对面的另一户人家。

角落有一座两层楼的泥墙仓库,一进大门就是入口。

泥墙仓库前面,果然也有身穿条纹外褂的人在站岗。

从围墙铁丝网的栅门往里面看,三个反手被绑的男人坐着。

三人的服装讲究,身穿顶级的衣物,反而令人于心不忍。

"长太郎少爷。"

三人面向这边。个个一脸难堪。

"……真之介吗？"

"欸，您没事吧？"

"被如此对待，怎么可能没事呢？事情谈妥了吧？我们马上就能回去了吧？"

真之介摇了摇头。

"不，请再稍待片刻。其他两位也别无异状吧？"

"没有才怪。手臂痛得要命，快点解开这条绳子！"

茶道掌门人之子语带哭腔地喊叫。

"我正在和他们交涉，请他们释放三位。请再稍待片刻。"

"你这个不中用的家伙！别让我等太久。"

"遵命。"

真之介低头行礼，立刻冲向门口。

真之介前往位于鸭川旁的茶道掌门人宅邸。

候在驻地外的牛若，收到了唐船屋派来的人的口信。叫真之介来茶道掌门人的宅邸一趟。

真之介撩起后襟狂奔。

他造访茶道掌门人宅邸，经过修整得宜的茶庭，被引领至茶室的屋檐下。

从狭窄的躏口往里看，四叠半（二点二五坪）的茶席中有三个男人。

坐在茶炉前面的是茶道掌门人。

真之介从没和他交谈过，但是帮忙茶会时，见过他好几次。他个头高，体格十分健壮。大额头配上平凡无奇的容貌。

首席客人的位子上坐着唐船屋善右卫门。

次席客人的位子上坐着藤村吉兵卫。

真之介跪在茶室外放鞋的石板上,深深一鞠躬。

"我去了壬生村。"

"如何?他们三人安然无恙吗?"

善右卫门的脸上出现倦容。

"是。他们在泥墙仓库中被绑着,但是安然无恙。"

"是嘛。那么,有可能释放吗?"

"不,壬生浪狮子大开口,要求支付一万两。"

"一万两……"

茶道掌门人瞪大眼睛。

"他们疯了吗?"

"他们好像从一早就在喝酒,胆大包天。"

"荒唐。如果要付那么大一笔钱,不如让他们杀了那些游手好闲的家伙,对家比较有帮助。"

茶道掌门人嗤之以鼻,放在茶炉上的茶釜发出悠悠的水声。

如果变卖手上持有的茶具,茶道掌门人应该筹得出一万两。然而,当然没道理交给壬生浪那么大一笔钱。

唐船屋又是如何呢?

真之介迅速在心中拨了算盘。

如果卖掉几个仓库中的所有收藏,应该也不是筹不出一万两左右的钱。但是,如果急着卖,古董就会被狠狠地砍价,被人低价买走。

"这下要怎么办呢?"

茶道掌门人低喃道。

"我可以提议吗?"

真之介开口道。

"什么提议?你说说看。"

"是。我听说新撰组是会津侯的护卫,会津藩的本阵①位于黑谷,不妨去那里请求会津侯。"

茶道掌门人摇了摇头。

"我们三人昨天早就去黑谷,见了近侍。我们强烈求见会津侯,但是到了今天,还是毫无回音。"

"这样啊……"

"不只是会津。我们也向所司代②、奉行所、桑名藩拜托过了,但是如今和外国之间的战争一触即发,他们不肯替不务正业的子弟收拾烂摊子。"

善右卫门一脸怫然不悦。

"欸,壬生浪应该不会杀他们。关他们一阵子之后,壬生浪就会嫌供他们吃喝麻烦,放他们回来了吧。"

藤村低喃道。

"我也这么认为。如果乱协商,他们可能会提出以钱和解。荒谬可笑,那种事我办不到。"

---

①即司令部。
②织田信长沿袭室町幕府制度,在京都设立的监察机关,主要负责维护京都及监控朝廷动态。

善右卫门抱起胳膊。

"是啊。欸,暂时别管他们吧。"

茶道掌门人点了点头。

"就这么办。"

三人达成共识。

"你可以回去了。"

善右卫门不看真之介地说。

"欸。不过,我总觉得有办法解决。如果我帮得上忙的话,赴汤蹈火在所不辞。"

真之介的话,令善右卫门回过头来。

"像你这种半吊子的男人能做什么?已经没你的事了,滚回去!"

被说成半吊子,真之介气愤难平,但是默默地低头行礼。

抬起头来时,挂在正前方壁龛的挂轴中的画,突然跃入眼帘。

那是一幅武士的肖像画。

精悍的容貌好眼熟。

他是茶人古田织部。

真之介看到那幅画,大吃一惊,像是被人徒手揪住心脏。

"那是织部大人……"

"没错。六月十一日是他的忌日。再过不久就到了,所以挂起来看看。"

茶道掌门人眯起眼睛,看了挂轴一眼。

古田织部是千利休的高徒。

他虽然是武士,但是富有茶道的创意,首创具有崭新美感的织部烧。他似乎是个有特色的奇葩,足以被人称为诙谐者,也就是乖僻的人。

他出生于美浓,先后侍奉信长、秀吉、家康。

但是不得善终。

大阪夏之阵时,遭人怀疑他与丰臣阵营勾结,于是毫不辩白,切腹自杀。享年七十二岁。

织部家被没收领地、财产,遭到驱逐。如今,不知有没有人家公开自称是织部的子孙。

"打扰了。"

真之介从蹦口探头进来,注视壁龛的画。

"怎么了?"

善右卫门问道。

"织部大人身上的衣服……哎呀……恕我失礼。打扰了。"

真之介脱下草鞋,从蹦口进入茶室。

他在墙龛前面双手撑地,深深一鞠躬,拜见那幅画。

挂轴中的古田织部身穿肩衣①,但是底下的窄袖和服是蜻蜓和秋草的花纹。

真之介把脸凑近,目不转睛地盯着画。

肯定没错。它们一样。

那件窄袖和服和那块布匹,以及真之介挂在脖子上的守护袋

---

① 下摆较短,没有衣袖和前襟的和服。

画着一模一样的花纹。

"究竟怎么回事？"

茶道掌门人错愕地说。

"是。请看这个。"

真之介从怀里拿出辻花染的布匹摊开,递给茶道掌门人。

"织部大人身上的衣服是不是这块辻花染呢？"

茶道掌门人比对布匹和挂轴。

"真的,这块布匹原本是织部大人的窄袖和服吗？"

"倘若如此,又怎么样？你竟然擅自入座,有够没规矩。"

善右卫门语气不悦地责备真之介。

"抱歉。不过,这块辻花染和我的守护袋一样。我猜想,是不是有什么关系……"

"愚蠢。你是我一大清早去参拜时,发现你被丢弃在知恩院的寺门,把你捡回来的。你怎么可能和织部大人有任何关系？"

善右卫门一口气骂到这里,"啧"地咂嘴。

"真是拿你没办法……"

"咦？"

"我原本不想说,但你买的辻花染,就是那块当初包裹着你的布匹。我一直收藏在仓库里。"

"真的吗？"

"嗯,八成是长太郎发现它,拿到市场卖的。如果当作唐船屋的货物卖掉,就必须记在账册。他肯定是因为这个,才和藤村兄的儿子结伙卖掉它,然后以那笔不义之财连日待在妓院饮酒作乐。"

想不到更正经一点的玩乐,真是令人颜面无光。"

真之介全身颤抖。

涌上心头的不是愤怒,而是悔恨。

"老爷,您昨天为什么不告诉我这件事呢?"

"哼。我原本打算在你开唐船屋的分店时,把那块辻花染交给你。但是,你却擅自带着我女儿私奔。我没有义务要告诉你这种人吧?"

被善右卫门这么一说,真之介咬住嘴唇,无言以对。

所有在座的人沉默不语,唯独响起茶釜的水声。

"各位正在谈正事,打扰了。"

有人在茶道口的白色纸拉门对面喊道。

"什么事?"

纸拉门打开,一名男仆低头行礼。

"刚才,两名壬生浪带来了这个。"

男仆递上一封折成细长形的信。

茶道掌门人打开一看,立刻皱起眉头。

善右卫门接着过目,紧抿嘴角,扭曲下垂。

"怎么了?"

真之介一问,最后看完的藤村递出信。

茶道掌门人之子宗春、唐船屋长太郎、藤村幸吉三人,经确认为不得志浪士的同伙,明日斩首。速来收尸。枭首示众,故头颅无法交还。

新撰组局长　芹泽鸭

"那种窝囊废,被杀了倒好。"

茶道掌门人低喃道,善右卫门和藤村也深深地用力点头。

五

真之介再度前往壬生。

离开茶室时,茶道掌门人的夫人现身,哭求真之介救儿子一命。她听到壬生浪来到宅邸,似乎惶恐不安。

"能不能请你设法救出他呢?"

"可是,掌门人说别管他……"

"别傻了。天底下哪有儿子被坏人抓住,而不担心的父母?他内心肯定想救他,请你姑且拿这些钱去交涉。"

身在一旁的女仆将一个绸巾布包递给真之介。从拿在手中的触感来看,大概是一百两金子。

蹒口打开,善右卫门露面了。

他以眼神示意,扬了扬下颌。

意思是叫真之介去。既然拜托会津侯、所司代和町奉行都没用,只好靠自己解决了。

"我这就去。"

"拜托你了,请妥善处理。"

真之介在茶道掌门人的夫人目送之下,结果又走同一条路,跑来了壬生村。

到了新撰组的驻地,十几名年轻队员正在长屋门前练习剑术。没有穿戴防具,以木剑互击。

"杀、杀、杀!抱着杀掉对方的心情用力砍!"

芹泽坐在折凳上,痛骂队员。

真之介走上前去,芹泽察觉到他。

"筹到钱了吗?"

"没有,因为他们三人过度放荡,全部被父亲逐出家门,断绝关系了。我前来转达这件事。"

这番话不是经过思考才说出口。

真之介想到什么说什么。

"是吗?既然这样,他们就和这世上的流氓一样。斩首是为了国家人民好啊。"

"欸……"

"你!"

芹泽冷不防地怒吼,令真之介缩起身子。

"那边那一个,就是你。"

原来不是指真之介。

芹泽一冲向个头矮小的队员,往腰部狠狠地一脚踹下去。

"一点干劲也没有。那样杀得了谁放马过来!"

芹泽架起木剑。

倒地的队员站起来，挥剑进攻，芹泽毫不留情地猛攻，痛打队员的手臂和身体。尽管如此，队员还是拼命反击，但是旋即又倒地不起。

"不中用的家伙。"

芹泽趾高气扬地站着。脸上之所以染上红晕，是因为酒醉吗？

"芹泽大人。"

"什么事？"

芹泽不面向这边。

"能够请您收下这个，让一切一笔勾销吗？"

真之介以双手递出紫色绸巾。

芹泽瞥了一眼，但是脸又转回正在练习的队员。

"那是什么？"

"一百两。能不能请您收这个，饶了他们三人一命呢？"

芹泽冷哼一声。

"别拿出肮脏钱！下流。"

"不过，您不是说要一万两吗？一万两实在筹不出来，这一点钱，请您笑纳。"

真之介气沉丹田。

"一万两是用来报国的军资。如果我们收下，就会变成干净的钱。但那是什么？乞求我高抬贵手的贿赂吗？像是半吊子的男人会想出来的事。"

半吊子的男人——这句话令真之介气炸了。

像你这种半吊子的男人能做什么……

善右卫门刚才说的话,激发了真之介的好胜心。

我不想输。

无论如何,我都要赢。

有没有什么能够用来打赌的呢?

真之介环顾四周思考。

那里是乡士的庭院。

触目所及只有造景石、灯笼以及正在练习的队员。

好,就比这个。

真之介下定决心。

"芹泽先生,能不能请您和我比一比呢?"

"啊?"

芹泽张开厚实的嘴唇,望向这边,一脸错愕。

"你想和我比剑吗?"

真之介连忙摇头。

"没那回事。我是天生的商人,对于剑术毫无涉猎。"

"那么,要比什么?"

"比鉴定。"

"哦。鉴定什么?"

真之介以手比示庭前。

"比在此的武士的本事。我不懂剑术,但是身为古董商,我自认为不论是物或人,我都锻炼出了彻底看清本质的眼力。我在比赛之前,准确地猜猜看哪一位武士最强如何?"

芹泽冷笑。

"这些人在队伍中是中坚分子,个个都是一定程度的使剑高手,实力几乎不相上下。没有经过比赛,不会知道谁输谁赢。"

"我光看面相,猜猜看谁输谁赢如何?"

芹泽偏头不解。

"外行人岂能猜到?"

"我会猜出第一名和第二名给您看。"

"光是如此就能完全猜中的话,代表你是相当厉害的鉴定高手。"

"那么,如果我精准地鉴识出来的话,能够放他们三人回去吗?"

芹泽思考。即使再傲慢的男人,大概也不认为一万两会顺利到手。

"如果没猜中的话,你怎么办?"

"按照您的要求,筹措一万两。"

真之介气沉丹田,直视芹泽。

"不可能。像你这种年轻人,哪有可能筹得出一万两这种巨款?"

芹泽嗤之以鼻。

真之介摇了摇头。

"如果武士大人能够将性命赌在剑和名誉上,商人就会把性命赌在金钱上。如果因为金钱而撒谎,根本就不配当商人,不能苟活于世。"

真之介使出全力,瞪视芹泽。

"幸好,唐船屋是我的主人之家。那户人家肯定有一万两。就算我跟唐船屋硬借,不,把仓库洗劫一空,我也会将一万两的金子交给您。"

"你当真吗?"

芹泽对真之介露出了讶异的眼神。

"铁定当真。鉴定总是赌上性命,拼命鉴定。如果您不信的话,我立下字据吧。"

芹泽目不转睛地瞪视真之介的眼睛,点了点头。

"好。既然你这么说,我就接受。拿纸笔来。"

真之介接过纸,振笔疾书。

比剑一事,若鉴定有误,纵然变卖唐船屋的资产,亦筹措一万两黄金。此一条约,绝不违背。

三条木屋町　精品屋真之介

"能够借用匕首吗?"

真之介一提出请求,芹泽从腰上佩带的刀中拔出匕首。

真之介借刀,割开拇指指腹,盖上血印。

芹泽露出惊讶的眼神。真之介以薄绢外套的衣袖擦拭匕首上的血,连同字据一起递给芹泽。

"好吧。"

芹泽浏览契约,站了起来。

"接下来进行比赛。"

大致环顾队员。

"你和你脱队!"

那两人是真之介认定有胜算的队员。刚才看他们练习时,动作敏捷,攻击方式剧烈。

"我挑出了八个实力不分轩轾的人。两两交战,决定实力高下。"

芹泽只告诉队员这件事,重新面向真之介。

"我会让他们报上姓名,你写下第一名和第二名的人。分出胜负之后,我会摊开纸,如果你猜中他们的名字,我就放那三人回去。如果猜错的话,你就带一万两来。这样可以吧?"

"好。"

队员排成一列,从头依序报上姓名。

真之介在纸上写下第一名和第二名的姓名。

"请保存这纸一下。"

真之介仔细比较所有人。

要鉴定的是人,而不是物品。坦白说,他不太清楚该观察什么才好。真之介并没有跟谁学过观相术。他一面嘲笑町内的面相师,一面学得一些皮毛,然后看书,并且进一步地亲身实际观察、研究人,学会了如何观相。

他自负有一定的准确率,但是观察八名男子,总觉得个个都很强,有胜算。

圆脸,鬓发处有擦伤的男子,是眉毛浓密的鬼眉,看起来胜利的运势强。

个头高、脸长的男子,眼皮上有一大颗有光泽的活痣。这也象征他运气好。

真之介原本想去掉瘦弱的男子,但是一看耳朵,意想不到地厚,正中央的耳廓高高突出。这是战斗力强、勇猛果敢的男人面相。

刚才被芹泽踹的矮小男子,拥有四四方方的国字脸,所以是意志坚强的人。个头矮,但是手臂粗,给人一种十分敏捷的感觉。

其中,也有男子是大嘴的大福大贵相。真之介认为,他是能够领略一切,天不怕、地不怕的人。

肌肉壮硕的男子颧骨大幅突出,是个性强硬、突破困难的面相。

也有人拥有一个大蒜头鼻,看起来不屈不挠,有胜算。

最旁边的男子中等身材,但是全身的外形有一种说不上来的顺眼。

八人一直练习到刚才,个个气势十足,看起来谁赢都不足为奇。真之介越看越糊涂。

"如何?鉴定出来了吗?"

"我想听一听各位的声音,可以麻烦出声吗?"

"哼。你不是说光看面相就鉴定得出来吗?"

"是啊,但是因为赌注高得出奇,所以我想请您稍微放一点水。"

真之介一低头请求,芹泽便点了点头。

"好吧。"

"那么,请各位一个一个按照顺序从丹田大声喊。"

芹泽嗤之以鼻,一副想说"那样怎么可能鉴定得出来"的样子。

"好,按照他的话做!"

"抱歉,让我摸一下肩膀。"

真之介绕到最旁边的队员身后,把手搭在他肩上。

芹泽瞪视真之介。

"你在做什么?"

"事关一万两,我在拼命鉴定。"

真之介一低头请求,芹泽便一脸无奈地扬了扬下颌。

队员忽然从丹田发出浑厚的声音。那是手持长枪或白刃,冲进敌阵时的呼喊声。

武士的肩膀僵硬,大幅颤抖,全身紧绷。

这名武士不行。

真之介听说过:剑术高手总是放松,肩膀下垂。他打算挑八人当中,肩膀最下垂,身体最放松的武士。

他请武士一一大声呐喊,依顺序摸肩膀。

"好了吗?"

八人出声完毕,芹泽催促真之介。

"好了……"

不该打这种赌,不可能猜得到。

真之介感到后悔,但是为时已晚。

他观面相、听声音、摸肩膀,当然,他也将笼罩全身的气魄、气势列入考量,仔细思考,在心中挑出了三名有胜算的武士。

不过,他无法确定三人当中,谁会是第一、第二名。

一筹莫展之际,脑海中浮现柚子的脸。

我不想让柚子担心,我想让她开心。

真之介如此祈祷。

对了。

真之介想到了一个好主意。

他绕到队员前面,从怀里掏出紫色绸巾打开。一百两金子受到初夏午后的阳光照射,光芒灿烂。

"恕我冒昧,但是我要将它送给第一名的人。各位,请务必使出全力。"

队员们原本有些不悦,搞不清楚为了什么而比赛的眼神中,突然闪烁光芒。

"你打算做什么?"

芹泽以眼神责怪。

"他们挥汗比赛,这只是一点买手帕的钱,不会玷污剑道。"

真之介想鉴定武士们深藏不露的潜力。

而且,最好看一看这一群男子的目光是否有神。

真之介向前递出金子,队员们瞪大眼睛。

他从最旁边重新端详八人。

好!

他写下鉴定结果,并在写在纸上的一排名字上面,添写上第一名、第二名。

然后将它仔细地折叠起来,插进门前灯笼的灯罩,以免被任何人动手脚。

"我在名字上写下了第一名和第二名,分出胜负之后请看。"

芹泽默默点头。

比赛马上展开。

"你和你。"

芹泽指名,两人上前。

他们是个头高、脸长的男子以及圆脸、大蒜鼻的男子。

或许是各自的流派不同,尽管一样是以刀尖对准对方眉心的架剑姿势,也有微妙的差异。真之介无法判断,哪一方比较有利。

双方计算间距,瞄准破绽。两人依然将刀尖对着对方,开始往左绕行。

正好转半圈时,个头高的男子随着一声呐喊,蹬地跃起,一刀砍向对方脸部。

蒜头鼻的男子往左避开那一刀,提刀上砍,狠狠砍进了对方的身体。

"胜负已分。"

芹泽说话之前,个头高的男子瘫软在地。或许是一百两的赏金奏效,他们认真交锋。

"下一组,你。"

被芹泽叫到,刚才被踹的男子上前。他虽然个头矮小,但是看似动作敏捷。目光凌厉,自称家木。

对手是耳朵正中央的耳廓突出的男子,自称高田。

"开始!"

双方架刀,对准对方的眉心。

高田箭步上前,家木后退。

家木后退几步之后踏定脚步,交剑五下。高田较有气势。家木逃向一旁,站在围墙前面。

两人互瞪许久,高田盛气凌人,忽左忽右地发动攻势。

家木竖立木剑接招,勉强防住了攻击。他有点被压制,背部快要抵在围墙上。

家木看准高田呼吸的节奏,冷不防地压低身体做出往左逃的假动作,一面伺机令高田一刀挥空,一面迅速地往右冲。

家木面向身体失去重心的高田,一口气转守为攻。

经过剧烈的交剑,家木的剑尖刺中了高田的左手臂,紧接着不死心地一直瞄准左手臂,用力砍了下去。

高田的木剑掉在地面。

家木将木剑抵在高田的喉咙。虽然点到为止,但是高田动弹不得。

"嗯。"

芹泽点了点头。家木赢得漂亮。

比赛继续进行,四名获胜者进入第二轮赛事。

确实如同芹泽所说,众人的实力在伯仲之间,几乎不分胜负。

第二轮比赛中晋级的是个头矮小、国字脸的家木,以及眉毛杂乱、鬼眉的上田。

这两人要在决赛中角逐第一名和第二名。

"好。开始!"

芹泽一声令下。

两人架起木剑,对准对方的眉心,保持间距面对面。

就此一动也不动。

木剑自是不在话下，双方目不转睛地互相瞪视，连视线也不动分毫。

两名男子在队员们的注视之下，始终站着。

感觉如果其中一方稍微一动，作势要采取行动的话，立刻会被对方狠砍一刀。

太阳已经西倾，天空染上彩霞。

乌鸦在西方的天空鸣叫的那一刹那，上田的瞳孔微微动了一下。

那一瞬间，家木动作优美地踏步上前，一刀砍过去。

被抢夺先机，上田转为守势。

木剑和木剑互相撞击，发出惊人的声音。

原本一直接剑的上田反击。鬼眉骇人地吊起眉梢。

交锋的刀一来一往，但是看在真之介眼中，就像蜻蜓在避开竹竿一样，家木看起来正在避开上田的木剑。

交锋陷入胶着，变成了短兵相接。

双方对刀使出吃奶的力气，全力将刀推向对手。就臂力而言，上田稍占优势啊。

家木睁大漆黑的双眼，霎时，身体下沉。

"一——百——两！"

他在呐喊一百两吗？

那一刹那，家木纵身一跃，毅然决然地转动木剑往上推，上田的木剑在半空中旋转飞舞。

家木的木剑抵住上田的喉咙。

分出胜负了。

芹泽和队员们所有人的视线投注在真之介身上。

真之介的手不停颤抖。接着,全身开始颤抖。

他一面颤抖,一面从灯笼的灯罩取出刚才那张纸递给芹泽。

第一名　家木

第二名　上田

纸上如此写着。真之介的鉴定准确无误地猜对了。

芹泽把纸揉成一团,丢在地上。

"辛苦了。"

他一脸不快地对队员抛下这一句,看也不看真之介一眼,想要进入宅邸。

"那,我带他们三人回去了。"

真之介将一百两递给获胜的家木,对着芹泽的背影说。

"你说什么?"

芹泽的回应,令真之介心头一惊。

"我们不是约好了,如果我的鉴定准确,就能带他们三人回去吗?"

"前提是洗清嫌疑。在他们有扰乱市区的嫌疑之前,我不能放他们回去。"

真之介无言以对,说不出第二句话。

这个混账家伙!

他忍不住对拳头使力。

"怎么着？你打算以拳头一较高下吗？"

真之介实在无法克制频频颤抖的拳头。

"会津侯说要广纳言论，采取凡事应该排除高压手段、坐下来谈的方针。"

芹泽一脸瞧不起人的表情笑道。

真之介的拳头浮现血管，开始频频颤抖。他不由自主地颤抖，内心充满愤怒。

"有趣。既然如此，我亲自指导你肉搏术吧。"

芹泽扭动脖子，骨头咔啦作响时，一支身穿条纹外褂的队伍回来驻地。

他们是近藤勇和随从们。

"这不是古董店老板吗？怎么了？"

近藤似乎察觉到不寻常的气氛，问道。

"这个男人不明事理，我要教训他。这件事跟你无关。你别插手。"

芹泽啐道。

近藤摇了摇头。

"芹泽大人，现在不是做那种事的时候了。我去了位于黑谷的会津侯本阵一趟。一问之下，会津侯下令立刻释放那三人了。你为何没有告诉我这件事？已经释放他们了吧？"

芹泽的表情更加扭曲。

"他们是不得志浪士的同伙。如果没有侦讯清楚，不能释放他们。"

近藤再度用力摇头。

"找不到证据。既然会津侯下令,就只能释放。"

芹泽愤恨地咂嘴,皱紧眉头。

"随你高兴。"

他抛下这么一句,进入了宅邸。

"古董店老板,原本今天早上要放他们三人回去,因为差错而延后了。请你见谅。"

近藤低头行了个礼。

气宇轩昂的龙头虎尾眉毛依旧令人看得入迷。就刚才的处置来看,这个男人并非十恶不赦啊。不,或者他只是在演戏呢!

真之介再度感觉到鉴定人有多困难。他认为,刚才猜对获胜者是侥幸蒙对的,必须自我警戒。

近藤一脸严肃地低头道歉,真之介道谢:

"谢谢。那么,我带他们回去了。"

"别让他们再跟可疑的流浪武士喝酒。知道了吗?"

"遵命。"

真之介低头行礼,前往对面的宅邸,在泥墙仓库领回了三人。

六

隔天,从一早就日照强烈。

三条通上的路人眯着眼睛抬头看蓝天。

"喂。要好好洒水,商品蒙上灰尘怎么办?"

真之介从账房起身,下来泥地房间斥责学徒。

学徒拿起水桶和柄勺,又得挨骂了。

"你在做什么?这么多人的时候,怎么能洒水呢?我的意思是叫你趁一大早,事先洒上大量的水。真是只会吃饭不会做事的家伙。"

真之介嘀嘀咕咕地骂个没完,柚子从内暖帘露脸。

她手上拿着薄绢外套。

"阿真。这上面沾了血迹,怎么了吗?"

真之介没有详述昨天的事。他说了只会令柚子担心。

"三人平安无事地回去了。"

他只避重就轻地说了这么一句。

"噢,没什么。"

"不过,有很多血。"

在新撰组的驻地盖血印时弄伤了拇指,在回家的路上,真之介舔舐伤口,以唾液止血了。这件事就此结束。

"被蚊子叮了。我抓过头,流了好多血。"

柚子偏头不解。

"是吗……"

"嗯。是的。没什么。"

真之介以右手摸了自己的脸一圈。

真蠢。

连自己也不太清楚,昨天为何提出那种无聊的打赌呢?

我想赢。

仅止于此。无论如何,我都想赢芹泽。真之介满脑子都是这个念头。只能说是热血沸腾。

感觉有人站在店头。

"欢迎光临。"

转头一看,唐船屋善右卫门独自站着。他鲜少不带随从外出。

"啊,老爷……"

善右卫门第一次在这家店现身。

"搞什么,我听说是古董店,这里是捡破烂的店吗?摆放的尽是劣质货。"

"欸。抱歉。"

真之介低头致歉。

比起卖几十两、几百两的名茶具的唐船屋,真之介的店确实尽是破铜烂铁。

"爹,请您不要那么说。大哥之所以能回来,都是托他的福。您不能向他说一句谢谢吗?"

柚子嘟起嘴巴。

"不,我一点也没派上用场。"

真之介摇了摇头。

"不。你派上用场了。你将大哥平安无事地带了回来。爹,您大可以认同我俩的关系,作为奖励吧?他那么拼命努力,还不行吗?"

善右卫门把柚子的话当作耳边风,拿起店头的旧布匹。

"这里尽是便宜货啊?"

真之介轻轻点头,低下了头。不管被说什么,他在善右卫门面前都抬不起头来。

"不过,卖得很好吧?"

善右卫门放下布匹问道。

"咦?"

"我的意思是,在这个地方,这种便宜货反而比较畅销吧?"

真之介抬起头来。

"欸。托您的福,非常畅销,简直令人吓一跳。因为从京都回去的客人可以随意选购,当作礼物。"

善右卫门点了点头。

"找到适当的地点和人才,在店里摆放商品贩卖,这点很厉害。不是一般人做得到的事。"

"……欸。"

被善右卫门夸奖,令真之介感到不可思议。

"昨天,听说你做了一场豪赌。"

"咦?"

真之介没有告诉任何人,赌一万两的事。

壬生村没有轿子,所以他们后来走路回到大宫通才雇轿。

真之介分别送三人回到藤村家、茶道掌门人宅邸以及唐船屋门前,然后直接回来这里。

"你以为我什么都不知道吗?茶道掌门人之子被人捉住。我们肯定买通捕吏,派他去监视了。"

说到这个,昨天比赛时,不知不觉间,许多村民聚集在门前看热闹。说不定是某个队员说了一万两赌注的事。捕吏也混在其中听了吗?

"你做了相当大胆的打赌嘛。"

"抱歉。"

既然被知道了打赌的事,真之介只能把头弄得更低。

"假如你的鉴定失误的话,你打算怎么做呢?"

"欸。我打算靠自己设法筹出一万两的钱。如果赚不到那么一点钱,古董店的生意也做不大。"

"原来如此,好胆识。或许你身上真的流着诙谐者织部大人的血液。"

善右卫门的话,令柚子点了点头。

"如何?我挑的良人不会有错吧?"

"嗯,你的鉴定功力是我一手教的。你或许找到了一位好夫婿。"

"既然如此,为什么不肯答应我们的婚事呢?"

善右卫门面露苦笑。

"哪有什么答应不答应的,你们不是已经住在一起了吗?"

"……啊!"

柚子惊叫一声。

"这样的话,您认同我们的关系了吗?"

善右卫门既没点头,也没摇头。

认同——这两个字,他似乎无论如何都不想说出口。

这时,三条通的另一头吵嚷起来。

一群二十多名的武士慌张地冲过来。

难不成日正当中,有人被袭击了吗?

善右卫门避开一群人进入店内,目送武士们的背影。

"今后的社会将变得难以生存。必须有相当的毅力奋斗下去才行。"

"欸。"

"重要的是以精准的眼光看清人事物。只要自己的鉴定能力精确,无论在任何时代都能生存下去。"

"欸。我懂了。"

"社会局势一变,像唐船屋这样的老字号店铺也不会像以往一样屹立不摇。如果长子是二百五,就算仓库里有金银财宝,店也马上会倒。"

"……"

"欸，算了。废话少说。聘金我就收下了，你派人送到店里来吧!"

"感谢老爷。"

真之介弯腰，深深一鞠躬。这代表父亲终于认同两人的关系了。

"再过不久就要举行祇园祭了，天气应该会很热。"

店头的花器中，开着柚子插的鸢尾花。善右卫门盯着可爱的橘色小花，打开了扇子。

"如果是像你这种有胆识的鉴识高手，不管在任何时代，店都能好好地经营下去。加油!"

真之介目送善右卫门离去，对着他的背影行九十度鞠躬礼，久久没有抬起头来。

柚子也在一旁，深深地一鞠躬。